작가의
여행과
글쓰기

신혜양

숙명여자대학교 독어독문학과와 동 대학원을 졸업하고, 독일 뮌헨대학교에서 독문학을
수학했다. 뮌헨의 괴테-인스티투트 본부에서 '독일어교수자양성과정'을 이수했으며,
『헤르만 브로흐의 소설과 소설이론 연구』로 숙명여자대학교에서 문학박사 학위를
취득했다. 주한독일문화원 전임강사를 역임하고, 1991년부터 현재까지 숙명여자대학교
독일언어·문화학과 교수로 재직 중이다. 한국헤세학회 회장을 역임했다. 저서로『한·독
여성문학론』(공저, 1999),『독일어권 문화 새롭게 읽기』(공저, 2001) 등이 있고, 공동
번역서로『제국의 종말 지성의 탄생』(2008),『베르길리우스의 죽음』(2012),『강철
폭풍을 뚫고』(2024) 등이 있다.

작가의 여행과 글쓰기
독일어권 여행문학론

초판발행	2024년 8월 20일
지은이	신혜양
펴낸이	안종만·안상준
편집	박은경·탁종민
기획/마케팅	박세기
디자인	정은영
제작	고철민·김원표
펴낸곳	㈜박영사
	서울특별시 금천구 가산디지털2로 53, 210호(가산동, 한라시그마밸리)
	등록 1959.3.11. 제300-1959-1호(倫)
전화	02)733-6771
팩스	02)736-4818
이메일	pys@pybook.co.kr
홈페이지	www.pybook.co.kr
ISBN	979-11-303-2123-3 93850

정가 20,000원

작가의
여행과
글쓰기

독일어권 여행문학론

신혜양 지음

박영사

책머리에

인생 최초의 여행은 언제였을까? 까마득한 옛날의 희미한 기억 한 장을 꺼내본다. 그건 세 살 때로 추정되는 어느 날 엄마와 언니들과 같이 아랫동네로 나들이 간 기억이다. 생애 최초의 기억으로 보관된 장면이 집 바깥으로 외출한 것이니 바깥 세계의 새롭고 낯선 장면과 얼굴들이 두세 장의 이미지로 저장되었나 보다.

그 후 여행다운 여행이라면 20대에 처음으로 독일로 갔던 때이다. 스무 시간 이상 비행기를 타고 가는 첫 외국여행이었는데 당시의 독일은 얼마나 새로운 세계로 다가왔던지! 독일어와 독일문화를 수업을 통해 전달하면서 수십 년의 세월을 보낸 지금도 독일의 공항과 도시들, 길과 공원들, 낯설었던 사람들에 대한 당시의 기억이 선명하다. 그러나 생각해보면, 우리의 일상 자체가 때와 장소의 무수한 이동으로 이루어져 있고, 같은 일의 반복인 듯하면서도 느닷없이 새롭고 낯설기도 하다. 친숙한 또는 낯선 사람들과의 만남, 익숙하다고 여겨온 환경의 갑작스러운 변화, 기후를 비롯한 삶의 여건들이 예기치 않게 달라지는 상황들 속에서 우리의 삶은 여행적 요소들로 가득 채워진다. 특별히 기획한 장거리 여행이나 짧은 떠남, 가벼운 나들이뿐만 아니라 일상의 삶 그 자체가 여행이 아닐 수 없다. 영원한 정착지가 없는 인간은 항상 길 위에 있으며, 그래서 삶의 여정은 여행에 비유된다.

이 책은 괴테와 릴케, 카프카와 헤세에서 율리아 쇼흐나 크리스티안 크라흐트 같은 비교적 젊은 작가까지 독일어권 작가들의 실제 또는 문학 속 여행을 담고 있다. 그들은 일상의 틀을 벗어나 과감하게 새로운 삶의 길을 모색하면서 현실의 이면에서 적극적으로 다른 가능성을 추구하는 다양한 모습들을 제시한다. 여행은 자아와 타자 간의 활발한 대화이며, 여행문학은 여행하는 사람의 내면의 눈으로 외부 세계를 그려내는 문학 장르라는 것을 그들의 글이 증명한다.

필자는 십여 년간 독일어권의 여행문학을 읽고 그 특징적인 면들을 알아내는 작업을 연구주제로 삼아왔다. 다양한 작가들의 여행과 그 문학적 성과를 살펴보는 일은 매우 흥미로웠으나 작가마다 다른 방식의 여행과 문학화에서 이론적인 공통점을 찾아내는 것은 가능하지 않았다. 공통된 특징이라면 익숙한 삶의 경계 너머를 바라보는 열린 시각과 낯선 세계에 다가가서 체험과 사유의 지평을 넓히고 세계를 새롭게 인식함으로써 자기 삶과 문학 창작의 다른 단계로 들어서고자 하는 작가정신이다. 그래서 '독일어권 여행문학론'이라는 대주제하에 그동안 썼던 글들을 한 권의 책으로 모으는 작업을 기획하게 되었다. 18세기부터 21세기에 이르는 긴 시간의 흐름 속에서 독일문학사의 주목할 만한 여행문학 텍스트들을 한 곳에 엮어, 시대인식과 현실감각이 다른 작가들의 여행경험과 여행 관련 글을 읽으면서 독자들이 간접 체험의 집중도와 텍스트 이해의 통찰력을 높일 수 있기를 희망했다. 물론 이러한 연구서 작업은 일차적으로 연구의 수행자인 필자에게 가장 의미 있는 일일 것이다. 그러나 독일어권의 여행문학에 관심을 가진 다른 연구자들이나 일반 독자들에게도 연구와 독서의 동기를 부여해서 더 나은 후속연구를 가능하게 할 수 있다면 필자로서 매우 기쁘겠다. 여행지 안내글과 여행후기가 넘쳐나지만 여행문학 장르에 대한 본격적인 관심과 성찰, 보다 깊은 독서는 드물기 때문에 더욱 그러하다.

　책의 구상과 기획은 이미 오래전에 이루어졌으나 착수하기가 쉽지 않았다. 많은 시간이 그냥 흘러가던 중에 주위 선생님들의 격려와 도움으로 마침내 책으로 나오게 되었다. 먼저, 책의 형태로 출간될 수 있도록 출판사를 섭외하고 편집과 북디자인 과정에 세세한 조언을 해주신 김미영 선생님, 전문편집인의 능력을 발휘해주신 박은경 선생님, 북디자인을 맡아서 애써주신 정은영 선생님, 원고 정리와 교정에 도움을 주신 전유정 선생님께 마음 깊이 감사드린다. 그리고 여행작가들의 모습을 삽화로 제작해준 딸 이하리의 애정어린 기여에도 고마움을 표한다. 끝으로, 외국문학 연구서의 출판이 쉽지 않은 현실에도 불구하고 도서출판을 결정해주신 ㈜박영사의 안상준 대표님께 감사드린다.

다시 새로운 여행을 꿈꾸며
2024년 여름
신혜양

목차

1

독일어권 여행문학

여행과 여행문학

고대부터 현대에 이르기까지 여행은 인류의 삶에 항상 동반되어 왔다. 생명유지에 필수적인 식량을 구하기 위해, 정치와 외교 문제의 해결을 위해, 무역과 경제 교류의 필요성에 따라, 혹은 인간의 지적 욕구와 호기심 또는 감성적 욕구를 충족하기 위해서 등 매우 다양한 목적을 위해서 무수히 많은 여행이 있어왔고 현재에도 진행 중이며, AI와 함께 사이버 스페이스로의 활발한 진출이 예상되는 미래의 여행은 더욱 다양해질 것이다.

국내여행뿐만 아니라 외국여행도 일상화된 오늘날 여행에 관한 글도 다양한 형태로 출간되고 있다. 집필의도에 따라 여행보고문과 여행수필, 여행일기, 여행소설 등 여러 가지 스타일의 여행 관련 글들이 존재하는데 공통점이라면 언제 어디로 여행한 경험을 다룬다는 점이다. 여행의 종류도 다양하다. 정치적인 목적을 수행하기 위한 외교여행, 무역과 통상을 위한 상업여행, 외국의 문화를 체험하기 위한 연수나 관광, 유학이나 학술교류, 그리고 이민에 이르기까지 글로벌시대에 타문화권과의 활발한 교류가 이루어지고 있다. 이러한 교류과정에서의 체험을 보고하고 성찰하는 글인 여행기는 문학연구 측면에서는 오랫동안 본격문학으로 평가받지 못하다가 1980년대 말 이후로 인문학의 '문화적 전환cultural turn'이라는 패러다임 교체와 함께 연구의 관심 대상으로 부상하게 되었다. 그럼에도 불구하고 여행문학 이론이나 유형학, 시학 등에 대한 학문적 논의는 아직 부족한 편이다.[1]

독일 여행문학의 초기 연구자였던 로베르트 프루츠Robert Prutz 는 1840년대에 발표한 저서『독일인들의 여행과 여행문학에 대하여Über Reisen und Reiseliteratur der Deutschen』에서 18세기까지 독일인들의 여행을 분류하고 특징을 살펴보는 이론화 작업을 시도하였다.[2] 여행의 목적에 따라 시대를 구분하였던 프루츠의 여행문학론에 의하면 16세기와 17세기까지의 여행은 실제 삶에서의 필요에 의한 여행으로서 현실적인 목적을 중시하였다. 그다음 단계에서는 정보와 지식을 얻고자 하는 탐구여행이 이루어졌고, 이 단계를 프루츠는 "백과전서파적 여행encyklopädische Reisen"이라고 칭했다. 세 번째 단계인 18세기 중반 이후에야 비로소 여행에서 실용적인 목적보다는 여행하는 자의 감성을 중시하는 경향과 더불어 이러한 여행을 순문학으로 표현한 기록들이 나타났다. 프루츠는 여행기를 순문학으로 발전시킨 선구자로서 로렌스 스턴Laurence Sterne의『프랑스와 이탈리아 감성여행A sentimental Journey through France and Italy』(1768)을 꼽았다. 그러나 이에 대해서는 이견들이 있는데 예를 들어 페터 브레너Peter J. Brenner는『독일문학에서 여행기Der Reisebericht in der deutschen Literatur』(1990)에서 순문학으로 발전한 여행기의 시초를 괴테의『이탈리아 기행Italienische Reise』으로 보았다.[3] 유럽 여행문학의 시대적 흐름과 변화의 전환점을 이룩한 작가와 대표 작품에 대해서는 의견이 다를지라도 여행문학이 실제 있었던 여행에 대한 사실적인 보고문의 형태로부터 서사적 특징을 갖춘 순문학으로 발전했다는 점에서는 이론의 여지가 없어 보인다.[4]

1 독일어권 여행문학

여행문학에 대한 문학연구 차원의 분석이 18세기의 여행기에 집중되었던 것 역시 이 시대에 감성여행이 시작되었고 여행기가 문학으로 읽히기 시작했기 때문이다. 18세기 여행기 다음으로는 19세기, 그다음으로 20세기의 여행기가 문학연구의 대상이 되어 왔다. 근대에서 현대로 들어오면서 여행은 일부 계층에만 허용되었던 과거와 달리 산업계의 인적 교류나 현대인의 여가활동으로서 빈번하게 일어나는 일상사가 되었고, 1970년대에 이르러서는 여행문학을 하나의 독립된 분야로 연구하려는 시도들이 나타났다. 프랑스의 소설가 미셸 뷔토르Michel Butor는 '여행'을 뜻하는 라틴어 'Itinera'와 연결하여 이 분야를 'itérologie'라고 칭하며 독자적인 연구의 필요성을 강조하기도 했다.[5]

인류의 역사상 언제 어디서나 찾아볼 수 있는 통시적, 공시적으로 편재하는 현상인 여행에 대해 쓴 여행기의 연구에서 일차적인 관심은 여행에 대한 글의 형식적 특징과 더불어 텍스트 속 여행의 의미를 밝히는 데 있다. 이러한 분석 과정에서 '여행'이라는 의미소를 포함한 여러 가지 합성어들이 만들어졌다. '여행기Reisebericht', '여행묘사Reisebeschreibung', '여행안내서Reisehandbuch/Reiseführer', '여행일기Reisetagebuch', '여행동화Reisemärchen', '여행노벨레Reisenovelle', '여행소설Reiseroman', '여행스케치Reiseskizzen', '여행형상Reisebilder' 등의 용어가 여행기를 분류하는 데 사용된다. 또한 '식민지여행Kolonialreisen'이나 '온천여행Bäderfahrten', '예술가여행Künstlerreisen'과 같이 여행의 목적지나 여행 주체를 나타내는 합성어도 등장한다. 이렇게 다양한 개념들과 무수한 관련 어휘들 속에서 여행문학의 공통된 장르적 기반을 발견하기는 쉽지 않다. 개념들이 매우 다양하기도 하고 불확실한 채로 사용되는 경우들도 많아서 하나의 장르적 체계를 구성하고 그 안에서 세부적인 속성들의 차이나 상호관련성을 살피고 분류하여 장르로서의 기본특징을 확인하기가 힘든 것이다.[6]

여행문학을 칭하는 용어들도 다양한데 브레너는 '여행기Reisebericht'가 가장 적합하다고 보았다. 왜냐하면 이 말이 실제 있었던 여행에 대한 언어적 기록이라는 점을 가장 잘 드러내기 때문이다. 어떤 목적과 종류의 여행이든 간에 여행문학의 기본소재는 여행이고, 이 여행에 대한 기록이자 보고가 여행문학의 핵심내용이 된다는 점에서 그의 의견에 동의할 만하다. 그렇다고 해서 여행문학이 반드시 실제 여행의 보고 그 자체로 머물 필요는 없다. 여행 보고에 서사를 입혀서 가상의 스토리를 만든 예를 우리는 무수히 알고 있다. 3부로 구성된 괴테의 『이탈리아 기행』도 1부와 2부는 여행 당시의 일기와 메모에 의거해서 작성한 여행기적 특징을 보이지만 실제의 이탈리아 여행으로부터 오랜 시간이 지난 후에 작성되었던 3부는 여행 중 괴테가 교류했던 지인들과의 서신들을 다시 편집하고, 당시의 체험들을 회상하며 재구성한 '편집 여행기'적인 성격이 강하다.[7] 여행문학에서 여행 내용이나 여행에 관한 글의 사실 여부만이 중요한 것은 아니다. 여행기에는 실제 사실과 허구 사이에 폭넓은 자유공간이 있고, 브레너가 말한 바대로, 이 공간은 작가 개인에 의해서나 시대적 특성에 따라 아주 상이하게 채워질 수 있다.[8]

여행문학 연구 경향

독일어권 문학에서 여행문학 연구의 역사는 길지 않다. 1960년 대에 독일 사회의 진보적 개혁 물결과 더불어 독어독문학 분야 내에서도 학문의 새로운 방향설정을 위한 논의가 활발하게 진행되었다. 시, 소설, 희곡 세 장르를 연구의 중심에 두는 전통에서 벗어나 독문학 연구 대상의 외연을 넓혀야 한다는 필요성이 대두되었고 이에 그동안 독문학 연구의 주변부에만 위치했던 여행문학도 학문적 관심 영역 안으로 들어오게 되었다. 여행기가 오랫동안 독문학연구의 정통 분야에 속하지 못하고 역사학이나 문화인류학의 연구대상이었던 이유는 무엇보다도 여행지에 대한 정보제공이라는 텍스트의 일차적인 기능이 문학성에 우선했기 때문이었다. 16세기와 17세기의 여행기는 근본적으로 문화인류학적 연구를 위한 자료가 되었다. 당시의 여행기는 일반인들은 경험할 수 없는 낯선 지역의 낯선 문화를 전해주는 메신저였다. 18세기 계몽주의 시대에 와서야 비로소 낯선 문화에 대한 여행자의 자의식과 자국문화와의 비교, 비판적 관점을 반영한 여행기가 등장했다. 그럼으로써 여행자인 필자의 상상력에 의해 가공된 내용들과 함께 여행기의 문학화가 가능해졌던 것이다. 근대가 더한층 추동된 19세기 초부터는 여행기에서 정보전달이라는 일차적 기능보다 여행자의 주관성을 반영하는 문학적 글쓰기에 더 비중을 두게 된다.[9] 요약하자면, 여행기는 '팩션 중심의 보고faktographische Mitteilung'에서 여행자 관점의 주관화를 거쳐서 '허구적 문학화fiktionale Poetisierung'로 발전해갔다.[10] 따라서 여행문학 텍스트에서는 사실적 요소들과 허구적 요소들이 어떻게 구분되며 허구적 요소들이 어떤 특성과 기능을 갖는가를 중점적으로 분석하는 작업이 필요하게 되었다. 여행문학 텍스트들에서 허구성의 문제를 집중적으로 다루었던 만프레트 링크Manfred Link는 여행 관련 텍스트들을 허구성Fiktionalität의 정도에 따라 네 가지로 분류하였다. 즉, 여행안내서 < 대중적이거나 학술적인 여행관련 저술 < 어행기 또는 여행단편소설 < 여행노벨레나 여행장편소설 순으로 허구성의 정도가 커진다고 그는 설명했다.[11] 그러나 이러한 분류 자체는 문학연구의 대상으로서 개별 여행 텍스트의 특성과 서사적 기능을 밝히는 데 큰 도움이 되지는 않는다. 일정한 텍스트 분석방법이나 통일된 용어와 개념들이 없다는 깃은 여행문학 연구의 취약점이라고 할 수 있지만 개별 텍스트들의 특성을 정해진 방법론이나 제한된 관점이 아니라 더 넓은 시각으로 평가할 가능성이 열려 있다는 점에서 장점이 될 수도 있다.[12]

문학화된 여행기에서 사실적 요소들과 허구적 요소들의 구분이 실제로 명확하지 않은 것 역시 여행문학 연구의 난제이다. 텍스트의 어느 부분이 실제인지 아니면 작가의 상상에 의한 창작인지 하는 것을 가려내는 데 있어 근본적인 어려움은 현실의 지각과 지각한 것의 언어화 문제와 연관된다. 옛날 모험소설과 여행소설들을 환상적이고 아이러니한 패러디 기법의 초현실 이야기로 변용하곤 했던 스위스 태생의 작가 우르스 비드머Urs Widmer(1938~2014)는 『정상과 동경 Das Normale und die Sehnsucht』

(1972)에서 여행의 문학적 재현에 놓인 어려움에 대해 다음과 같이 표현했다.

> 우리에게는 확고한 것으로 보이는 것이 다른 사회들에서, 다른 시대들에서는 생각조차 할 수 없는 일이 된다는 사실을 아는 것이 우리에게 좀 도움이 될까? 어느 정도로 현실은 우리가 현실이라고 생각하는 그것일 수 있을까? 이 현실이라는 것이 물에 젖은 비누처럼 제대로 붙잡을 수 없는 것임에도 불구하고, 우리가 세상에 등장할 때 발견하게 되는 놀이규칙들의 조직에 순응해야 한다는 필연성이 우리를 무장시킨다는 점에 대해서 우리는 어떻게 반응하는가? 우리의 개인적인 발전이란 단지 하나의 적응과정이란 말인가? […] 언어란 우리가 외부세계에서 스스로를 지탱할 하나의 닻인가? 언어를 받아들임으로써 우리는 특히 현실과 그 놀이규칙들을 수용할 각오가 되어 있다는 점도 시인하게 되는가? 가장 기본적인 생각들과 동경들, 감정들은 언어의 외부에 거하는가?[13]

비드머가 연달아 제기하고 있는 이 질문들은 언어를 통해 현실을 온전히 파악하는 것은 불가능함을 말하고 있다. 언어를 통해 포착되는 세계란 인간이 사회화 과정에서 습득한 현실의 규칙들에 준하는 것으로 그 규칙들의 조직에서 벗어나 있는 인간 내면의 가장 근본적인 생각과 감정의 조각들은 지각 과정과 언어적 표현에서 배제되어 있다는 것이다. 여행지의 현실을 관찰하고 기록하고 묘사하는 여행문학 작가는 그러므로 일차적인 지각에서부터 언어화 과정에 이르기까지 그에게 익숙한 세계의 해석모형으로부터 자유로울 수 없다고 보는 것이다. 비교적 단순한 보고식의 여행기라도 여행지의 현실을 그대로 담을 수는 없으며 여행자의 세계이해모형에 따라 선택과 변형의 과정을 거칠 수밖에 없고 현대의 여행기일수록 여행하는 주체의 자의식과 자의적 해석으로 재구성한 허구의 세계를 그린다는 인식이 여행문학의 분명한 전제로 자리 잡게 되었다.[14]

문학연구의 대상으로서 여행기

일반적으로 여행문학이라면 여행자가 보고 듣고 직접 체험한 현실을 반영한 문학으로 간주된다. 여행자의 현실 체험을 주된 내용으로 삼는다는 점에서 여행문학은 자서전과 유사한 특징을 갖는다고 볼 수 있다. 두 장르 모두 서술 주체가 직접 체험한 것을 사실에 근거해서 객관적으로 재현하는 "직접성의 미학Unmittelbarkeitsästhetik"[15]을 실현하고자 하는 것처럼 보인다. 그래서 독자는 이야기 속의 현실이 서술자가 직접 체험한 사실이라고 믿게 된다.

그러나 서술된 텍스트의 속성상 서술자의 주관이 배제된 완벽히 객관적인 현실의 재현이란 가능하지 않다는 점에서 서술자의 체험 현실과 그의 서술 방법의 관계를 살피는 작업이 필요하다. 그렇게 하여 여행자가 그의 여행에 부여하는 관점과 문학적 의도를 파악할 수 있기 때문이다.

여행문학이론을 다룬 근자의 독일문학 관련 연구들 중에서 여행문학의 유형학과 시학을 종합적으로 고찰한 안스가 뉘닝Ansgar Nünning의 이론*에 따르면, 여행체험의 문학화는 세 단계를 거친다. 즉, 여행체험의 문학화에 앞서 이 체험의 특징과 의미화에 영향을 미치는 사전형성Präfiguration이 그 첫 단계이고, 그다음으로 여행의 현실이 문학화되는 서사적 재현과 변형이 이루어지는 형성Konfiguration의 단계를 거쳐서 일정한 유형의 여행문학이 성립된다. 이러한 텍스트는 다시 문학 외적인 현실에 영향을 미쳐서 여행이나 다른 나라와 다른 민족에 대한 표상을 만들어내며 공동의 정체성이나 자아상 및 타자상을 재형성Refiguration하는 세 번째 단계에 이르게 된다.[16] 이 중에서 여행문학 텍스트의 형성에 영향을 미치는 첫 번째와 두 번째 단계를 좀 더 구체적으로 살펴보고 여행문학의 유형들을 구분하기로 한다.

사전형성 단계

여행이나 여행문학의 사전형성 요소들은 다양하다. 개인의 삶과

---

* Ansgar Nünning, "Zur mehrfachen Präfiguration/Prämediation der Wirklichkeits-darstellung im Reisebericht: Grundzüge einer narratologischen Theorie, Typologie und Poetik der Reiseliteratur", in Marion Gymnich u. a.(Hg.): *Points of Arrival: Travels in Time, Space, and Self*(Tübingen, 2008), 11~32쪽 참조. 안스가 뉘닝은 여행문학의 이론화 작업에서 선행연구들이 이루어진 영미권의 저서들을 리뷰하면서 독일의 여행문학 연구를 위한 이론적 틀을 제시하고 있다. 본고에서는 안스가 뉘닝의 이론에 의거해서 여행문학의 유형들과 시학적 특징들을 논하고자 한다.

연관된 요소들과 사회적·정치적·경제적·종교적·문화적 측면에서의 영향들에 의해 여행과 여행문학은 사전 형성된다. 특히 여행자 자신의 문화적 배경이 여행문학에 큰 영향을 미치고, 그외에도 여행자의 개인사·성별·직업적 요인들과 사회적·정치적·민족적 요인들과 같은 집단적 특징들도 영향을 미친다. 그뿐만 아니라 여행안내서나 여행기와 같은 매체들을 통해 매개되는 문화적 기억도 여행의 종류와 방법, 여행 중의 인지방식, 여행에 대한 기록의 방식을 사전에 결정한다.[17] 여행안내서와 같은 매체들은 여행과 여행기록물을 위한 문화적 모형을 제공한다. 여행지에서 봐야 할 것과 보는 방법, 즉 인지해야 할 점들을 안내함으로써 여행지의 이미지를 형성하고 인지와 기록모델을 제시하는 것이다. 이러한 영향들은 여행자의 인지형식을 규정하고 표준화한다.

여행문학의 사전형성 요인들이 미치는 영향은 텍스트의 구성에서도 확인된다. 겉보기에는 사실의 보고처럼 보이지만 상호텍스트적 관련성과 문화적으로 미리 정해진 플롯 및 서술모형, 관습적인 묘사방법, 미학적, 사회적 규범들이 텍스트의 구성에 영향을 미친다. 만프레트 피스터Manfred Pfister는 여행문학의 상호텍스성에서 네 가지 유형을 나누었다. 즉, 기존의 텍스트들을 배격하고 거부하는 유형, 다른 텍스트들을 편집하는 유형, 특정 텍스트들을 숭배하는 유형, 다른 텍스트와 대화하는 유형으로 구분하였는데, 첫 번째 유형에서는 여행기의 작가가 기존의 여행기들이 미치는 영향력을 의식적으로 거부하면서 독자적인 여행기를 쓰려는 노력을 보인다면, 편집유형은 기존의 여행편람이나 여행안내서를 가지고 여행하면서 참조하는 가운데 자신의 관찰을 추가하는 방식을 취한다. 숭배유형은 기존의 여행기에 대한 존경을 자신의 여행기에 표현하며, 대화유형은 기존의 여행기들을 참고 및 수정하면서 더 적합한 관점을 담은 새로운 텍스트를 제시한다.[18] 많은 여행문학 작가들이 그들의 여행기에서 자신이 관찰하고 경험한 것들을 기록하려 하지만 그들의 여행기 역시 개인적, 집단적 문화기억들의 결과이자 매체인 것이다.[19]

여행문학의 사전형성 요인으로 간과할 수 없는 것은 여행문학의 장르적 관습이다. 장르는 관습화된 기억의 장소이다. 장르는 문학적이고 개인적이고 문화적인 기억을 위한 공간으로 기능하면서 이 세 가지 차원의 기억들이 서로 연결되고 소통되도록 하는 중요한 제어 장소가 된다. 장르 관습은 개인의 기억을 소환할 수 있는 대상일 뿐만 아니라 여행에 대한 개인의 기억과 기억의 텍스트화를 가능하게 한다. 장르란 문학의 수용에서 중요할 뿐만 아니라 삶의 경험을 (재)구조화하고 해석하는 역할을 한다. 서사적 형식들과 장르 모형들을 통해서 서사 이전의 형식을 갖추지 않은 경험과 사건들이 상징화되고 정렬되며 해석되고, 의미있는 것으로 기억되는 것이다.[20] 그러므로 여행문학 장르란 개인적, 문학적 기억의 핵심공간일 뿐만 아니라 여행에 대한 개인의 기억을 형성하고 삶의 경험을 구조화하며 전달하는 장소의 역할을 한다.

서사적 재현과 변형 단계

여행기에서 현실묘사가 결코 직접적인 반영이 아니라 여러 가지 사전 요인들에 의해 결정되듯이, 여행문학 내에서 서사적으로 재현되는 여행현실 역시 변형된 것이다. 여행자가 실제 관찰하고 경험한 것과 언어적 재현 사이에 어쩔 수 없는 간극이 생긴다. 칼하인츠 슈티를레Karlheinz Stierle는 그의 서사연구[21]에서 '사건Geschehen', '이야기Geschichte', '이야기의 텍스트Text der Geschichte'라는 세 가지 개념으로 현실의 서사적 재현과정을 설명하였고, 볼프 슈미트Wolf Schmid는 여기에 '서술Erzählung'의 개념을 추가해서 '사건', '이야기', '서술', '이야기의 텍스트'라는 네 단계 모델[22]을 제시하였다. 이 모델은 허구적 이야기의 경우에만 아니라 여행문학에도 적용 가능하다.

  슈티를레와 슈미트의 서사분석에서 사건이란 모든 상황과 일어난 일들, 행위들 전체를 의미한다. 사건의 시간과 공간은 무제한적이고, 시작이나 끝이 없이, 일정한 의미도 없이 사건은 계속된다. 여행사건의 경우는 여행준비와 시작이 있고 여행과정이 있으며 끝이 있다는 점에서 다르지만, 여행문학에서 여행과정 중 일정한 시간의 단면들을 선별해서 강조하고 의미를 부여하며 해석함으로써 사건이 이야기가 된다는 점에서 일반 허구적 서사화 과정과 동일하다. 그러므로 사건 중에서 일정한 부분들과 특징들을 선별한 결과로 이야기가 된다. 이렇게 하여 사건은 제한적이고 구조를 갖춘, 의미가 부여된 하나의 형식이 된다. 한편으로 이야기는 선별된 사건들로서 아직 하나의 플롯 속으로 들어가 있지는 않다. 서술을 통해서 이야기는 플롯을 갖추게 된다. 이야기에 구조적인 형식을 입히는 것이 서술이다. 이야기의 텍스트 차원에서는 이야기이지만 서술 차원에서는 아직 겉으로 드러나지 않은 표면하의 구조들이 언어화Verbalisierung와 서사화Narrativisierung를 통해서 가시화된다. 텍스트란 이야기가 제시된 형상이다. 여행 자체는 관찰과 경험, 체험의 우연한 연속이지만, 여행문학은 담화적 재현으로 구성된 텍스트인 것이다. 여행이라는 사건이 이해할 만한 서술모형과 여행문학 장르에 맞게 변형될 때에만 사회적으로 소통 가능한 이야기가 된다.[23] 그러기 위해 서사적, 수사적 전략이 필요하다.

여행사건이 여행문학 장르에 맞고 의미를 가진 이야기로 탈바꿈하는 과정을 안스가 뉘닝은 세 단계로 구분한다. 첫 번째 단계는 묘사하고 보고하는 요소들을 선별하는 범례화이며, 두 번째 단계는 선별된 요소들을 결합하고 연관시키는 통합화이다. 이 단계에서 여행문학의 전반적인 서사구조가 결정된다. 세 번째 단계에서는 사건을 서사로서 표현하고 관점을 부여함으로써 소통 가능한 담화로 만든다.[24] 이 단계에서 다시 여행문학이라는 장르의 관습이 영향을 미친다. 여행기는 대부분 일인칭 화자의 시점으로 서술되는데 이는 화자가 직접 체험한 것을 전달하는 장르라는 관습적 특징과 연관된다. 여행사건에 관점을 부여하는 세 번째 단계에서도 여행문학 장르의 관습에 따라 여행기를 쓰는 일인칭 화자가 가진 인지 및 평가 관점이 중심 역할을 하게 된다.

자서전에서나 여행문학에서 흔히 저자와 화자, 주인공을 동일시하는 경향이 있는데 이는 재고되어야 할 필요가 있다. 일인칭 서술상황이라도 서술하는 자아와 체험하는 자아는 구분되어야 한다. 서술하는 자아가 자신의 이전 경험과 여행체험을 회고하면서 서술한다면, 체험하는 자아는 이 서술자 이전의 자아인 것이며 엄밀히 말해 서술된 세계에서의 한 인물이다. 저자와 화자, 주인공은 동일한 인물일지라도 저자는 실제 역사와 전기의 주체이자 텍스트 생산자로서, 화자는 텍스트에 나타나서 여행에 대해 서술하는 여행기 서술자로서, 그리고 주인공이 되는 여행자는 서술되는 여행 안에서 서술되는 인물로서 용어상으로 구분되어야 한다.[25] 저자와 여행기서술자, 여행자를 이렇게 구분할 수 있듯이, 텍스트 안에서 지칭되는 독자 역시 수사적 기법에 의해 고안된 인물로서, 실제 책을 읽는 독자와 텍스트 내에서 독자로 지칭되는 텍스트 수신자, 그리고 서술된 세계 내에서 묘사되는 인물이자 여행자와 소통하는 대상자로 구분할 수 있다.[26]

지금까지 살펴본 바대로 여행문학에서 묘사된 현실이란 실제의 현실을 직접적으로 묘사한 것이 아니라 다층적인 변형과정의 결과이다. 이러한 변형과정을 통해서 여행체험은 어느 정도 일관성 있는 이야기가 되는 것이며 이야기의 형성에는 관점화의 과정과 수사적인 전략이 포함되어 있다.

여행문학 분류

현실 관련성에 준한 유형 구분

여행자의 여행체험이 여행문학에서 어떻게 서술되는지에 따라 여행문학을 네 가지 유형, 즉 기록 중심의 여행기dokumentarischer Reisebericht, 사실적 여행기realistischer Reisebericht, 편집 여행기revisionistischer Reisebericht, 자기성찰적 메타여행소설selbstreflexive Meta-Reisefiktion로 나눌 수 있다.[27] 기록 중심의 여행기는 실제 여행과 관련된 많은 자료들을 제시하면서 역사적으로 고증 가능한 장소들이나 사건들에 초점을 맞춘다. 사실적 여행기는 증빙자료들을 통해 정확성을 기하지는 않으며 여행기의 관습에 따라 서술하는 방식을 취한다. 여행을 배경으로 이야기의 플롯을 구성하는 데 초점을 맞춘다. 기록 중심 여행기와 사실적 여행기가 여행문학 장르의 주종을 이루어왔지만 편집 여행기와 메타여행소설에 대한 관심도 증가하는 추세이다. 편집 여행기의 특징은 기존의 여행기들과 대화적 비평적 상호텍스트 관계를 보인다는 점이다. 전통적이고 관습화된 여행기록 양식을 바꾸고자 하는 노력이 부각된다. 한편, 자기성찰적 메타여행소설들에서는 여행을 재구성하거나 텍스트에 허구적 요소를 가미할 때 자기 관련성이 강하게 나타난다는 점에서 편집 여행기와 구분된다.[28] 여행문학의 집필에서 저자의 자기 관련성이나 자기 성찰성이 커질수록 여행문학의 기능도 달라진다.

위와 같이 현실 관련성의 정도에 따라 여행문학의 유형을 네

가지로 구분할 때 현실 관련성이 가장 큰 유형은 기록 중심 여행기이고 그 반대편은 자기성찰적 메타여행소설이다. 메타여행소설의 중심기능은 실제의 여행과 여행기를 통해 이 여행을 언어적으로 재현하는 행위 사이에는 메울 수 없는 간극이 존재한다는 점을 드러내는 것이다. 허구적 메타자서전의 경우처럼 메타여행소설은 여행과 여행텍스트 사이의 틈을 메우려는 노력을 의도적으로 하지 않으며 오히려 상호텍스트적이고 상호매체적인 텍스트 전략으로 이 간극을 증명하는 기능을 수행하고자 한다. 전통적인 여행문학이 개인이나 민족의 정체성을 나타내는 매체의 기능을 수행했다면, 자기성찰적 메타여행문학은 여행문학 장르에 대한 비판에서 출발하여 새로운 글쓰기를 시도하려 한다.

여행 목적과 글의 특성에 준한 분류

작가에게 여행은 보통의 사람들보다 더욱 유리한 작업장이 된다. 여행지에서 새로운 소재를 발견하기도 하고 낯선 문화와의 만남에서 자신의 문화의식을 통찰하면서 변화시키거나 확장시키기도 한다. 여행지의 새로운 사물들에서 익숙한 자신의 고향을 발견하고 새롭고 낯선 것의 체험을 통해서 그의 세계이해를 넓혀간다. 그래서 근대 이후로 현재까지 여행은 작가의 글쓰기에서 중요한 계기가 되어온 것이다. 작가의 여행과 글쓰기에 대해 폭넓은 연구결과를 보이고 있는 한스-요젭 오르타일Hanns-Josef Ortheil은 여행과 글쓰기라는 두 가지 활동이 시간을 매개로 해서 서로 접점을 갖는다고 보았다. 여행이라는 큰 움직임이 글쓰기라는 작은 움직임으로 전이되는데 이 두 활동이 여행 중에 동시적으로 일어나는 경우도 많다. 여행의 시간이 글쓰기 시간을 통해 중단되고 보존되는 식이다. 여행 중인 작가는 글을 쓰는 시선으로 여행 공간 안으로 들어가고, 그의 여행을 그의 글로 덮어쓴다.[29] 이렇게 함으로써 여행의 공간이 글의 공간에 반영되고 여행과 관련된 글의 포맷이 정해진다. 작가의 여행체험이 담긴 여행문의 경우엔 여행과 글쓰기의 이러한 상호관계를 더 분명하게 볼 수 있지만 장르로서 여행문학이 아니라 하더라도 작가의 여행이 창작의 계기가 되었다면 여행과 글쓰기의 밀접한 관계를 확인할 수 있고, 작가가 남긴 여행일기나 메모, 다른 사람들과 나눈 편지들이 있다면 그러한 기록들이 여행문학 텍스트의 이해를 위해 더욱 좋은 일차자료가 된다.

여행의 목적과 여행자가 여행지라는 낯선 곳을 대하는 거리감의 정도, 그리고 여행체험을 글로 표현하는 방식에 따라 여행기는 모험여행기, 순례여행기, 교양여행기, 탐구여행기, 여행이야기, 여행소설, 관광기 등으로 대별할 수 있다. 오르타일의 여행문학 분류에 의거해서 이러한 여행기들의 특성을 알아본다. 여행기의 순서는 역사적으로 출현한 시대순에 따르지 않고 여행기들이 보이는 특징을 중심으로 유사점과 차이점을 비교하면서 살펴보기로 한다.[30]

여행의 가장 초기형태이면서 오늘날까지도 여전히 볼 수 있는 형태는 모험여행Abenteuerreise이다. 모험여행에 대해 쓴 여행기에서 여행자는 여행지를 깊이 있게 탐구하지 않은 채 일정한 거리를 두면서 자신에게 다가오는 낯선 일들에 직접적으로, 몸으로 부딪치지만, 이러한 접촉이 길지 않은 것이 특징이다. 여행자는 에피소드 식의 체험들에 연루되고, 이 체험들이 모험이야기의 내용을 구성한다. 모험여행기는 주로 여행 중 장애나 모험을 극복하고, 위험을 피해서 안전하게 새로운 곳으로 출발하는 여행자의 이야기이다. 그래서 하나의 모험을 지속적으로 발전시키지 않고 여러 이야기들을 계속 열거하는 편이다. 각각의 이야기는 독립적이고 선체를 포괄하는 상위 차원은 존재하지 않는다. 이러한 여행문학의 대표적인 예는 호머Homer의 『오디세이Odyssey』이다. 여행자가 타지를 깊이 알고자 하지 않고 그 접촉이 표면에 그치므로 여행자와 타자는 서로 화해하거나 결속하지 못한다. 그러므로 타지가 여행자의 고향이 되는 법이 없이 "근본적으로 다른 장소이며, 거의 간파할 수가 없고, 섬뜩하고, 기껏해야 (드문 경우지만 대단히 긍정적이라고 해도) 손님의 공간"[31]인 것이다.

순례여행Pilgerreise에서 타지는 종교적 내용과 주제를 영적으로 경험하는 공간이 된다. 순례여행기는 성서나 성자 이야기, 종교적 텍스트에서 중요한 역할을 하는 인물들이나 사건들과 연결되어 있다. 순례자는 여행 전에 이미 오랫동안 경전을 읽어왔기 때문에 여행지가 낯선 곳이라도 점차 친숙한 곳으로 느끼게 되며, 이미 읽고 학습한 것의 공간적 계시를 여행에서 체험하게 된다.[32] 순례자는 여행지를 성지로 보고자 하기 때문에 그곳의 세속적인 사실들이나 특징들에는 관심을 두지 않는다. 말하자면 그는 몸으로 여행을 한다기보다는 내면의 목소리나 영혼에 이끌리는 내적 여행을 하는 것이다.

순례여행의 특징이 종교적 관련성이라면, 교양여행Bildungsreise은 여행 이전의 독서와 학문연구를 현지에서 체험하는 여행이다. 교양여행은 서양에서 16세기 후반, 인본주의 시대 후반기에 시작되었다. 인쇄술의 발명으로 인한 서적보급의 확산, 세계 탐험 등과 같은 역사적 발전에 따라 등장한 여행이었다. 교양여행의 특징은, 여행을 사전에 잘 조직하고 원칙을 정해서 성공적인 결과에 이르도록 하는 여행방법론의 개발이다. 근대의 시작과 더불어 여행에 관한 학문적 연구들이 체계화되고 분야별로 다양한 여행프로젝트들이 시도되던 시대였다. 시대적 요청에 부응하여 교양여행은 여행 중에 각종의 지식을 수집하고 이 지식을 활용하며 고국으로 가져오는 역할을 맡았다. 당시의 지식 전달방식은 오늘날과 비교할 수 없이 느리고 효율성이 떨어졌기 때문에 새로운 지식에 대한 갈증이 큰 학자들은 직접 외지로 여행을 가서 그곳의 지식과 정보들을 수집해야 했고, 현지의 사정을 기록하고 전달하는 '지식 매개자Wissensmedium'의 기능을 수행하게 되었다.[33] 그들의 여행 정보 및 지식 저장소가 바로 교양여행기였다. 기능면에서 볼 때 교양여행기는 중세의 순례여행기를 근대적으로 계승한 것으로 볼 수 있다. 순례여행기와 비교하자면, 여행의 동기가 되는 독서와 학습이 경전보다 훨씬 다양한 학문분야로 확대되었고, 타지에서 습득한 지식을 학술적으로 체계화시켰으며, 순례여행에서 성직자가 종교전파자 역할을 한 것에 비해 이제 교양여행자는 여행에서 얻은 지식을 본국의 더 많은 사람들에게 전파

하는 지식매개자 역할을 하게 된 것이 차이점이다. 백과사전적인 교양여행의 시대는 19세기가 시작되면서 끝나고, 19세기에는 학문이 분야별로 전문화됨에 따라 학문분야의 필요성과 전문성에 입각한 탐구여행Forschungsreise이 수행되었다.

모험여행기가 비교적 단순한 구조 안에서 여행자가 결코 동화될 수 없는, 적대적이고 위협적인 장소로 여행지를 묘사한다면, 일정한 학술목적을 위해 떠났던 19세기의 탐구여행 역시 대상과의 일정한 거리를 유지한다는 점에서는 유사하다. 그러나 여행지를 탐구하고자 하는 목적이 있는 만큼 탐구여행자는 대상에 대한 거리감을 비교적 덜 느끼는 편이다. 고향과 다른 여행지의 특성들을 설명하려는 노력을 통해 그는 종종 여행지에서 고향, 또는 자신과의 유사성을 찾아내기도 한다. 그래서 탐구여행기의 저자는 "낯선 세계를 자기 세계로 번역하는 작가"[34]라고 할 수 있다. 잘 이해할 수 없는 타지의 요소들을 이해 가능한 것으로 밝히려는 시도 속에는 기본적으로 타자와 평화로운 관계를 맺고자 하는 자세가 전제되어 있다. 그래서 탐구여행자는 여행지에서 호의를 지닌 손님이 되고자 한다. 이런 점에서 그는, 모험여행가에게서는 찾아볼 수 없는 계몽주의적 이성과 낙관론을 대변한다.[35] 그런 한편, 탐구여행기에는 독자가 동화될 수 있는 중심인물이 결여되어 있다. 탐구여행기의 저자는 주로 낯선 대상들을 기술하고 배열하는 일에 관심을 두므로 기록된 것에 대한 자신의 생각이나 느낌을 부기하지 않는다. 흡사 그는 탐구 대상인 여행지에서 자신의 모습을 감추고 있는 것 같다. 그는 낯선 대상들을 위험과는 무관하게 대단히 섬세하게 묘사하지만, 또한 생명을 가진 존재로 그려내지도 않는다. 대상에 생명을 불어넣는 스토리텔링의 의도는 그의 몫이 아닌 것이다.

여행기에 스토리텔링을 가미한 형태가 여행이야기Reiseerzählung 이다. 여행이야기는 여행 상황들을 서술하지만 탐구여행기에서처럼 여행지를 단지 묘사의 대상으로만 여기지는 않는다. 먼저 여행자 자신이 이야기 속에 등장해서 말하고 행동하는 인물이 된다. 마치 허구적 소설에 등장하는 인물들과도 같은데, 여행이라는 실제체험을 위주로 스토리가 전개된다는 점에서 허구의 이야기는 아니다. 여행이야기의 근거는 여행기록인 것이다. 시간과 장소, 사건과 같은 여행과정을 기록하면서 여행의 사건들이 어떻게 체험된 것인지를 서술하는 것이 여행이야기이다. 오르타일은 여행이야기의 한 전형으로서 미국 작가 헤밍웨이Hemingway의 스페인 여행기를 든다. 1959년 자신의 아내와 친구들과 함께 여행했던 스페인에 대한 여행이야기에서 작가이면서 동시에 여행이야기의 화자인 헤밍웨이는 연극무대같이 인물들을 등장시키고 대화를 나누게 하면서 생동감 있게 여행체험을 전달한다.[36] 그럼으로써 여행이 체험으로서 다루어지고 논의되고 해설된다. 여행이야기에서는 여행에서의 사실들을 증명하는 것에 초점이 맞추어지는 것이 아니라 이 사실들을 유희적으로 다루는 것이 더 중시된다. 유희의 목적은 상상과 추측, 가정된 행동으로써 타지 안으로 자신을 들여놓는 것이다.[37] 여행이야기의 등장인물들은 타지의 모험가들은 아니다. 모험에서 만날 수 있는 피해를 겪지 않고, 여행을 묘사하는 것만으로 그들은 무사히 집으로 돌아간다.

여행소설Reiseroman의 인물들은 여행기록의 임무에서 벗어나 소설을 매체로 무제한의 자유를 누린다. 그들의 행동과 반응은 구체적인 역사적 시공간에 매이지 않는다. "여행소설 장르의 강력한 추진력은 여행을 탈구체화 시키고 여행에서 오히려 서정적, 서사적, 또는 극적 색채를 띤 정조를 만드는 데로 나아간다. 여행소설에서는 여행 그 자체가 핵심이 아니라 여행감정Reisegefühl이 더 중요하다."[38] 여행의 사실과 기록들을 벗어나 무한히 자유롭고, 정의되지 않은, 거의 동화적인 세계로 넘어가는 것이다. 이와 같은 유형의 여행문학의 예로서 오르타일은 요젭 폰 아이헨도르프Joseph von Eichendorff의 소설 『쓸모없는 인간의 삶에서Aus dem Leben eines Taugenichts』를 꼽는다.

내가 좀 더 계속 걸어가자 길 오른편에 대단히 아름다운 수목원이 보였다. 아침 해가 나무줄기들과 우듬지들 사이를 명랑하게 비추고 있어서 잔디에 금빛 양탄자를 깔아놓은 듯했다. 아무도 보이지 않아서 나는 나지막한 수목원 울타리를 넘어 들어가서 사과나무 아래의 풀밭에 아주 기분 좋게 누웠다.[39]

인용문에서 배경묘사와 함께 여행자가 느끼는 기분이 섬세하게 그려져 있다. 이렇듯 여행소설은 여행을 소재로 삼지만 여행자 또는 여행기 작가의 상상과 느낌에 따라 여행이 탈공간화되고 정서적으로 수용되는 특징을 보인다.

19세기에 이르러 비교적 자세하게 여행지를 안내하는 여행안내책자들이 나오기 시작했다. 여행지의 정보를 쉽게 얻을 수 있는 책자의 보급은 관광Tourismus의 형태로 여행의 대중화를 가능하게 했다. 19세기에 시작된 관광은 20세기에 들어오면서 더욱 본격화되었다. 관광객은 여행을 통해 백과사전적 교양이나 세분화된 전문 지식을 얻고자 하지 않는다. 또한 관광객은 여행지의 정보와 지식을 기록하고 보존하는 일에도 관심을 갖지 않는 편이다. 그는 잠시나마 현지에 가본 것으로 만족한다. 그렇기 때문에 관광객들의 관광기는 폭넓은 자료모음이나 상세한 저술이 아니라 즉흥적인 스케치, 사진, 그림엽서, 동영상 등의 형태를 취한다. 자신이 여행지에 갔었다는 사실의 입증으로 자기 표현, 자기 전시가 더 중요해진 것이다.

여행문학 텍스트와 허구성

문학사에서 주지하다시피 19세기 사실주의 시대 예술가들의 확고한 목표였던 '재현의 예술'은 19세기 말에 이르러 실현 불가능한, 매우 의심스러운 목표로 의식되었고, 20세기 초 아방가르드 예술가들은 '재현의 위기Krise der Repräsentation'를 선언하였다. 그들은 현실의 재현이라는 예술의 권위를 해체하고 예술을 일상의 삶으로 환원시키고자 하는 예술 활동을 펼쳤으며, 특히 모더니즘 예술가들은 현실의 관찰과 재현의 위기를 극복하고자 하는 다양한 기법과 전략을 모색하였다. 19세기 예술가들이 추구한 '관찰의 관찰Beobachtung der Beobachtung'이라는 재현자의 능력을 이제 불신하게 되었고, 모든 문학적 허구화를 거부하며 과거와는 다른 방식으로 현실에 더 가까이 다가가고자 한 것이다. 예술의 허구화 과정에 대한 이러한 반대 입장과 시도들은 여행문학 영역에서도 의미를 갖는다.[40] 그러나 아방가르드 예술가들이 19세기적 여행문학의 허구성에 대해서 문제제기를 하던 시기에도 여행작가들 대부분은 허구화를 포기하지 않았다. 중립적이고 객관적이고 마치 의과학자처럼 관찰하고 질문하고 진단하는 듯한 태도를 내세우지만 이면에서는 그들이 대면하고 있는 타자에 대해 '즉물주의Sachlichkeit'라고 볼 수는 없는 주관적인 입장을 취하였다. 그들에게 익숙한 것, 그들 자신의 이데올로기, 타자에 대해 사전 주입된 이미지가 그들의 관찰에 동반되었다. 그런 만큼 여행자는 그가 관찰하는 대상의 내부로 들어가지 못하고 외부적 시각과 척도로 대상을 허구화하게 된다. 대개 타자의 일상적 삶을 그것을 모른다고 상정된 독자에게 전달하고자 하는 여행문학 텍스트들에서는 여행자인 작가가 관찰한 것을 이같이 주관적인 허구화 과정을 통해서 독자에게 보여주게 되며 독자는 그가 의식하지도 못한 채 이 허구화의 수용자이자 평가자의 역할을 떠맡게 된다. 여행문학 텍스트는 이러한 방식으로 의미해석 작업을 수행하게 된다.[41]

여행문학에서는 대상의 의미해석에 있어서 일반 문학에서와는 달리 생산자인 작가와 수용자인 독자 양측을 연합하여 하나의 심급으로 융합시킨다. 이것이 픽션으로서의 일반 문학과 여행문학의 근본적인 차이점이라 할 수 있다. 의미해석 작업은 여행문학 작가가 처음부터 포기할 수 없는 차원이며 여행문학 텍스트의 본령이라고 할 수 있다. 저널리즘적인 일반 여행기이든 순문학으로 가공된 여행소설이든 여행을 수행한 작가의 일차적인 의도는 그의 여행과 여행지에 대한 의미해석인 것이다. 20세기 이후의 여행문학 텍스트들은 허구적 이미지 제시보다는 객관적 묘사를 유지하고자 하지만 근본적으로 여행에 대한 '설명적 묘사expositorische Beschreibung'를 벗어나기 힘들다. 물론 이러한 텍스트들 역시 문학적, 미학적 관점에서 읽고 평가할 수 있지만 텍스트의 특성이 순수 창작문학과는 다르다는 데 구별점이 있다. 그래서 현대의 여행문학 이론가나 연구자들은 텍스트가 허구적인가 사실과 일치하는가 하는 척도가 더 이상 분석범주로 타당하지 않다고 본다.[42]

여행문학 연구자인 오트마르 에테Ottmar Ette는 여행문학 텍스트들의 자전적 시점에 주목한다. 즉, 텍스트의 서술자가 서술하는 '나'와 서술되는 '나' 사이에서 연속적으로, 또한 동시적으로 자신에게 접근했다가 다시 거리를 두는 서술시점을 보인다는 것이다. 이러한 서술이 설명적이거나 객관성을 강조하거나 간에 서술되는 '나'를 문학적 인물로 내세우는 전략이 이 자전적 시점이다. 바로 이 '나'만이 여행이야기의 진정성을 담보하는 직접적인 증인이 될 수 있기 때문이다.[43] 가치중립적이고 객관적인 '순수한' 여행자가 있다고 가정하면 텍스트 차원에서 그는 여행기 내용의 진정성과 추후 사용 가능성을 보증하기 위해 작가가 만들어 낸 하나의 허구적 인물이라고 에테는 평한다. 그는 제라르 주네트Gérard Genette의 서사이론 중에서 '픽션과 딕션fiction et diction'* 개념 구분을 받아들여 여행문학 텍스트를 이 두 개념의 혼합 형태로 보고자 했다. 여행이 지역과 문화권의 경계를 넘나들듯이, 여행문학도 픽션과 논픽션 사이를 끊임없이 왕래하는 유동적인 장르이므로 픽션과 논픽션 둘 중 하나로의 분류가 원칙적으로 가능하지 않다는 에테의 주장은 타당해 보인다.[44]

19세기의 여행기들에서 서술자의 자의식이나 독자적인 해설과 더불어 순문학의 영역으로 편입된 여행기들이 보였던 대상에 대한 허구적 가공이 20세기로 들어오면서 '재현의 위기'와 더불어 비판의 대상이 되었고, 서술자의 중재 없이 최대한 객관적으로 현실에 접근해야 한다는 시대적, 미학적 요청 속에서 여행문학에 대한 평가방식에서도 다양한 논의가 펼쳐졌음을 살펴보았다. 20세기 양차 대전 사이에 아방가르드적 초현실주의나 신즉물주의에서는 여행문학에서 문학적 허구성을 배제하여 '탈문학화Deliterarisierung'하려는 경향을 보였던 반면, 에테가 주목했던 바대로 여행문학 텍스트의 자전적 또는 허구적 화자의 역할을 중심으로 텍스트의 필연적 허구성을 다시 강조하는 경향도 나타났다.

---

* Gérard Genette, *Fiction et Diction*(Paris, 1991). 이 저서에서 주네트는 '픽션과 딕션' 두 개념으로써 문학의 범위를 규정하려 했다. 언제나 문학의 '구성적 요소'로 간주되어온 것을 '픽션'으로 정의하고 픽션이 아닌 것, '논픽션'을 그는 '딕션'이라고 칭하며 이것은 시대와 장소에 따라 문학에 속할 수도 있는 '조건적 요소'라고 범주화했다.

여행문학 텍스트는 역사소설과 유사하게 문학적 허구Fiktion와 실제 사실Diktion이 뒤섞여 서술되기 때문이다. 텍스트의 의미해석이란 경험된 사건이 참여자(서술자)에게 이해 가능한 것으로 옮겨지는 것과 가상의 것을 구체적인 형상으로 옮기는 허구가 부단히 융합하는 가운데 이루어진다고 했던 볼프강 이저Wolfgang Iser의 말을 떠올리면,[45] 사실과 허구의 결합으로서 여행문학은 일반 문학과는 다른 생성과 수용의 특징을 전유하는 것이다.

독일어권의 여행문학 개요를 통해서 여행과 여행기의 역사적 발전과정과 여행문학에 관한 이론적 논의들을 대략적으로 살펴보았다. 이제 작가와 작품 중심으로 독일어권 여행문학 텍스트들에 보다 가까이 다가가서 그 특징적인 면들을 조명하고자 한다. 18세기에 이탈리아로 여행을 떠났던 괴테에서부터 21세기에 뉴욕을 방문했던 바바라 호니히만에 이르기까지 본서의 2부에서 5부까지 다룰 작가들은 직접적인 여행 경험을 바탕으로 문학텍스트를 집필했는데, 마지막 6부의 율리아 쇼흐와 크리스티안 크라흐트는 상상으로 분단의 경계를 넘거나, 과거 독일제국의 식민지 시대로 시간여행을 한 경우이다. 넓은 의미에서 여행이란 장소와 지역, 문화권의 경계를 넘는 활동이므로 이러한 가상의 여행도 논의의 대상으로 삼고자 한다.

2

자아형성과 창작 여행

요한 볼프강 폰 괴테의 이탈리아 여행

요한 볼프강 폰 괴테 Johann Wolfgang von Goethe

1749년 8월 28일, 독일 프랑크푸르트 암 마인에서 태어나
1832년 3월 22일 독일 바이마르에서 사망. 작가, 철학자, 과학자.
1786년 9월부터 1788년 6월까지 이탈리아를 여행했으며
여행 문학으로 『이탈리아 기행』(1829)을 남겼다.

괴테의 『이탈리아 기행』 독일어판 표지

괴테의 이탈리아 여행

괴테는 1775년 11월, 바이마르 공국의 칼 아우구스트Karl August 공
작의 초청을 받아서 그의 고향 프랑크푸르트를 떠나 바이마르
로 갔다. 『젊은 베르터의 고통Die Leiden des jungen Werthers』(1774)으
로 널리 이름을 날린 청년 작가 괴테는 이제 '질풍노도' 시대의
역동적인 천재 예술가의 신분에서 벗어나 바이마르 공국의 정치
와 행정의 최고 심의 및 의결기구인 추밀원의 추밀고문관이 되었
다. 바이마르의 공직을 수행하면서 그는 귀족들과 교제하는 사교
형 인간으로 변하지 않을 수 없었다. 10년 넘게 바이마르에서 현
실 정치와 사교생활에 적극 참여해오던 그는 시인으로서는 피폐
해진 자신의 현실을 직시하며 괴로워했고, 숨막히는 바이마르의
귀족사회로부터 탈출하고자 했다. 또한 그동안 그와 지고한 정신
적 사랑의 관계를 유지해왔던 7년 연상의 여인 샤를로테 폰 슈타
인Charlotte von Stein 부인에게서도 벗어나고자 했다.

1786년 9월 3일, 괴테는 칼 아우구스트 공작 일행과 휴양차 머
무르고 있던 칼스바트를 새벽 3시에 몰래 빠져나옴으로써[1] 혼자
이탈리아로 떠났다. 오랜 공직생활에 지친 괴테가 공작에게나
주위에 알리지 않고 그들의 공동체를 몰래 빠져나간 것은, 마침
8월 28일 그의 생일을 축하하기 위해 모인 지인들에게는 충격적
인 사건이었다. 괴테가 이탈리아로 떠난 이유는 대체로 "첫째, 소
년 시절부터 간직했던 남국에 대한 동경심. 둘째, 바이마르의 편
협성에서 도피하려는 충동. 셋째, 오랫동안 침체되어 있던 예술

가 정신을 되찾고 싶은 욕구"[2]로 설명되곤 한다.

어린 시절부터 괴테는 이탈리아를 여행했던 부친에게서 많은 이야기를 들었고, 부친의 소장품이나 라틴어 작품들을 통해 이탈리아의 예술을 섭해왔으므로, 이탈리아에 가서 그 문화적 유산들을 직접 보고 싶다는 강한 동경을 품어왔다. 괴테에게 이탈리아, 특히 그가 1년 넘게 체류했던 로마는 괴테 개인의 창조적인 생존을 가능하게 해주었고, 그의 예술관과 자연관을 형성해준 곳이었다. 이탈리아에서 그는 자연과 인간사회, 예술의 문제에 몰두하였는데, 자연을 유기체로 파악한 그는 인간공동체 역시 자연의 일부라고 보았고, 이탈리아 주민의 행동, 생활양식, 관습, 본질적 특성을 관찰하였다. 그러한 그에게 예술 역시 자연의 반영이 아니라 자연 그 자체였다. 그는 이탈리아 여행기에서 눈으로 보고 수용하며 이해하고자 하는 노력, 사물의 관조를 통한 영혼의 형성에 대해 거듭 강조하였다. 괴테의 이탈리아 여행은 독일문학사 및 예술사 일반에서 자주 볼 수 있는 이탈리아의 자연환경과 문화예술에 대한 동경을 실행으로 옮긴 것이면서 동시에 작가 괴테의 삶과 문학에서 하나의 중요한 분기점이 되었다. 이탈리아 여행은 괴테 생애의 전반부가 끝나고 후반부가 시작되는 전환점이 되었던 것이다. 괴테는 어린 시절부터 듣고 학습한 고대 문화의 유산을 이탈리아의 자연과 사람, 사회에서 몸소 체험함으로써 고전주의자로서 '자아형성'에 이르게 되었다.

그런데 괴테의 이탈리아 여행이 바이마르 공국의 협소한 일상과 정치로부터 도피하고자 한 자신의 내적 동기에서 비롯되었다는 일반적인 견해 이외에, 아우구스트 공작과의 합의하에, 일종의 정치적 특사로서 파견된 비밀여행이었다는 가설도 제기되고 있어 이 여행의 성격에 대해서는 이론의 여지가 있어 보인다. 괴테의 이탈리아 여행의 목적과 성격에 관한 연구논문인 「괴테와 이탈리아 여행—괴테의 이탈리아 여행을 둘러싼 담론 연구」[3]에서 조우호는 괴테의 이탈리아 여행에 관한 담론들을 '일상과 정치로부터 도피 가설'[4]과 '합의된 비밀여행 가설'[5]로 나누어 괴테의 여행기에서 가설의 근거들을 찾아 제시하고 또한 관련 연구자료들에서 가설의 전거들을 찾아 설명하였다. 일반적으로 알려진 것과는 달리 이 여행이 정치적 임무를 띤 비밀여행이었다고 추론하는 이유는, 바이마르 공국이 그때까지 유지해왔던 "지극히 봉건적이고 귀족적인 차원의 정치 형태"[6]를 "좀 더 근대적이고 체계적인 시스템을 통한 정치와 행정으로 변화시키기를 원했던"[7] 아우구스트 공작의 정치개혁 의도에 괴테가 공감하고 이탈리아에서 이러한 방향의 정치개혁이 얼마나 실효성을 거둘 수 있을지 탐사하기 위해 파견되었던 것으로 설명된다.

괴테의 이탈리아 여행의 목적이 무엇이었든 간에 22개월 가까이 이탈리아에서 장기체류하면서 고대의 예술을 경험하고 독일과는 다른 이탈리아인들의 생동감 넘치는 자연적인 삶을 공유했던 괴테가 바이마르의 공직생활에서와는 판이한 삶을 체험하고 예술가로서도 창조성을 회복하게 되었으며 문학적, 학문적 성과를 거두었던 것은 문학사적으로 확인된다.

그리스에 한 번도 가지 못했던 괴테에게 이탈리아는 고대 그

괴테의 이탈리아 여행 경로

주요 체류 일정:

── 베로나(1786.9.14.~18.) → 비첸차(1786. 9.19.~25.) → 베네치아(1786.9.28.~10.14.)
    → 볼로냐(1786.10.18.~20.) → 로마(1786.10.29.~1787.2.22.)
    → 나폴리(1787.2.25.~3.29.) → 팔레르모(1787.4.2.~18.) →

---- 나폴리(1787.5.14.~6.3.) → 로마(1787.6.6.~1788.4.24.) → 피렌체(1788.4.29.~5.11.)
    → 볼로냐(1788.5.12.~21.) → 밀라노(1788. 5.22.~27.)

리스의 문화와 조형예술, 신화의 세계를 간접적으로 경험할 수 있는 곳이었으며, 남국의 아름다운 자연과 이탈리아 사람들의 활달한 삶, 로마의 카니발 같은 민중 축제 가운데서 인간 본연의 삶에 대한 확증을 얻을 수 있었고 문학 작품의 소재와 아이디어를 얻을 수 있는 곳이었다. 로마의 카니발 체험은 연극 창조의 원동력으로 작용하여 괴테는 『로마의 카니발Das Römische Karneval』(1789)을 집필했고, 『파우스트Faust』의 2부 1막에 나오는 가장무도회Mummenschanz에서도 카니발 형태가 재확인된다.[8]

이탈리아 여행의 문학적 성과

괴테에게 이탈리아 여행의 예술적 성과는 매우 컸다. 그가 바이마르로 가기 전에 이미 구상했거나 집필을 시작했던 대작들이 이탈리아에서 집필되었는데, 특히 바이마르 고전주의를 대표하는 세 편의 희곡, 『토르콰토 타소Torquato Tasso』, 『타우리스섬의 이피게니에Iphigenie auf Tauris』(운문형식으로 고침), 『에그몬트Egmont』가 이탈리아에서 완성되었다. 또한 탁월한 자연과학 논문도 이 시기에 다수 집필되었다. 귀국 후 괴테는 그동안의 공백으로 소원해진 바이마르 사교계의 친구들에게 실망하는 한편, 젊은 크리스티아네 불피우스Christiane Vulpius를 집안에 들임으로써 관능적 쾌락을 추구한다는 비난을 받기도 했다. 다시 돌아온 바이마르에서 외로운 신세였던 그는 이탈리아 여행을 회상하며 글을 썼고, 특히 『로마비가Römische Elegien』는 로마 체류 시절에 대한 추억을 담은 글인 동시에 크리스티아네와의 행복한 사랑을 읊은 시다.

괴테는 이탈리아에서 보고 듣고 체험한 내용을 다양한 형식의 글로 남겼다. 그가 거의 매일 쓴 일기와 주로 슈타인 부인과 헤르더에게 띄운 편지, 만년에 회상하면서 추가로 써넣은 보고형식의 글, 에세이 등으로 그의 여행기는 복합적인 구성을 보인다.

이탈리아 여행의 문학화

여행기로서 『이탈리아 기행』은 독자들에게 두 가지 중요한 심리적 모티프를 제공한다.[9] 그 하나는 "답답하게 느껴지는 독일적 상황으로부터의 탈출"[10]이고 다른 하나는 "남국과 자유, 예술과 고대와의 교류라는 유리한 조건하에서 자아의 발견"[11]이다. 이 두 가지 모티프로 괴테의 『이탈리아 기행』은 독일인들에게 이탈리아를 "독일에 대한 이상적인 보완"[12]으로 각인시켰고, 20세기의 여행문화에서도 이탈리아를 많은 사람들이 선호하도록 하는 데 영향을 미쳤다.

괴테의 이탈리아 여행기는 세 차례에 걸쳐 출판되었다. 1816년 10월에 1권이, 이어서 1817년 10월에 2권이 나왔고, 두 번째 로마체류에 관한 3권은 1819년부터 집필을 시작해서 10년 뒤인 1829년 8~9월에 완간되었다. 1817년에 2권이 나올 때 책 이름은 『나의 삶에서. 제2편. 제1, 2부Aus meinem Leben. Zweiter Abteilung. Erster und Zweiter Teil』였다. 제2편이라고 한 것은 자서전 제1편에 해당되는 『시와 진실Dichtung und Wahrheit』(1813년 출간, 1833년 괴테 사후 최종 완간)을 잇는 자서전적인 책이라는 의미에서였다. 여행기의 제1부는 1786년 9월 3일 칼스바트에서의 출발부터 로마까지의 여행과 1787년 2월까지의 로마 체류에 대한 기록이다. 제2부는 나폴리와 시칠리아섬을 여행한 기록이며, 1829년에 나온 세 번째 여행기는 「두 번째 로마체류기Zweiter Römischer Aufenthalt」를 포함한 완간본으로서 이때 비로소 책 제목이 『이탈리아 기행』으로 붙여졌다.

여행기의 1부와 2부는 주로 여행일기를 바탕으로 쓰인 것에 비해, 3부에서는 여행 서신들을 다시 편집하고 여행 당시의 일들을 회상하면서 노년의 괴테가 새롭게 써넣은 월별 보고형식의 글들이 들어가 있고, 또한 자신이나 다른 사람들의 논문과 편지 등이 추가되었으며 인상적이었던 일들에 대해 괴테 자신이 쓴 인상기도 포함되었다.

1788년 6월, 여행에서 돌아온 이후로 여행기가 완간되기까지 소요된 시간이 무려 41년이나 된다는 점과 여행기의 복합적인 내용과 구성을 고려하면, 일반적으로 많은 여행기의 경우에서 볼 수 있는 것과 같이, 여행체험 자체를 직접적으로 기술하는 한 편의 여행기 집필에 괴테가 큰 의미를 두지 않았음을 알 수 있다. 여행문학의 유형 중에서 '기록 중심의 여행기'나 '사실적 여행기'를 집필하는 것이 그의 의도가 아니었음이 분명하다. 그의 여행기는 '편집 여행기'적 특징과 자기성찰적·메타여행문학적 요소

들이 강하게 나타나는 '이중 문학화doppelte Literarisierung'의 결과라
고 볼 수 있다.

『이탈리아 기행』의 텍스트 전략

여행기의 첫 부분 여러 곳에 오랫동안 갈망하던 이탈리아 여행
을 드디어 실현하게 된 여행자의 기쁨이 잘 나타나 있다. 그의
생일을 축하해주려던 지인들에게 붙잡혀 여행 출발이 지체될까
봐 작별인사도 고하지 않은 채 몰래 떠나온 자의 해방감과 자유
로움, 새로운 것들을 향한 설렘이 가득하다. 바이마르 공국의 고
위 귀족이라는 신분의 속박에서 벗어나 자유롭게 보고 듣고 느
끼며 체험한 것들을 감성적으로 표현하고 있다. 9월 19일에 비첸
차Vicenza에 도착해서 이 지역 출신의 이탈리아 건축가였던 팔라
디오Palladio의 건축물들을 구경한 괴테는 이 건축물들을 직접 눈
으로 봐야만 그 훌륭함을 알 수 있다고 강조하면서 그의 감명을
다음과 같이 표현한다.

> 그의 재능에는 실제로 어떤 신적인 것이 있다. 진실과 허구로
> 부터 제3의 것을 빚어내는 위대한 시인의 힘과 완전히 같은 것이.
> 창조물의 그 빌려온 현존이 우리를 매료시킨다.[13]

슈투름 운트 드랑의 천재미학Genieästhetik을 연상시키는 위와

같은 표현과 여행현장의 체험을 직접적으로 생생하게 표현하는 서술태도는 그러나 얼마 가지 않아서 여행에서의 경험들을 성찰적이고, 관조적으로 흥분 없이 차분하게 서술하는 자세로 바뀐다. 9월 22일에 괴테가 비첸차에서 학술원회의에 참석했을 때, "예술에 더 많은 이점을 가져다준 것은 발명인가 모방인가?"라는 예술론적 질문이 제기되는 장면에서 슈투름 운트 드랑 스타일의 격정으로 열변을 쏟아내지 않고 조용히 관조하며 내면으로 생각을 전개하는 여행자의 모습이 그려진다.

> 나는 단지 돌아다니고 보기만 하면서 나의 눈과 내면의 의식을 훈련한다. 그것 역시 기분이 좋고 행복한 유머가 떠오른다. 사람들과 민중, 국가, 정부, 자연, 예술, 풍습, 역사에 대한 나의 생각들은 계속 나아간다. 나는 조금도 긴장하지 않은 채로 가장 아름다운 향유와 훌륭한 관찰을 누린다.[14]

여행 초기의 흥분과 직접적인 표현과는 달리 이제 즉흥적인 판단이나 해설은 중지하겠다는 결정이 드러난 대목이다. 타문화에 대한 여행자의 지각이 천재미학적, 표출적 수용방법을 벗어나 내면으로부터 통제되는 관조적 표현으로 점차 바뀌어간다.[15] 1786년 11월 1일, 로마에 도착한 직후에만 해도 괴테는 다음과 같이 "세계의 수도Hauptstadt der Welt"[16]에 입성한 소감을 피력한다.

> 어디를 가든지 나는 내가 알고 있던 것을 새로운 세계에서 발

견한다. 모든 것이 내가 생각했던 대로인데, 그러면서도 새롭다. 나의 관찰이나 생각에 대해서도 같은 말을 할 수 있다. 완전히 새로운 생각이라고 할 만한 것이 없으며, 어떤 것도 완전히 낯설게 여겨지지는 않았다. 그런데 전에 알던 것들이 아주 확고하고, 아주 생생하며, 아주 유기적으로 다가와서 새로운 것으로 생각되는 것이다.[17]

이러한 소감에서 볼 수 있는 바대로 알고 있던 것을 새롭고 생생하게 확인하는 '직접성의 미학'은 작가의 감수성과 천재적 영감을 중시하는 천재미학적, 슈투름 운트 드랑적 패러다임인데, 두 번째 로마 체류 시절, 샤를로테 폰 슈타인 부인에게 보낸 1787년 1월의 편지에서는 "전에 알던 것들"과의 관련을 더 이상 유지하지 않으려는 여행자의 태도를 보인다.

로마에서 저는 더 이상 글을 쓸 수가 없었습니다. 거대한 존재가 엄습해와서 나 자신을 개혁하지 않을 수 없습니다. 더 이상 이전의 이념들을 견지할 수가 없고 계몽주의의 본질이 무엇인지를 구체적으로 설명할 수도 없습니다.[18]

과거와 결별하고 자신을 완전히 새롭게 바꾸기 위한 인지방식은 외부로부터 받는 인상들을 수용하는 것이 아니라 내면의 가치에 준해서 사물을 판단하는 것이다. 그것은 슈투름 운트 드랑의 직접성으로부터 고전주의의 성찰적 간접성으로 미학적 패러다임을 전환하는 것을 뜻하며 작가로서의 "재탄생Wiedergeburt"[19]을 의미한다. 이탈리아 여행을 마치고 로마에서 귀국길에 오르기 직전의 심경을 괴테는 다음과 같이 표현하고 있다.

모든 거대한 것은 동시에 숭고하고 이해 가능한 것으로서 독특한 인상을 풍긴다. 그러한 것들을 만나면서 나는 마치 이탈리아 체류 기간 전체의 대단히 큰 개요Summa Summarum와 같은 어떤 것을 이끌어내게 되었다. 흥분된 영혼 속에 깊이 그리고 크게 감지된 이것은 내가 영웅적-비가적이라고 부를 수 있는 하나의 정조를 자아냈다. 이 정조의 시적 형식은 비가가 될 것이었다.[20]

여기서 '거대함', '숭고', '영웅적', '비가적'과 같은 표현들은 고전주의 미학의 정서를 지시하면서 이탈리아 여행을 통해 고전주의자로 다시 태어난 괴테의 내적 성숙을 나타낸다. 괴테가 이탈리아 여행 중에 기록했던 일기나 지인들에게 보낸 편지들은 그의 이러한 내적 변화에 대한 중요한 증거자료이다. 여행 후 41년이란 긴 시간의 차이를 두고 완성시킨 『이탈리아 기행』은 괴테자신이 의도했던 바대로 한 시기의 여행에 관한 기행문이라기보다는 그의 자서전의 일부로서 내면의 성장과 발전에 대한 기록의 의미가 더 크다고 할 수 있다. 편지와 일기뿐만 아니라 여행이야기의 기록이나 시와 짧은 산문, 드라마용 텍스트 등 다양한 형식을 취한 이 글들을 1차자료로 사용하여 괴테는 마치 '자전적인 드라마'를 쓰듯이 자신에게 주인공의 배역을 맡겨서 자아발전 과정의 장면들을 연출한 것이다.[21] 그렇기 때문에 괴테는 이탈리아 여행 직후에 이 여행을 바로 문학화하는 작업에 매우 난색을 표했고, 더군다나 여행 초기의 흥분과 감탄이 직접적으로 표현된 기록들을 스스로 창피하게 여기기도 하였다.[22] 여행 당시의 많은 현장 기록들과 자료들이 오랜 편집과 퇴고의 과정에서 사라지거나 변형되었고, 여행 후에 저자인 괴테가 그의 여행문학 텍스트의 등장인물인 여행자 괴테에게 허용하는 한도 내에서만 여행기에 수용된 것이다. 그러므로 그의 여행기는 고전주의자로 거듭난 한 인간의 자기발전 과정의 기록이라는 구상에 맞추어 이중의 문학화 과정을 거친 창작물이다.

여행문학의 새로운 패러다임: 『이탈리아 기행』

괴테의 이탈리아 여행이 사적인 목적과 의도에서 비롯된 것이든 정치적인 목적의 비밀여행이었든 간에 이 여행을 통해서 괴테는 인간과 자연을 포함한 세계를 고찰하는 인지방법의 큰 변화를 경험했고, 그가 얻은 이 새로운 인식방법은 그의 문학에서의 변화뿐만 아니라 그의 공적인 정치참여에도 영향을 미친 것으로 보인다. 선행연구들이 밝힌 바대로 이탈리아 여행 후에도 괴테는 정치를 떠난 것이 아니라 "바이마르 공국의 중요한 정치 현장에 항상 있었고, 무엇보다 바이마르 소공국의 정치에서 가장 중요한 영역이 되었던 학술과 문화 분야에서 늘 정치적 구심점이 되었으

2 자아형성과 창작 여행

며"[23] 아우구스트 공작의 정치개혁의 조언자 역할을 하였다. 여행을 통해 그가 얻었던 고전주의적 세계관은 그의 창작과 공적 활동에도 중요한 삶의 원리가 되었다. 그의 여행문학인『이탈리아 기행』은 고전주의적 세계관과 인식 및 가치평가로의 내적 변화에 관한 자서전적인 기록이다. 여행기의 제1부가 기록 중심의 여행기 형태를 취하는 것 같지만 2부와 3부로 갈수록 저자의 편집과 성찰적 수정 및 보완이 증가하고 있는 여행기의 구성에서나 고전주의적 이념으로의 발전을 다룬 내용에서 모두 저자의 이러한 의도가 나타난다.

『이탈리아 기행』이 텍스트 외적으로 미친 영향은 실로 크다. 고대문화의 유적이 풍부하고 기후가 온화한 남유럽의 나라 이탈리아로 많은 유럽인들을 안내하는 자료로서 활용되었고, 19세기 여행문학의 대표저서로서 이후의 많은 여행기들의 모범이 되었다. 그러나 이 여행텍스트를 여행문학의 유형과 서술전략 관점에서 볼 때 여행체험이라는 현실과 그것의 문학화 사이에서 발생하는 차이를 대단히 잘 보여주는 '이중 문학화'의 전형이라는 것을 알 수 있다. 또한, 여행문학의 네 가지 유형 중 가장 마지막 유형인 자기성찰적 메타여행소설의 특징을 선취함으로써 여행문학 장르의 관습을 해체시키면서 시대를 훨씬 앞질러 간 한 예가 된다.

루 살로메와 라이너 마리아 릴케의
러시아 여행

루 안드레아스-살로메 Lou Andreas-Salomé

1861년 2월 12일 러시아 상트페테르부르크에서 태어나
1937년 2월 5일 독일 괴팅겐에서 사망. 작가, 정신분석학자,
정신분석가.

라이너 마리아 릴케 Rainer Maria Rilke

1875년 12월 4일 체코 프라하에서 태어나 1926년 12월 29일
스위스 몽트뢰에서 사망. 작가.

두 사람이 1900년 5월부터 7월까지 함께 다닌 러시아에 대한
여행문학으로 루 살로메의 『라이너와 함께 본 러시아—1900년
라이너 마리아 릴케와 함께한 여행일기』(1992, 프랑스어판/1999,
독일어판)와 릴케의 『시도집』(1905)이 있다.

루 살로메의 『라이너와 함께 본   릴케의 『시도집』 독일어판 표지
러시아』 독일어판 표지

루 살로메와 릴케의 러시아 여행

'장미의 시인'으로 불린 라이너 마리아 릴케와 천재적인 지성과 매력으로 많은 동시대 남성들의 구애를 받았던 루 안드레아스-살로메(이하 '살로메'라고 칭함)의 관계는 독일문학사와 유럽지성사에서 잘 알려진 사실이다. 1875년 체코의 프라하에서 태어난 릴케는 1897년 5월에 그보다 14세 연상인 살로메를 만났다. 1861년에 러시아의 상트페테르부르크에서 프랑스계 아버지와 독일-덴마크 혈통의 어머니 사이에서 태어난 살로메는 당시 이미 결혼한 상태였고, 베를린에 거주하면서 활발한 저술활동을 하던 문필가였다. 『헨리크 입센의 여성인물들Henrik Ibsens Frauengestalten』(1892)이나 『저서들을 통해 본 프리드리히 니체Friedrich Nietzsche in seinen Werken』(1894)와 같은 살로메의 책은 저명한 코타 출판사에서 몇 쇄를 거듭하면서 출판되었고, 소설작품들과 수필들이 《포시셰 차이퉁Vossische Zeitung》을 비롯한 유력 문예지들에 실리곤 하였다. 또한 빈에서 프로이트Sigmund Freud의 정신분석학을 배웠던 그녀는 정신분석을 주제로 한 많은 글을 발표했고, 1937년에 사망할 때까지 괴팅겐의 유일한 정신분석가로 활동하기도 했다.[1] 니체와 프로이트, 슈니츨러Arthur Schnitzler 등 당대 지성인들의 연인으로도 유명했던 살로메는 문단에 데뷔해서 아직 작가로서 명성을 얻지 못했던 릴케에게 작가수업의 스승이었고 인간적으로도 어머니이자 연인과 같은 존재였다. 러시아 문학을 열정적으로 읽었던 릴케는 살로메와 함께 두 차례 러시아를 여행했다. 첫 번째는 릴케와 살로메, 그리고 그녀의 남편이 1899년 4월에 몇 주간 했던 여행이었다. 이때 그들은 모스크바까지만 여행했고, 대부분은 살로메의 고향인 상트페테르부르크에 머물렀다. 첫 번째 여행 후에 릴케는 그의 『시도집 Das Stunden-Buch』 제1권인 『승려 생활의 기도서 Das Buch vom mönchischen Leben』에 실릴 시들을 썼다. 1900년 5월에서 7월까지 약 석 달간 계속됐던 두 번째 러시아 여행은 살로메와 릴케 두 사람만의 여행이었다. 이 여행을 통해서 릴케는 러시아의 전통종교와 원시적 자연, 인간 영혼의 힘을 체험하였고 이 경험들을 바탕으로 『시도집』의 제2권, 『순례의 기도서 Das Buch von der Pilgerschaft』를 집필했다. 릴케의 파리 체험을 형상화한 『시도집』의 제3권, 『가난과 죽음의 기도서 Das Buch von der Armut und dem Tod』까지 합쳐서 총 3권이 1905년에 완간되면서 시인으로서 릴케는 명성을 얻게 되는데 이 중 두 권의 시집이 러시아 여행의 결과라는 사실만으로도 이 여행의 문학적 성과를 알수 있다. 러시아 여행이 릴케의 창작에 미친 영향은 이미 기존의 릴케 연구들에서 충분히 밝혀진 바이다. "릴케에게 있어 러시아는 시의 원동력을, 그리고 파리는 그것을 시로 만들어가는 형상적 능력을 부여한 두 가지 기둥이 되는 셈이다. 실제로 러시아 모티프는 만년의 『두이노 비가』, 『오르페우스에게 바치는 노래』가 완성될 때까지도 릴케를 떠나지 않았던 것이다."[2]

릴케가 살로메와 같이 러시아 여행을 할 때만 해도 문단에서는 릴케의 명성보다 살로메의 명성과 영향력이 훨씬 더 컸지만 두 사람의 사후, 시간이 흐를수록 작가로서의 살로메는 릴케에 비해 잊힌 존재가 되었다고 해야겠다. 릴케의 삶과 문학적 추구, 그의 작품들에 관해서는 이미 많은 연구가 나와 있는 반면, 살로메가 쓴 글들은 오늘날 그다지 큰 관심의 대상이 되지 못하고 있다. 릴케에게 첫 명성을 안겨준 『시도집』의 더 큰 배경이 러시아 여행이었다는 점, 그 여행을 주도하면서 시인 릴케의 섬세한 영혼을 돌보고 그를 작가로서 이끌었던 사람이 살로메였다는 점, 여행 중이나 직후뿐만 아니라 1926년에 릴케가 먼저 사망하고 난 후까지도 살로메는 그를 회고하며 그들이 함께했던 러시아 여행에 대한 글들을 계속해서 썼다는 사실에 주목하면서 릴케와 살로메의 러시아 여행과 이 여행에 관한 살로메의 글들을 좀 더 자세히 살펴볼 필요가 있다. 그렇게 함으로써 두 사람의 러시아 여행 선택과 그 문학적 결실을 더욱 구체적으로 확인하게 될 것이다.

살로메는 릴케와 여행하기 전에도 고향인 상트페테르부르크에 자주 갔었다. 20대 초에 독일로 이주한 후로 그녀는 거의 매년 고향으로 가서 어머니와 오빠들을 만나곤 했다. 그런데 상트페테르부르크는 지정학적 위치상 '서유럽으로 향한 창문'으로서 전통적인 러시아와는 달랐다. 또한, 프랑스계 아버지와 북독일-덴마크계 어머니의 결합으로 다문화 가정에서 태어났고, 언어적으로도 독일어와 프랑스어, 러시아어를 말할 수 있었던 살로메는 러시아보다는 서유럽의 문화에 더 익숙한 편이었다. 러시아의 전통문화와 예술, 그리고 종교를 제대로 알고자 하는 갈망이 컸던 그녀와 러시아 문학에 심취했던 릴케는 1899년의 러시아 여행에 이어서 1900년에 러시아의 깊숙한 지역까지 들어가는 문화

기행을 통해서 러시아를 본격적으로 체험하는 기회를 갖고자 했다. 이 여행의 현장에서 살로메가 일지처럼 기록한 글들은 1992년에 먼저 프랑스어판으로 출판되었고, 더욱 철저한 내용 검토를 거쳐서 1999년에 독일어판이 간행되었다. 『라이너와 함께 본 러시아—1900년 라이너 마리아 릴케와 함께한 여행일기Russland mit Rainer—Tagebuch der Reise mit Rainer Maria Rilke im Jahre 1900』(슈테판 미쇼Stéphane Michaud 편집)라는 이름으로 세상에 나온 이 책의 기록들을 통해서 두 작가의 러시아 여행의 구체적인 상황들이 자세하게 알려지게 되었다.

살로메가 기록한 러시아 여행

살로메의 여행일기 『라이너와 함께 본 러시아』는 그들의 러시아 여행의 주요 방문지들을 중심으로 기록되어 있다. 모스크바의 크렘린궁을 집중적으로 관람하고 또 모스크바의 다른 박물관들과 미술관을 구경하고는 방향을 남부로 향해 툴라로 갔으며, 1899년 러시아 여행에 이어서 이번에도 그들은 다시 톨스토이Lev Nikolayevich Tolstoy를 잠시 방문했다. 이어서 교회와 수도원이 많은 키예프로, 이후엔 배로 드네프르강을 타고 북동쪽으로 흘러가서는, 소러시아에서 대러시아까지 긴 철도여행을 하였고, 마침내 볼가강에 도달했다. 볼가강에서 그들은 일주일간 선박여행을 했는데 볼가강 지역의 농부시인의 집에서 며칠간 묵으면서 짚으로 만든 침구에서 잠을 자고 말 젖을 마시는 대단히 소박한 시골 생활도 체험했다.³ 배에서 바라본 볼가 강변의 풍경과 함께 이때의 여행 인상들은 매우 강렬한 느낌으로 남아 여행 후에 살로메는 「볼가Wolga」(1925)라는 소설을 발표하기도 했다. 볼가강 여행 후에는 다시 북서 방향으로 여행을 진행해서 모스크바로, 그리고 마지막에는 고향인 상트페테르부르크로 돌아옴으로써 일종의 러시아 순회여행을 마치게 되었다.

살로메의 여행일기에 대한 하이디 기디온Heidi Gidion의 다음과 같은 평은 이 기록의 서술적 특징을 잘 요약하고 있다.

서술은 즉흥적이고, 심사숙고하지 않은 듯, 종종 갑작스럽게 시선을 바꾸기도 한다. 예를 들면, 고전과 현대 예술가들의 회화작품들을 정확하게 묘사하다가 무미건조하고 사실적으로 그림 리스트를 열거하기도 하고, (그녀가 익히 알고 있었던) 러시아의 옛 교회건축술을 묘사하다가 다시 또 러시아 민족의 종교성 등에 대해 상세한 성찰론을 펼치는 것이다.⁴

이러한 서술적 특징은 이 여행일기 『라이너와 함께 본 러시아』가 여행 후에 추가로 기록한 글들도 있지만 대부분은 현장에서 순간적으로 스케치한 글들을 바탕으로 구성된 책이라는 점을 고려할 때 자연스럽게 이해된다. 사유의 전개가 논리적이지 않거나 문체나 서술에 일관성이 없다 하더라도 이 글들은 여행 당시에 보고 들은 것들의 기록이며 여행에서의 느낌과 인상을 생생하게 전달해주는 1차자료인 것이다.

여행일기에서도 자주 언급되었듯이 러시아인들의 종교성에 대해 살로메와 릴케는 동일한 생각을 가졌던 것으로 보인다. 기독교의 역사를 보면, 1054년 동방교회와 서방교회로 기독교 교회의 대분열이 일어났고, 서방교회의 중심은 로마이며 동방교회의 중심은 콘스탄티노플이었다. 그런데 1453년에 콘스탄티노플이 이슬람에 함락되면서 동방정교회의 중심이 모스크바로 옮겨지게 되었다. "그러나 러시아정교회는 신앙의 성지聖地라기보다는 제사주의적祭祀主義的·권위주의적 장소로 바뀌어 민중 사이에 미신이 유행하는 한편, 반권위적인 교회분열과 광신적인 종파가 생겨났다."[5] 살로메와 릴케가 러시아에서 보고자 한 것은 이러한 교회분열의 역사적 증거나 러시아정교회의 교파적, 신앙적 특징이 아니라 바로 민중의 마음속에 깃든 종교성이었다. 러시아 민족은 예수를 기독교의 교리로 이해하지 않으며, 그들과 같은 존재로 사랑하고 본능적으로 느끼면서 예수에게서 기독교와 러시아의 혼을 합일시키고자 한다고 본 것이다.

이와 같이 그[예수]는 민중에 대해 사려 깊은 자, 민중의 형제일 뿐이다. 민중은 그들의 예수를 완전히 비교조적으로, 그들과 동일한 자로 사랑하고, 그들 자신조차도 많은 예수의 속성을 지니고 있으므로 기독교와 러시아의 혼을 밀접하게 결합하는 일이 용이하다는 것을 본능적으로 느끼고 있었다.[6]

2 자아형성과 창작 여행

살로메와 릴케 두 사람은 예수를 하나님의 아들이 아니라 종교성이 심오한 유대인 순교자로 보았고 예수의 종교성을 러시아인들의 본질적인 정신에서도 발견하고자 했다. 두 작가는 '서유럽적인 것'과 대조되는 모든 '러시아적인 것'에 호감을 느꼈다. 러시아인들의 원시적 종교성뿐만 아니라 러시아의 문학과 문화를 '소박하고 근원적인 것'의 증거로서 애호하던 당시 유럽의 '친러시아문화 경향slavophile Tendenz'에 살로메와 릴케도 뜻을 같이했다. 친러시아문화주의자들은 러시아문화를 단순화시켜서 서유럽문화와 대립적인 것으로 보고자 했다. 서유럽문화에서 그들이 비판했던 것은 역사의 발전에 대한 지나친 확신, 기술만능주의, 종교적 세속화, 문명의 범속화와 데카당스한 문화 분위기였다. 서유럽의 이러한 경향들을 혐오했던 그들은 동유럽 러시아의 문화에서 신선한 생명력을 확인하고자 했다. 살로메와 릴케도 러시아 여행에서 이러한 생명력을 찾기를 기대했던 것으로 보인다. 무엇보다 그들은 러시아 시골의 정교회적 전통신앙을 만나기를 원했고, 이에 맞춰 여행지를 선별하고 많은 준비를 했던 것이다.[7] 러시아의 지인들이 러시아정교회 신자들의 열악한 생활환경을 알려주며 술중독과 미신이 만연한 극빈 지역으로 여행하는 것을 만류했으나 두 작가에게 러시아 민중은 "인내심과 고통감수 능력, 자연과의 합일, 어린아이와 같은 소박성, 선조들로부터 물려받은 깊은 종교심"[8]을 가진 사람들을 의미했다.

글로 남겨진 여행—타지에서 찾은 고향과 신성의 체험

살로메와 릴케에게 러시아 여행은 처음부터 긍정적인 의미로 가
득한, 확고한 신념과도 같은 것이었다. 살로메가 몇십 년 후에 썼
던 회고록『삶의 회고Lebensrückblick』(1951년 초판 발간, 본고는 1979
년판 참조)에 들어 있는 글「러시아 체험Das Erlebnis Rußland」에서도
러시아에 대한 살로메의 생각은 여전히 긍정적임을 확인할 수 있
다. 여행 당시의 기록들인 여행일기『라이너와 함께 본 러시아』
에서는 볼가강 지대를 여행할 때 쓴 다음과 같은 구절을 만나게
된다.

내가 러시아 사람의 본성이라고 생각하는 것은 바로 이것이다.
열정과 자발적이고 소박한 따뜻함, 선입견 없이 넓은 마음, 그리
고 모든 감상이나 의무감을 잘라내고 그래서 아주 폭넓게 **모든 사
물을 그 자체**로 나타내는 그 집중된 즉물성, 이 모든 것의 혼합이
다. 이러한 타입의 인간형과 이러한 형태의 풍경 속에서 나는 많
은 어린 시절의 기억들을 떠올리게 된다. 정말 고향에 돌아온 것
같다! 그리하여 이 풍경이 미끄러지듯 지나가는 것이 하나의 고
통이 된다. 각각의 강변에 보내는 재빠르고 깊은 인사는 계속 일
어나는 작별과도 같다.**9**

살로메는 자신이 태어난 상트페테르부르크에서도 제대로 못
느꼈던 귀향의 정서를 변방의 볼가강 연안에서 비로소 얻게 되었

2 자아형성과 창작 여행

다. 옛 러시아적인 것, 인간과 자연의 가장 소박한 상태에서 본원적 종교성을 체험함으로써 고향을 찾은 느낌을 갖게 된 것이다.

살로메와 마찬가지로 러시아의 종교성과 인간성에 큰 매력을 느끼며 많은 기대를 하고 있었던 릴케는 1899년의 첫 번째 러시아 여행 이전에도 살로메에게 보내는 편지에서 러시아 교회의 부활절 축제에 꼭 참여하고 싶다는 뜻을 밝혔었다. 그래서, 살로메의 남편도 동행했던 그들의 첫 번째 여행 때, 릴케는 모스크바 크렘린궁에서 시골에서 온 사람들 사이에 섞여서 같이 러시아정교회식 부활예배를 드렸고, 그때 이미 러시아가 자신의 진정한 고향이라고 말했었다.[10] 이제 두 번째 여행에서 러시아의 문화와 종교의 근원적인 모습들을 더욱 깊이 체험한 릴케로서는 러시아에 대해 더욱 친화적인 입장을 갖게 되었다. 그런데 릴케와 살로메 두 사람이 여행에서 밀착된 날들을 보낼수록 살로메는 릴케로부터 멀어지게 된다. 그녀의 기록들에서 살로메는 여행의 동반자인 릴케에 대해 그 이름을 직접 언급하지 않고 "우리wir"라는 복수형 인칭대명사로써 릴케의 존재를 나타내었는데, 볼가강 지대를 여행할 때부터 '우리'라는 공동체 의식에 변화가 온 것으로 보인다. 위의 인용문에서 보았듯이 여기서 살로메는 자신의 근원 깊은 곳까지 체험하면서 릴케와는 나눌 수 없는 자아의 고유한 부분을 인지한다. 여행일기의 나중 부분에도 다음과 같은 언급이 나온다.

전체를 바라보는 시선으로 크고 넓게 보면 이 여행이 근본적으로 무엇이었는지를 파악하게 된다. 나에게는 예기치 못했던 어떤 다른 것, 특별한 것이었다—그것이 부르지도 않았는데 다가와서 내 손을 잡았다.[11]

기디온은 위 인용문에서 "어떤 다른 것"은 '릴케와는 다른 것'일 것이라고 보는데,[12] 이러한 가설은 타당해 보인다. 러시아 여행 전에 살로메와 릴케가 그토록 러시아의 전통예술과 역사에 심취했고, 그들이 러시아에서 보고자 갈망하던 것에 대한 준비를 함께했지만, 러시아 볼가강 지대의 원시적인 풍경과 소박한 농민들의 삶 가까이에서 살로메는 가장 자기다운 존재와 고향다움을 발견하면서 이 느낌을 다른 사람과 공유할 수 없는 자신만의 것으로 받아들인 것이다. 또한 그녀는 볼가강에서 그녀의 어린 시절 선생님이었던 헨드릭 길롯Hendrik Gillot을 떠올린다. 네덜란드 출신의 목사였던 그는 상트페테르부르크에서 그녀의 첫 번째 선생님이었고 그녀에게 서유럽에 대한 동경을 심어주어서 결국 러시아를 떠나도록 영향을 미쳤던 인물이었다.

길롯 선생님이 나를 내 본래의 고향으로부터 내게 맞는 가능성과 발전들이 예상되는 세계로 밀어 넣었듯이, 이제 나는 이 가능성과 발전들에서 나와서 **나의 의도에도** 불구하고 삶에서 무르익은 것에 몰두하는 방향으로 귀향한다. 이러한 일이 여기, 나의 고향에서 일어났다는 것이—만개할 대지를 이곳에서 발견했다는 것이, 그러니까 이곳에서 자기 자신을 벗어남으로써 자신을 다시 찾

2 자아형성과 창작 여행

앉다는 것이 말할 수 없이 아름답다.[13]

　러시아의 토착적인 풍경과 대지에서 살로메는 오래전에 떠났던 유년 시절로 다시 다가간다. 유년 시절에 대한 생각은 또한 오래전에 작고한 아버지에 대한 회상으로 이어진다. 이번 여행을 통해 살로메는 "러시아적인 소박함과 러시아적인 위대함"을 지녔던 아버지의 존재를 제대로 이해하게 되었다고 적고 있다.[14]

　이렇게 릴케와는 공유할 수 없는 '다른 것'을 발견한 그녀는 여행을 마치고 상트페테르부르크로 돌아가서 그곳에 릴케를 남겨두고 자신은 가족들이 머물고 있는 핀란드의 롱가스로 떠나버린다. 살로메가 어서 돌아오기를 간절히 바라는 릴케의 편지들에도 불구하고 살로메는 그와의 결별을 결정한다. 그것은 여행 중에, 특히 글이 잘 써지지 않을 때 릴케가 보인 지나친 심리적 불안정과 공황상태가 살로메에게 견디기 힘든 것이기도 하였고 살로메에 대한 릴케의 의존과 집착에서 벗어나고자 하는 심리적 반응이기도 했을 것으로 추측된다.[15] 살로메는 릴케에게 보낸 1901년 2월 26일 자 편지에서 릴케의 심리상태를 염려하면서 그녀에게서 분리되어 그 자신의 길을 걸으며 스스로를 치유하라고 말한다.[16] 살로메의 결별 통보에 대한 답신으로 릴케는 3연으로 구성된 시를 써서 보낸다. 그중 살로메와의 관계를 집약해서 표현한 마지막 연을 읽어보자.

　당신은 내게 가장 어머니다운 여인이었습니다.

남자들과 같은 친구이기도 했습니다.

아내처럼 보이기도 했고

그보다 더 자주 아이 같기도 했습니다.

내가 만났던 가장 사랑스러운 존재였고

내가 겨루었던 가장 힘든 존재였지요.

내게 축복을 내려준 고귀한 존재—

그런데 나를 삼켜버린 심연이 되었군요.[17]

두 작가에게 생명의 근원적인 힘과 경건함을 통찰하게 해준 러시아 여행이었지만 여행의 끝은 관계의 단절이었다. 존재의 가장 깊은 바닥까지 내려가는 여행이었다면 너무 밀착된 관계로부터 벗어나고자 하는 것은 당연한 결과인지도 모른다. 물론 완전한 결별은 아니었다. 2년 반가량의 단절 후에 두 사람의 교류는 재개되었고 이후 릴케가 1926년에 사망할 때까지 살로메는 그에게 사랑스럽고 인내심 있는 영혼의 치유자가 되어주었다.

러시아의 문화와 종교에 대한 친화력은 릴케와 살로메 두 사람에게서 공통적으로 나타나지만, 여행을 통해 느끼는 양상과 그것의 문학적 표현은 차이점을 보인다. 살로메에게 러시아 여행은 어린 시절의 많은 기억들과 연관되어 지나간 일들의 의미를 재평가하고 고향을 되찾는 계기가 된 반면에 릴케에게 러시아는 그가 갈망하던 미래의 고향에 대한 확신을 의미했다.

릴케가 사망한 후 1934년에 추가 기록한 『삶의 회고』 부분에서 살로메는 그들의 러시아 여행을 되돌아보면서 이렇게 쓰고 있다.

그 시절을 생각하면, 평생토록 그때의 일들을 당신과 나 자신에게 말하고 싶어진다. 마치 그때야 비로소 처음으로 문학이 무엇인지 경험한 것 같았지—작업으로가 아니라 몸으로 경험하는. 그리고 바로 이것이 삶의 '기적'이라는 것을. 거의 의도하지도 않은 채 당신의 내면에서 '기도'로서 솟아오른 그것을 당신 곁에 있던 사람은 그의 삶이 끝날 때까지 잊을 수 없는 계시로 기억하지 않을 수 없었다.[18]

러시아 여행은 두 작가의 삶에 이렇게 강렬한 체험으로 남았다. 여행 중에 두 사람이 모든 것을 함께 공유하는 합일된 시간을 보냈기 때문에 그 후의 삶에서 얼마간 분리되었다 하더라도 그들 두 사람에게 문학창조의 힘과 영적 재발견을 선사한 이 여행은 평생 지속되는 체험으로 남았다. 위 인용문에서 언급된 "기도"란 나중에 릴케의 『시도집』에 실린 시들을 말한다. 여행 중에는 릴케가 살로메만을 위해 읊은 시들이었다. 『삶의 회고』에서 살로메는 이 시들이 지어지던 상황을 다음과 같이 묘사한다.

이 민족은 이 운명적인 것을 '신'이라고 불렀다. 그들의 짐을 들어 올리는 높은 왕좌에 앉은 권력이 아니며, 가슴 가까이로 와서 마지막 파괴가 다가오지 못하도록 막아주는 가까이 있는 보호자였다. [⋯] 라이너는 그를, 이 신을 받아들였다. [⋯] 그는 가장 자기다운 곤궁과 경건함을 러시아의 역사와 신지학에 결합시켰고 절규와 찬양 속에서 더듬거리는 소리가 그에게서 터져 나왔다. 그

것이 이전에는 존재한 적이 없는 말이 되었고—그것이 기도가 되었다.[19]

회고록에서 살로메가 『시도집』의 시들이 창조되던 상황과 릴케에게서 신성이 무엇을 의미하는지를 설명한 것처럼, 그에게 신은 인간에게서 멀리 떨어져서 심판하는 권위적인 존재가 아니라 가까이에서 인간을 보호하고 위로해주는 따뜻한 존재이다. 『시도집』 제1권의 제목이 『승려생활의 기도서』라는 것에서도 알 수 있듯이 릴케는 자신을 기도하고 창조하는 승려예술가로 생각했고, 그에게 신이란 종교의 교리로 해석되는 존재가 아니라 마음으로 가까이 느낄 수 있는, '뺨에 베개처럼 따뜻하게 느낄 수 있는 시선'을 보내는 친구 같은 존재이다. 릴케의 이러한 범신론적 신의 개념은 러시아 여행을 통해 얻은 신성에 대한 내면의 확신에서 비롯되었고, 그의 문학창조의 깊은 원천이 되었다.

릴케와 살로메의 신성 체험은 러시아 동방교회의 성화상Ikone에 대한 그들의 해설에서도 확인된다. 오늘날 대중문화에서 재생산되는 원형의 이미지를 지칭하는 '아이콘'이라는 용어는 원래 그리스정교회에서 제작한 성화상을 뜻했다. 주로 나무로 만들어 채색한 성화상은 운반가능한 형태로, 교회의 성소를 일반 성도들이 출입하는 공간과 분리하는 성화벽Ikonostase에 거는 그림이었다. 성화상은 비잔틴과 이탈리아 남부, 아르메니아와 발칸지역을 거쳐서 러시아까지 전파되었다. 성화상에는 예수와 마리아, 성자들과 성경의 주요 장면들이 그려져 있고 뒷배경은 대부분 금색으

로 꾸며졌다. 그러나 성화상들이 몇 세기를 거치며 옮겨지는 과
정에서 원래의 금색은 사라지고 검은색으로 변했고, 러시아 전통
종교와 하부 민속 문화의 상징이자 기복신앙의 미신적인 유물로
취급되었다. 살로메와 릴케는 이 성화상들에 감탄했다. 그들은
민속예술에서 반자연주의적인 새로운 형상언어의 가능성을 찾
으려는 노력 가운데 성화상의 의미를 복원하고자 했던 1910년대
의 아이콘화 열풍을 선취했다.[20] 릴케가 『시도집』에서 자신과 동
일시하고 있는 러시아의 승려는, 지오바니 벨리니Giovanni Bellini가
그린 아름다운 마돈나와 같이 화려한 색채의 르네상스풍 성화와
는 판이하게 다른 어둡고 따뜻한 신을 그린다. 이 신은 러시아 동
방교회의 검게 변색한 성화상을 닮은 어둡고 침묵하는 존재이며
인간의 삶에 온기를 공급하는 생명의 원천이다.

러시아의 성화상들에서 받은 인상을 살로메는 두 편의 소설
에 수용하였다. 러시아를 배경으로 한 소설 『마Ma』(1901)와 『로
딩카. 러시아의 추억Ródinka. Russische Erinnerung』(1923)이다. 『마』에
나오는 아이콘화 '이베리아의 성모상Iberische Mutter Gottes'은 기적
을 행하는 성화상에 대한 민중의 경배를 묘사하기 위해 사용되는
가 하면, 서유럽에서 공부한 소설의 주인공 여자대학생의 시선에
서 동방세계에 여전히 남아 있는 중세적 미신의 표징으로서 해
석되기도 한다. 한편 소설 『로딩카』는 『마』처럼 러시아 여행 직
후에 집필했으나 시차를 두고 1923년에 발간되었다. 'Ródinka'
는 러시아어로 '작은 고향'을 뜻하는데 이 소설에서 살로메는 러
시아의 성화상 예술을 더 본격적으로 다루고 있다. 여기서도 성

화상을 미신의 잔유물로 보는 외부적 시각이 소설의 등장인물인 무샤Musja에 의해 대변되지만 디미트리Dimitrii는 성화상들에 대한 긍정적인 관점을 제시한다. 그는 "인간이 신을 직접 보기를 포기함으로써 신을 볼 수 있는"[21] 유일한 해결안이 성화상이라고 해석한다.

여행의 인상들에서 얻은 영감을 비유적인 시어로 빚어낸 릴케의 글쓰기와 비교할 때, 살로메의 두 소설은 구어적이고 직접적인 글쓰기의 특징을 보인다. 기디온은 살로메가 쓴 소설들의 문체적 특징을 "장면 묘사들을 통해서 항상 그때마다의 반대입장, 상호모순된 관점을 배치한다"[22]고 평가한다. 릴케는 러시아의 민속신앙을 자신의 신개념과 연관시켜서 비유적이고 상징적인 시 안에서 성화상을 형상화하였고, 살로메는 자신의 생각이나 느낌을 보다 쉬운 일상의 언어로 전달하고 있음을 알 수 있다. 스스로를 시인이라고 생각하지 않았던 살로메는 릴케에게서 타고난 시인으로서의 재능을 일찍이 발견했고, 1900년 이후에 발표된 릴케의 시작들에 찬사를 보내며 그를 격려했다.

그들과는 다른 세기를 살고 있는 오늘날의 독자들에게는 살로메가 남긴 글들이 그녀의 삶의 궤적과 창작에 대해 더 많은 정보를 제공해준다. 특히 20세기가 시작되던 1900년에 살로메와 릴케가 실행했던 러시아 여행이 그들의 내면의식과 종교, 그리고 문학에 어떤 영향을 미쳤는지는 릴케의 시들을 통해서보다는 살로메의 여행일기와 회고록, 그녀의 소설들을 통해서 더 폭넓게 이해할 수 있다. 살로메의 글들은 당시의 여행이 문화실행으로서

2 자아형성과 창작 여행

갖는 의미를 파악하게 하는 자료로서의 기능뿐만 아니라 작가의 여행과 글쓰기의 밀접한 관련성을 가까이에서 확인하게 해준다.

원형적 체험의 순례여행

살로메와 릴케의 러시아 여행은 서유럽과는 다른 러시아의 전통 문화와 종교에 이끌린 일종의 '순례'와도 같은 여행이었다. 두 작가는 러시아의 원시적인 자연 속에서 인간 영혼의 근원에 가 닿는 신비한 영적 체험을 했다. 그것은 자아의 재발견이었으며 고향으로의 귀환을 의미했다. 낯선 곳으로의 여행이었지만 그들의 영혼이 갈망하던 본원적인 것으로 귀속되는, 여행자가 타지의 일부분에 완전히 합일되는 보기 드문 경우였다. 러시아의 고전과 현대 예술을 감상하고 이해하고자 한 '탐구여행'의 특성도 보이지만 살로메의 여행일기에서도 확인되듯이 그들은 러시아의 문화와 종교에 대해 신념에 가까운 매우 긍정적인 기대를 품었고, 여행지에서 기대가 충족되고 더 확장되는 경험을 하게 되기 때문에 순례여행적 특징을 더 많이 보인다.

살로메의 여행일기『라이너와 함께 본 러시아』는 여행의 체험들을 생생하게 전달하는 현장기록들을 포함하고 있을 뿐만 아니라, 여행 사건들을 시차를 두고 추체험하고 성찰적 해설을 부연하는 회고록의 특성도 포함하고 있다. 여행기의 분류와 연결하자면, '여행이야기'에 가깝다. 실제 일어난 여행의 사건들을 기록하면서도 사실의 보고에 얽매이지 않고 작가가 마련한 서사적 틀 안에서 여행체험들이 전달되고 해설되기 때문이다. 살로메의 여행일기뿐만 아니라 그녀의 회고록인 『삶의 회고』에서도 러시아 체험은 하나의 독립된 장으로 다루어지고 있으며, 살로메가 릴케와 주고받은 수많은 편지들에서도 그들이 공유했던 러시아 여행의 기록을 발견하게 된다. 그러므로 두 작가의 러시아 여행은 일회적인 여행이나 한 편의 여행기로 끝나지 않고 그들의 글쓰기에 지속적인 원동력을 제공하는 원형적 체험이며 인간의 내면과 신성에 대한 깊은 탐구활동이자 잊지 못할 삶의 기억으로 남는다.

살로메와 릴케의 러시아 여행을 여행문화사적 관점에서 보자면, 계몽주의 이후 서구의 문명이 초래한 자연 및 인간 파괴와 피폐해진 공동체 삶을 직시하면서 이에 대한 대안을 동부 유럽인 러시아에서 찾고자 했다는 점에서 19세기 말부터 시작된 유럽인들의 동방여행과 같은 맥락에 놓을 수 있다.

러시아 여행과 관련해서 그들이 남긴 문학작품이나 여행기록들은 독자인 우리들에게 여행이 우리들의 일상에 던지는 의미를 되돌아보게 하고, 여행과 글쓰기의 상호작용 속에서 삶과 세계에 더 깊은 시선을 보내게 한다.

3

관점의 틀을 깨는
작가의 여행

프란츠 카프카의 유럽 여행

프란츠 카프카 Franz Kafka

1883년 7월 3일 체코 프라하에서 출생하여 1924년 6월 3일
오스트리아 클로스터노이부르크 키얼링에서 사망. 작가,
법률고문. 그의 유럽 여행 시기는 1911, 1912, 1913년으로
보헤미아 프리트란트와 라이헨베르크(1911년 1~2월),
이탈리아·스위스·파리(1911년 8~9월), 독일 하르츠 산지
융보른(1912년 6~7월), 오스트리아 빈과 이탈리아 가르다호수
지역(1913년 9월)을 여행했고, 전집 중 『일기』(1990)에 수록된
「여행일기」가 여행기록으로 남아 있다.

카프카의 『여행일기』 독일어판 표지

카프카의 유럽 여행과 여행일기

체코의 프라하에서 태어난 프란츠 카프카는 그곳에서 성장하고 대학을 마쳤으며 폐결핵으로 1922년에 조기 퇴직할 때까지 '보헤미아 왕국 노동자재해보험공사Arbeiter-Unfall-Versicherung für das Königreich Böhmen'에서 직장생활을 했다. 카프카는 그의 짧은 생애 대부분을 프라하에서 보낸 셈이다. 늘 같은 장소에 갇혀 있는 갑갑함과 무미건조한 일상에서 벗어나기 위해 주로 절친했던 막스 브로트Max Brod와 같이 이탈리아, 스위스, 프랑스 등지로 휴가 여행을 갔었고, 또 혼자 하르츠 산지의 융보른Jungborn 요양원으로 요양 여행을 떠나기도 했다.

카프카가 1911년 1월과 2월에 했던 프리트란트Friedland와 라이헨베르크Reichenberg 여행, 1911년 8월과 9월의 이탈리아와 스위스, 파리 여행, 1912년 6월, 7월의 하르츠 산지 융보른 요양원으로의 요양 여행, 1913년 9월의 빈과 가르다호수Gardasee로의 여행은 그의 '여행일기'에 기록되었다.

1911년 1, 2월에 카프카는 보헤미아 북부 산업지대의 거점지역인 프리트란트와 라이헨베르크로 공무출장을 갔다. 출장 여행 중 노트에 기록한 것을 여행에서 돌아온 후에 다시 정서한 것으로 보이는데 객차 승객들에 대한 묘사, 호텔시설과 객실 청소부, 프리트란트 성 주변 풍경, 연극 구경을 갔으나 세 번이나 표를 구하지 못하고 돌아와야 했던 일들에 대해 적혀 있다.

1911년 여름에 카프카는 막스 브로트와 함께 사적인 휴가 여행을 떠났다. 프라하의 '칼-페르디난트 독일 대학교Deutsche Karl-Ferdinands-Universität'에서 카프카와 같이 법학을 전공했던 브로트는 당시 우체국 관리로 일하고 있었는데 두 사람은 프라하에서 출발해서 뮌헨을 거쳐 취리히로, 거기서 다시 루체른 및 루가노로 여행해 갔다. 계속해서 그들은 밀라노로 갔고, 남부 이탈리아로까지 여행할 계획이었으나 콜레라가 돌아 밀라노에서 바로 파리로 노선을 바꾸게 된다. 파리 여행을 마친 두 사람은 헤어져 카프카 혼자 9월 14일부터 20일까지 취리히호수 부근의 에를렌바흐Erlenbach 요양원에서 묵다가 프라하로 돌아왔다. 카프카와 브로트 사이의 우정을 단단하게 연결하는 것은 그들이 법과대학의 동료였다는 점보다는 문학에 대한 공동의 관심이었다. 1911년 여름에 중부유럽 여행을 같이 떠나던 당시에 브로트는 소설 『노르네피게 성Schloß Nornepygge』(1908)의 성공으로 문단에 알려진 작가가 되어 있었으나, 카프카는 창작에 몰두하고 있음에도 아직 작품 완성의 결실을 맺지 못하던 상황이었다. "브로트에게 있어서 문학적으로 매우 생산적인 시기였던 여행 당시 카프카는 오히려 이 세상을 집중적으로 수용하며 준비하는 시기였다고 볼 수 있다."[1] 여행을 떠나기 전에 브로트는 그들이 하게 될 여행과 자신들의 생각에 대해서 기록을 남기자는 제안을 했다. 두 사람이 동행해서 같은 노선의 여행을 했지만 여행에 대한 그들의 기록은 큰 차이를 보인다. 브로트는 여행 중 인상이나 그가 느낀 점, 다른 여행자들과의 대화, 독일과 체코, 폴란드, 프랑스 등 여러 민족에 대한 그의 생각들을 보통의 여행기다운 직접적인 묘사로 나타낸

반면, 카프카의 기록은 상세하지 않고 완성된 형식을 띠지도 않는다. 묘사대상에 대해서 거리를 취한 채, 특정하거나 판단하지 않고 순전히 관찰만 하려는 태도를 보인다. 브로트가 여행지에서 정치와 사회, 민속학적인 관심을 추구하면서 그가 접하는 새로운 것들을 유형화하고 특징지으려 시도했다면, 카프카는 대상의 세부적인 사항들에 더 관심을 가지고 시선을 보냈으나 새롭고 낯선 것을 유형화하거나 규정하려 하지 않았다. 그러나 언어적인 낯섦에 대해서만은 두 사람이 공통된 관심을 보였는데 특히 카프카는 외국인이 사용하는 외국어에 대해서 큰 관심을 나타냈다.

1911년 9월 20일

독일어를 제대로 구사하지 못하고, 대개는 잘 구사하는 척하지도 않는 외국인들이 사용하는 독일어가 아름다워지는 특성. 우리가 프랑스인들을 관찰한 바에 의하면, 프랑스어를 사용할 때 우리가 하게 되는 실수에 대해 그들이 즐거워하거나 이런 실수만을 들을 만하다고 여기거나 하는 일은 상상할 수도 없었다. 프랑스어를 제대로 된 어감으로 사용할 수 없는 우리들도 마찬가지였다.[2]

프랑스인들이 자국어를 외국인들이 제대로 구사하지 못하는 것에 대해 관대하지 못한 것에 비해 외국인이 독일어를 그들 마음대로 잘못 사용하는 것이 독일어를 더 아름답게 만든다는 카프카의 생각은 남다르다.

카프카의 삶의 궤적에 대해서는 그의 사후에 유작을 정리해서 출판한 막스 브로트에 의해 세상에 알려졌다. 1980년에 시작해서 2004년까지 독일 부퍼탈 대학의 프라하문학과 카프카연구소를 중심으로 역사 비평판 카프카 전집이 출간되었다. 카프카가 여행 중에 수기로 남긴 일기와 메모, 작업 노트는 전집 중에서 1990년에 출간된 『일기Tagebücher』 편에 「여행일기Reisetagebücher」로 정리되어 들어 있다. 한국카프카학회는 1990년대 후반부터 카프카 역사 비평판 완역 작업에 착수하였고, 『일기』 편의 번역시는 2017년에 출간되었다.[3]

　1990년에 카프카의 일기 역사 비평판이 나오면서 카프카의 전기와 작품 해설을 위한 새로운 자료들이 제공되었다. 그러나 일기 자체에 대한 연구는 많지 않고,[4] 특히 그의 여행일기에 대한 국내·외 연구는 매우 부족한 실정이다.*

제한된 관찰 기록

여행 중에 카프카와 브로트는 그들의 여행기록을 바탕으로 한 편

---

* 카프카의 여행일기에 대한 국내 선행연구로는 이유선의 논문 「카프카의 현실적 시공간으로서 여행일기」(2011)를 들 수 있다. 논문의 저자는 카프카 역사 비평판 『일기』에 편입된 「여행일기」에 수록된 여행들 이외에도 카프카의 공무출장과 휴가 여행, 질병 치료를 위한 요양지 체류 등에 대해 상세하게 기술하였고, 카프카의 여행일기를 당시 유럽의 풍속도를 그리는 '언어화된 미적 형상물'로서 평가하고자 하였다. 2020년에 출간된 이유선의 저서 『여행하는 카프카』는 카프카의 삶의 행로를 따라가며 그의 여행과 문학 간의 밀접한 연관성을 더욱 폭넓게 고찰한 연구서이다.

의 소설을 공동으로 집필하자고 계획하게 된다. 소설의 제목은
'리하르트와 사무엘―중부유럽의 작은 여행기Richard und Samuel―
Eine kleine Reise durch mitteleuropäische Gegenden'로 정하고 리하르트라
는 인물에는 카프카의 메모를, 사무엘에게는 브로트의 메모를
사용하기로 했다. 여행의 자전적 경험을 바탕으로 대화체로 구
성한 픽션을 쓰고자 한 이 프로젝트의 첫 장에 해당되는 글이 실
제로 1912년 6월,《헤르더지Herderblätter》에 게재되기도 했다.[5] 소
설로 완성되지는 못했지만 카프카에게 리하르트와 사무엘이라
는 두 인물은 소설구상에 의해 만들어진 허구의 인물들이라기보
다는 그의 작품「선고das Urteil」의 주인공인 게오르크 벤데만Georg
Bendemann이나「소송」의 요제프 카.Josef K.와 마찬가지로 글쓰는
주체인 자기 자신을 밀접하게 반영한 의인화된 인물들이었을 것
이다.[6]

　또 하나의 프로젝트는 여행경험과 메모들을 모아서 "저예산여
행Billig"이라는 제목의 여행안내서를 만들어서 돈을 벌어보자는
것이었다. 그러기 위해 카프카는 추천할 만한 카페와 저렴한 식
당 정보들을 기록했고, 파리 루브르 박물관의 회화목록에 긴 설
명을 붙여 넣기도 했다.[7] 브로트와 함께했던 1911년 여름의 중부
유럽 여행기록은 이와 같이 여행지에 대한 카프카의 체험과 관찰
의 기록 이외에도 두 사람의 작품 창작의욕과 여행의 실용성을
추구하는 아이디어로 점철되었다.

　1912년 6, 7월에 카프카는 브로트와 함께 독일로 여행을 떠났
다. 이 여행은 두 사람이 함께한 마지막 휴가 여행이 되었다. 그

들은 먼저 라이프치히로 가서 카프카의 작품에 관심을 보였던 출판인 에른스트 로볼트Ernst Rowohlt를 만나서 출판 관련 이야기를 나누었고 다음으로는 바이마르로 갔다. 이번 여행에서도 두 사람은 각자 여행일기를 썼지만 지난번 여행에서처럼 공동의 출판 계획을 목표로 하지는 않았다. 바이마르 여행 후 카프카는 브로트와 헤어져서 혼자 융보른 요양원에서 3주 동안 머물고 나서 프라하로 돌아왔다. 융보른에서는 현장에서 여행일기를 썼고, 브로트와 같이했던 여행 기간의 메모들은 프라하로 돌아와서 다시 고쳐 썼다.

융보른 요양원에서도 카프카는 다른 여행에서처럼 조용한 관찰자의 시선으로 주변 환경과 그가 만난 사람들의 모습, 그들과의 대화에 대해 적고 있다.

1912년 7월 10일

발을 삐었다. 통증. 녹색사료를 실었다. 오후에 나우하임에서 온 아주 젊은 김나지움 교사인 루츠 씨와 일젠부르크로 산책. 내년에 그는 아마도 비커스도르프로 갈 것이라고 함. 남녀학생 공학교육, 자연 치료 요법, 코헨, 프로이트. 여학생들과 남학생들을 인솔해 간 그의 소풍 이야기. 소나기로 모두 옷이 젖어 가까운 숙소의 한 방에서 완전히 옷을 벗었다는 이야기. 밤에 부어오른 발에서 열이 난다. 뛰어가는 토끼들이 내는 소리. 밤에 일어나자, 내 문앞 풀밭에 토끼 세 마리가 앉아 있다. 괴테가 끝없이 자유롭고 자의적으로 낭독하는 소리를 듣는 꿈을 꾼다.[8]

　　　　　　　　　3　관점의 틀을 깨는 작가의 여행

카프카는 일기에서 상황에 대한 구체적인 설명을 생략한 채로 매우 간결하게, 관찰자 시점으로 일어난 일들에 대해 일기를 썼다. 괴테에 대한 꿈은 그가 앞서 방문한 바이마르 여행을 연상시킨다.

1913년 9월 6일에 카프카는 빈으로 떠난다. 「여행일기」의 마지막에 실린 이 여행에서 그는 9월 13일까지 빈에 머물다가 가르다 호숫가의 리바Riva로 가서 3주간의 요양원 체류를 한다. 이 여행에 대해서는 첫 3일간의 기록만 남아 있는데 9월 13일에 그는 이 기록을 펠리체 바우어Felice Bauer에게 부쳤다. 1911년과 1912년의 여행기록은 막스 브로트와 연관되었고, 1913년의 기록은 펠리체 바우어에게 보낸 것을 볼 때, 이 기록들을 아마도 나중에 발표할 의도가 있었던 것으로도 추측된다.

보통의 일기에는 작성자의 성찰이나 대상에 대한 주관적인 관점이 주조를 이루는 데 비해서 카프카의 여행일기에는 외부를 향한 관찰자의 시선이 두드러진다. "카프카는 사실적으로 묘사하기보다는 세밀하게 묘사된 몇몇 것들이 함께 어우러져서 하나의 그림이 되고 연속적인 장면으로 느끼도록 분위기를 재현한다"[9]고 이유선은 카프카의 여행기록을 특징짓는다.

파리 여행에서 돌아온 직후인 1911년 9월 29일 자 일기에서 카프카는 자신의 여행을 괴테 시대의 여행과 비교하면서 그 차이점을 다음과 같이 기록했다.

1911년 9월 29일

　　괴테의 여행관찰은 오늘날과 다르다. 그는 우편마차에 앉아 지대가 천천히 바뀌는 것을 보면서 더 간단하게 관찰할 수 있었는데 그 지역을 모르는 사람이라도 더 쉽게 지대의 변화를 좇아갈 수 있었기 때문이다. 말 그대로 풍경에 대한 조용한 생각이 가능하다. 마차에 앉은 관찰자에게 지대의 원래 특성이 손상됨 없이 보여지고, 마치 강과 운하의 비교에서 볼 수 있듯 철도보다 훨씬 자연스럽게 길이 지대를 가로지르고 있어, 관찰자는 억지로 무리하지 않고, 큰 수고 없이 전체를 체계적으로 볼 수 있다.[10]

　　여기서 카프카는, 괴테 시대의 마차 여행과는 달리 기차와 자동차로 하게 되는 근현대의 여행에서 관찰은 기계의 빠른 속도와 함께 대상을 지각하고 표현하게 되므로 그 방식과 내용에서 괴테 시대와는 매우 달라지는 현상을 말하고 있다. 근현대의 여행자는 보여지는 대상들의 관계를 통합적으로 관찰하거나 전체를 파악할 수 없게 된다는 것이다. 카프카의 여행기록은 그러므로 제한된 관찰 기록이다.

시각적 지각 방식과 문학적 의미화의 상호작용

여행문학 텍스트의 분석에서 주요 이슈가 되는 여행자의 외부 세계 지각 방식과 언어적 의미화 방식에서 카프카의 여행일기가 보이는 주요 특징은 시각적인 지각과 문학적 의미화의 상호작용에 놓여 있다. 이러한 상호작용은 특히 그의 여행기록 여러 곳에서 보여지는 회화나 조각 등의 예술작품 묘사에서 잘 드러난다. 카프카는 여행 중에 조형예술의 원근법에 큰 관심을 보였다. 조각이나 회화는 원근법적 투시를 통해서 유기적인 공간을 구성하게 되고 이 공간에 관찰자도 함께 포함된다는 것이 그의 생각이다. 조형예술의 공간적 잠재력에 대한 성찰이 카프카의 일기 여러 곳에 기록되어 있다. 1911년 파리 여행에서 루브르 박물관의 〈밀로의 비너스Venus von Milo〉를 본 인상을 카프카는 다음과 같이 기록한다.

> 1911년 9월 20일
>
> 밀로의 비너스, 천천히 돌며 보아도 빠르고 놀랍도록 바뀌는 그 모습. 유감스럽게도 (허리와 두른 천에 대해서) 억지스러운, 그러나 몇 가지 진실된 관찰을 했다. 그 관찰을 기억하기 위해서는 모조 조형품이 필요할 것 같다. 특히 어떻게 굽혀진 왼쪽 무릎이 모든 방향으로부터 보이는 그 모습을 결정하는지에 대한 관찰이 그러했다.[11]

여기서 보는 행위는 가만히 서서 정물을 관찰하는 것이 아니라 계속 움직이며 관찰 대상과의 거리와 위치를 변화시킨다. 시선은 관찰자와 대상을 변화시키고 스스로 변하는, 계속 새로운 상황을 만드는 하나의 움직임이 된다. 걷는다는 것은 관찰대상의 공간적 위치를 여러 개의 공간으로 전개하는, 즉 공간의 변화를 초래하는 움직임이 된다. 관찰자와 대상의 변화하는 구도에 의해 공간이 구성되므로 대상은 상대적으로만 포착 가능하다. 이렇게 볼 때, 공간은 외적 현실의 구성소가 아니라 상상하는 행위의 구성소가 된다. 지각이란 주체가 대상과 단순히 만나는 것이 아니라 보이지 않는 가상의 영역에 속하는 힘들의 지배를 받는다.*

〈밀로의 비너스〉 관찰에 이어 〈보르게스의 검투사der Borghesische Fechter〉**에 대한 동일한 날짜의 기록도 같은 맥락에서 해석 가능하다.

1911년 9월 20일

보르게스의 검투사, 이 조각상의 앞모습이 감상 포인트가 아니다. 그렇게 보면 감상자는 뒤로 물러서서 봐야 하고 그러면 산만

---

* Beate Sommerfeld, "Ins Sichtbare hineingleiten—Kafkas Kunstbetrachtungen in den Tagebuchaufzeichnungen der Reisetagebücher und Quarthefte", 《Convivium. Germanistisches Jahrbuch》(Polen/Bonn, 2013), 171~172쪽 참조: 좀머펠트는 지각이 의미로 전이되는 과정을 철학적으로 해설한 메를로-퐁티(Merleau-Ponty)의 '지각의 현상학' 이론에 근거해서 관찰과 지각에 관한 카프카의 기록을 분석했다. 메를로-퐁티는 주저『지각의 현상학(Phänomenologie der Wahrnehmung)』(1966)에서 범주들과 기준들에 관한 전통적인 철학의 개념들에 이의를 제기하며 새로운 담론을 전개했다. 그는 지각이란 것이 수동적인 주체에 주어지는 객관적인 소여이건 외부적 대상에게 주어지는 주관적인 구조이건 간에 지각된 세계와 지각하는 신체-주체 사이의 교류, 즉 대화라고 보았다. 우리의 모든 외부적, 내부적 지각들이 현상적 신체와 전객관적인 세계 사이의 부단한 변증법적인 상호작용의 산물이라는 것을 그는 강력하게 주장했다. 모니카 M. 랭어, 서우석/임양혁 옮김,『메를로-퐁티의 지각의 현상학』(청하, 1992), 233~273쪽 참조.
** 검객을 묘사한 BC 100년경 고대 로마의 실물 크기 대리석 조각품으로 루브르 박물관에 전시되어 있다.

해진다. 그런데 발이 제일 먼저 바닥에 힘을 주고 있는 것이 보이는 뒤쪽에서 보면, 단단하게 당겨진 다리를 따라서 놀라운 모습이 눈에 들어오고 저지할 수 없는 등 너머로 앞으로 들어 올린 팔과 검을 향해서 시선이 안전하게 날아오른다.[12]

이러한 예술작품 관찰기에서 볼 수 있듯이 카프카의 여행일기는 완성된 예술론은 아니지만 대상의 형상과 이미지에 관한 독자적인 담론을 전개하고 있음을 알 수 있다. 그의 텍스트는 예술품을 재현된 것으로 보여주는 것이 아니라 예술작품이 스스로를 보여주도록 관점을 구성하는 방식을 취한다. 텍스트가 시선 이동과 위치변화의 동요를 좇으면서 예술작품과 관찰자 사이의 역동적인 상호작용을 연출하는 것이다.[13]

카프카의 묘사에서는 직관을 보장하는 언어적 재현이 작동하지 않는다. 묘사하고자 하는 목적으로 대상을 생생하게 그려내지 않으므로, 텍스트는 오히려 부정확성을 가장하는 듯하다. 묘사와 상상의 관계에서 상상 쪽으로 치우치는 서술전략이다.[14] 그림이 대상의 존재를 드러내는 것이 아니라 글의 의미 조직 안에서 사라져버린다. 이렇게 예술작품을 관찰하는 방식은 여행일기의 메모들에서 현실을 지각하는 방식에도 영향을 미친다. 관찰 대상을 새로운 관점으로 전회함으로써 새로운 지각이 형성된다.

카프카의 여행기록에서 그림은 시각적인 것의 확정이 아니라 시각 속에서 볼 수 있는 것을 여는 작업이다. 현실이 그림으로 축소됨으로써 조직화된 하나의 전체상에 대한 묘사에 들어맞게 된다. 그림 속에는 상이한 시선들이 동시에 존재할 수 있고 원경이나 근경과 같이 서로 일치할 수 없는 지각이 묘사로 축조된 하나의 전체 속에 함께 들어가 있다.[15] 조각상의 묘사에서처럼 그림 관찰에서도 원근법에 대한 그의 관심이 우선한다. 그래서 원근법을 지키는 고전 회화작품들이 관찰의 대상이 되고 있는데 카프카의 『일기』에 수록된 1911년 11월 20일 자 메모를 보자.

1911년 11월 20일

어느 그림에 대한 꿈, 앵그르의 그림으로 추측됨. 숲속의 소녀들이 수천 가지 거울들에 비치고 있었다. 사실은 실제 처녀들일 수도. 그림의 오른쪽에는 다른 한 그룹이 비슷한 모양으로 무리를 형성하고 무대 커튼 위에 있는 양 가볍게 공중으로 끌어올려진 채로 왼쪽을 향해 촘촘히 모여 있었다. 그들은 거대한 가지나 나르는 띠 위에 앉아 있거나 누워 있었는데, 하늘을 향해 천천히 날아오르는 사슬에 묶여 스스로의 힘으로 둥둥 떠 있기도 했다. 이제 그들은 구경꾼을 향해 스스로를 비출 뿐만 아니라 그를 벗어나 불명료해지고 여러 겹으로 다양해졌다. 눈으로는 볼 수 없는 세부적인 것들이 가득 채워졌다. 그러나 앞쪽에는 반사되는 형상들의 영향을 받지 않은 나체의 소녀가 한쪽 다리로 버틴 채 엉덩이를 앞으로 내밀고 있었다. 여기에 앵그르 그림예술의 위대함이 있었다. 사실 내 마음에 든 점은, 이 소녀에게 닿는 촉감을 위해서도 사실적인 적나라함이 그토록 많이 남아 있다는 것이었다. 그들에 의해 가려진 한 곳에서 노랗게 창백한 빛 하나가 꺼졌다.[16]

3 관점의 틀을 깨는 작가의 여행

글을 쓰는 카프카에게는 다른 무엇보다도 시점이 관심의 대상인 것을 알 수 있다. 그림을 관찰하는 그의 시선은 원근법의 표현 법칙에 따라서 먼저 왼쪽에서 오른쪽으로, 그리고 배경에서 전경으로 옮아간다. 그림의 구도가 성공적인지 현실과 놀랍도록 유사한지가 중요한 것이 아니라 표현된 것이 관찰자에게 미치는 영향이 중시된다. 개별 대상들의 '반영'을 통해서 그림을 충만하게 하는 다양한 층위가 형성된다. 계속 새롭게 위치를 정하고 공간을 만들어내는 시점 이동을 통해서 텍스트는 그림의 숨겨진 제3의 차원을 보여주고 대상들이 서로를 가려서 볼 수 없었던 부분들을 드러내게 된다.[17]

　카프카에게 예술작품은 전통적인 의미로 이해되지 않고 촘촘하게 엮이고 꿰뚫어 볼 수 없는 하나의 덩어리이다. 그래서 유동적인 시선이 필요한 것이다. 예술작품을 보는 시선의 이 불안정성은 시선의 안정성에 대립된다. 대상에 대한 유동적인 시점화와 분절화, 모호하게 만들기는 대상과의 관계 속에서 미학적 자기성찰을 수행하는 방식이다. 현실 모방의 완성도에 따라 예술작품의 명성이 결정되는 것이 아니다. 카프카의 그림묘사는 모방과 사실주의를 초월한 "문학적 연출poetische Inszenierungen"[18]로 평가해야 할 것이다. 현실모방적인 예술에 대해 카프카는 그의 『일기』에서 "모방충동Nachahmungstrieb"이라는 말로써 다룬 적이 있는데, 이 충동으로 관찰자와 관찰대상이 전복되어 관찰자가 대상에 동화되고 자아를 상실하게 된다고 풀이했다.[19]

　카프카의 여행일기 기록들도 1900년을 전후한 문학의 시대적 경향대로 객관성과 명백한 증거를 좇는 면이 없지 않지만, 대상과 현상에 대한 직접성을 내세우는 서술전략을 보이지 않는다. 그는 오히려 닿을 수 없는 대상의 초현실성을 다양한 지각 방식을 통해서 언어적으로 묘사 가능하게 만들고자 하는 서술전략에 몰두한다. 대상을 지각하는 유동적인 시점과 마찬가지로 그에게 문학적 의미화란 결코 의미의 확정이 아니며 의미를 계속적으로 모색하는 과정이다. 그의 그림묘사는 일종의 언어유희Sprachspiele 로서 언어를 그림매체에 양도함으로써 대상의 이미지들을 텍스트로 내보낸다. 세기전환기의 언어위기Sprachkrise를 자신의 방법으로 넘어서고자 한 카프카의 서술전략을 그의 여행일기에서 읽게 된다.

낯선 것을 만나는 창의적 방식

여행문학은 사실과 허구의 결합으로서 일반 문학과는 다른 생성과 수용의 특징을 갖는다. 여행문학 연구에서 쟁점이 되어왔던 대상의 지각 방식과 지각한 것의 언어화 문제는 여행문학 작가들과 그들의 개별적인 텍스트들에 따라서 매우 다양한 양상을 보이므로 일정한 연구방법이나 평가기준을 적용하기 힘들다. 비드머가 적절하게 제시한 바대로 여행지에서 대상을 관찰하고 묘사하는 여행주체는 자신이 속했던 사회의 언어와 세계해석모형으로부터 결코 자유로울 수 없기 때문에 대상과의 직접적인 만남이나

3 관점의 틀을 깨는 작가의 여행

온전히 객관적인 지각이란 존재하지 않는다고 해야 할 것이다.[20] 이러한 근본적인 문제는 20세기 초 예술가들이 겪어야 했던 언어와 재현의 위기의식에 그 뿌리를 둔다. 동시대에 문학작품 창작에 열정을 불사르다 짧은 생애를 마감했던 카프카는 대상을 지각하고 그것을 텍스트 안에서 어떻게 의미화할 것인가 하는 문제를 놓고 세계와 자신과의 관계에 대한 깊은 성찰 과정을 거쳐서 그만의 창의적인 방식을 구현했다. 조각상과 그림과 같은 예술작품 감상기록에서 볼 수 있었듯이 대상을 보는 관찰자의 시점을 계속 이동하면서 대상의 다양한 모습들, 그 3차원의 존재 형태를 찾아가는 서술방식을 그의 여행기록에서 시도한 것이다. 자신의 시점과 위치를 변화시키면서 낯선 세계를 대하고 타자를 자기 안에 수용하고자 하는 자세는 여행을 통해서 자기 언어와 세계 이해의 제한적인 틀을 넘어서 타자와 새롭게 만날 수 있는 유효한 방법이다. 대상의 직접성과 미학적 허구성이 본래적으로 부딪치는 영토인 여행문학에서 카프카의 신선한 해결안을 확인하게 됨은 독자로서 기쁜 일이 아닐 수 없다.

헤르만 헤세의 인도 여행

헤르만 헤세 Hermann Hesse

1877년 7월 2일 독일 칼프에서 태어나 1962년 8월 9일 스위스
몬타뇰라에서 사망. 작가, 화가. 1911년 9~12월에 동남아시아를
여행했고, 여행기 『인도로부터』(1913)를 남겼다.

헤세의 『인도로부터』 독일어판 표지

독자가 사랑하는 작가 헤르만 헤세

독일의 작가 중 헤르만 헤세만큼 국내에 많이 소개된 작가도 드물다. 헤세의 문학작품들이 많이 번역되었고 헤세에 관한 석·박사 논문과 연구서, 일반 독자를 위한 소개서도 많이 출간되었다. 덕분에 헤세의 문학과 사상이 많이 알려지게 되었다. 『향수Peter Camenzind』(1904), 『수레바퀴 아래서Unterm Rad』(1906), 『데미안Demian』(1919)과 같은 헤세의 소설들은 십 대의 청소년들을 위한 권장도서목록에 들어가 있고 실제로 많이 읽히는 작품들이다.

독일의 청소년들도 헤세의 작품을 즐겨 읽는다고 한다. 1977년 5월 13일, 헤세의 고향 칼프에서 개최된 제1회 국제 헤르만 헤세 콜로키움에서 마르틴 파이퍼Martin Pfeifer가 발표한 강연 "헤르만 헤세─청소년과 학교에서의 그의 의미"에 따르면, 1957년에 발표된 연방주 교육계획안에서 헤세는 필독서가 아니라 선택도서목록에 있는 주변 작가에 지나지 않았다고 한다. 1960년대에 미국에서 베트남 전쟁 반대운동과 히피문화의 맥락에서 헤세가 수용되어 선풍적인 인기를 끌고 난 후 거의 10년이 지나서야 독일에서 헤세의 문학이 재수용되었는데, 그것도 학교 문학교육 담당자들의 선택에 의해서라기보다는 기존의 사회질서로부터 해방되기를 희망하는 청소년층의 자발적인 선택과 호응 덕분이었다. 김나지움 학생들과 대학생들이 즐겨 헤세의 문학을 읽었고 그에 대해 세미나에서 토론하기를 희망했다. 헤세의 작품들이 전하는 메시지인 '사회적 구속으로부터의 해방', '진정한 자유와 개인화의 옹호'가 청소년들의 마음에 와 닿았던 것이다.

그럼에도 불구하고 헤세는 독일에서보다는 미국이나 아시아에서 더 많이 읽히는 작가이다.『데미안』과 같은 그의 대표작은 국내에 이미 여러 차례 번역되었는데 현재에도 재번역이 시도되어 거듭 출간되고 있다. 그러나 헤세 문학의 독서와 연구는 대표적인 몇몇 작품들에 편중되는 경향이 있다. 특히 문학작품이 아닌 글들은 관심의 초점에서 벗어나 있는 편인데, 헤세의 인도 여행과 관련된 글들도 그러하다. 동양의 정신세계에 관한 헤세의 지대한 관심과 그의 사상의 요체라고 할 수 있는 '양극적 전일사상'은 인도 여행을 통해서 중요한 인식의 기반을 얻었다는 점을 생각할 때 헤세의 동양사상과 문학세계의 이해에서 인도 여행의 의미는 각별하다.

이러한 관심에서 출발하여, 헤세의 인도 여행이 그의 이후 문학 창작과 정신적 발전과정에서 차지하는 의미를 살펴보고, 이 여행에서 헤세가 어떻게 동양의 낯선 문화를 접했는가를 상호문화적 관점에서 알아보고자 한다. 그럼으로써 실천적 휴머니스트로서 헤세를 더욱 잘 이해할 수 있는 계기를 얻게 될 것이다.

헤세의 인도 여행

1911년 9월 4일, 독일 보덴호수 근교의 작은 마을 가이엔호펜을 떠나서 그해 12월 13일에 되돌아오기까지 헤세의 인도 여행 과정이나 여행의 계기에 관해서는 이미 여러 연구들을 통해서 밝혀졌다.[1] 친구인 화가 한스 슈투르체네거Hans Sturzenegger가 싱가포르에서 부친의 회사를 인수해 경영하는 형을 방문하기 위해 인도 여행을 계획하고 있다는 사실을 알게 된 헤세는 그와 동행하여 여행을 떠나기로 결심하고, 베를린의 출판업자 사무엘 피셔Samuel Fischer에게 4천 마르크의 선수금을 받아 인도 여행을 떠나게 된다. 당초의 계획으로는 인도 본토까지 들어가는 것이었으나 그들은 동남아의 기후와 열악한 여행 여건에 잘 적응하지 못했고, 예상외로 비싼 물가 등으로 인해 여행 일정을 단축해서 3개월 만에 귀국하게 된다. 이 여행에서 헤세가 방문한 곳은 콜롬보(실론, 오늘날의 스리랑카), 페낭, 쿠알라룸푸르, 싱가포르(말레이반도), 잠비, 펠라양, 팔레방(수마트라), 캔디 등이다.

헤세는 여행 중에 일지를 기록하였고 여행지에 대한 기행문을 썼으며 이러한 글들을 모아 1913년 주르캄프 출판사에서 여행기 『인도로부터Aus Indien』를 발표하였다. 그러나 그의 인도 여행은 이것으로 종료된 것이 아니라, 인도를 향한 내면 여행을 계속하여 인도와 중국 등 동양의 문화와 철학, 종교에 관한 그의 관심을 심화시켜나갔고 다양한 글들을 통해서 자신의 생각을 밝혔다. 폴커 미헬스Volker Michels가 1980년에 출판한 『헤르만 헤세: 인도로부터Hermann Hesse: Aus Indien』*는 헤세의 1913년판 인도 여행기에다 그 이후의 글들을 모아 낸 책으로 동양의 정신세계에 관한 헤

---

* 이 책은 『헤르만 헤세의 인도 여행』(이인웅/백인옥 옮김)으로 국내에 소개되었다.

헤세의 인도 여행 경로[2]

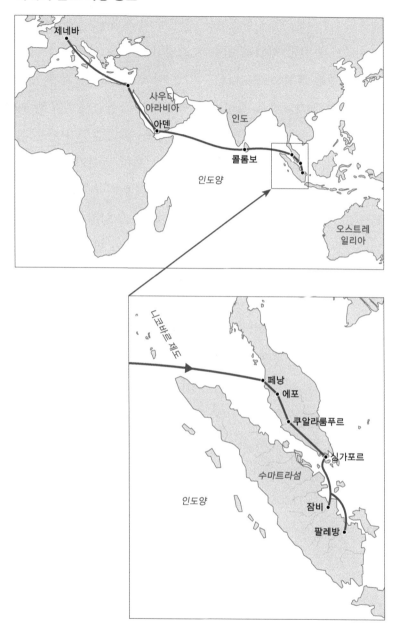

세의 관심이 발전해간 과정을 살펴볼 수 있는 자료이다.

선교사이며 인도어문학자였던 외할아버지 헤르만 군데르트Hermann Gundert 박사, 인도에서 선교사 활동을 했던 아버지 요하네스 헤세Johannes Hesse, 그리고 동인도에서 태어나 그곳의 교육을 받았던 어머니 마리 헤세Marie Hesse의 영향으로 어려서부터 인도의 지혜와 사상에 관심이 많았던 헤세에게 인도는 문화와 종교, 철학의 원천이었다.[3] 어린 시절에 시작되어 평생 지속된 인도에 대한 그의 관심과 연구는 그 시기와 내용에 따라 크게 세 단계로 구분할 수 있다.[4] 가족의 영향으로 인도 문화를 직·간접적으로 자주 접하게 되었던 어린 시절부터 1904년 작가로서 보덴 호숫가의 가이엔호펜에 정착하기까지는 무의식적으로 인도의 문화와 정신을 수용하던 전 단계로서 이 시기에 그는 양친으로부터 인도에 관한 무수한 이야기를 듣고 인도의 문물을 경험하며 힌두교와 불교의 경건한 종교성을 접하게 된다. 그러나 양친은 타 종교에 대한 관대함 이면에 늘 기독교만이 유일하게 완전한 종교라는 생각을 바꾸지 않았고 경건주의적 기독교 신앙의 굴레를 벗어나지 않으려 했다. 헤세에게는 그러한 부모가 정신적으로 편협하고 교조주의적 속박에 매여 있는 것으로 보였고 그와 같은 기독교의 한계를 벗어나 더 폭넓고 깊은 종교성에 이르고자 하는 욕구를 느꼈다.[5] 양친을 떠난 이후로 헤세는 10년 동안 인도 문화와 접촉 없이 살았는데 27세 되던 1904년, 가이엔호펜의 농가에 살면서 쇼펜하우어의 철학을 공부하다가 다시 인도 문화와 철학에 관심을 갖게 되었고 힌두교의 경전인 『바가바드기

타Bhagavad Gita』의 번역본을 구해 읽게 되었다. 그 후로 헤세는 인도의 정신세계에 대한 관심을 평생 놓지 않았다. '의지'를 인간의 비이성적인 충동으로 파악한 쇼펜하우어의 철학에서 그는 인간 자신의 이기적이고 충동적인 욕망 때문에 평생 고통 속에 살아간다고 보는 불교의 세계관과 유사함을 보았고 인도의 경전에 접근해 갔다.[6] 이러한 의식적이고 의도적인 인도에의 접근과 모색의 시기가 제2단계에 속하며, 그 가운데 헤세의 인도 여행은 구체화된 모색 중 하나였다. 그의 인도 여행은 그러니까 인도에 관해 무의식적으로 정보를 축적하던 시기에서 의식적이고 주도적으로 정보와 지식을 섭렵하려는 발전단계에 이루어진 것이다. 이 여행은 동남아시아 일대에서 그가 직접 겪은 일들의 경계를 넘어서 이후에도 그의 의식 속에 남아서 그 의미가 재해석되었고, 그의 창작에 활용되었다. 여행에서 돌아온 후에 쓴 「아시아에 대한 추억 Erinnerung an Asien」(1914)은 인도 여행의 인상들을 회고하면서 여행의 의미를 종합적으로 고찰하는 글이고, 「인도에서 온 방문객 Besuch aus Indien」(1922)은 인도 여행이 10년이 넘는 시간의 흐름 속에서 그의 의식 깊은 곳으로 내면화되어 그의 정신적 발전의 중요한 좌표가 되었음을 고백하는 글이다. 대략 1921년부터 시작되어 '인도의 시'라는 부제가 붙은 소설 『싯다르타 Siddhartha』(1922)에서 정점에 이르는 '인도 여행의 내면화'는 인도에 대한 헤세의 관심 제3단계를 나타낸다.

헤세의 인도 여행은 일종의 도피 여행이었다. 여행 동기에 대해서는 인도를 '전생의 고향'으로 생각하는 헤세가 고향으로 가고자 하는 내적 충동을 느꼈으리라는 것,[7] 당시 제1차 세계대전으로 치닫고 있던 유럽의 사회적, 정치적으로 불안한 상황과 향락적이고 취향 없는 일상문화에 대한 회의에서 돌파구를 찾으려는 심리, 그의 첫 번째 아내인 마리아 베르눌리Maria Bernoulli와의 결혼생활이 파탄에 이른 상태에서 벗어나고자 하는 욕구 등으로[8] 추측된다. 「인도에서 온 방문객」에서 헤세 자신은 다음과 같이 말한다.

나의 여행은 일종의 도피였다. 나는 유럽에서 도피하였고, 유럽을 거의 증오하였다, 그 조야한 무취향성과 소란스러운 시장터 분위기, 조급한 불안과 거칠고 아둔한 향락욕을.[9]

그러나 헤세는 이 여행에서 그가 찾고자 하던 것을 얻지 못하고 실망하고 지친 채 일정을 3개월로 단축하고 고향으로 돌아온다. "한가로운 평화와 고대의 지혜를 찾아볼 수가 없었으며, 어느 곳에서도 애타게 그리워하던 고요한 인도의 진정한 정신과 접촉할 수 없었다."[10] 로맹 롤랑에게 보낸 1923년 4월 6일 자 편지에서 헤세는 여행에 대한 실망을 이렇게 표현한다.

이 여행 자체는 하나의 큰 실망이었습니다. […] 그러나 내가 유럽에 지쳐서 인도로 도망쳤던 순간인 그 당시에 나는 저편의 세계에서도 이국적 매력 이외에는 아무것도 발견하지 못했답니다. 이 물질적 이국풍은 그 당시 내가 이미 알고 또 찾고 있었던 인도

의 정신세계로 가까이 인도해주기보다는 여행을 하는 동안에도 더욱 멀리 떨어지게 했습니다.[11]

근대화된 유럽의 일상에서 찾을 수 없었던 순수한 정신성과 심오하고 온전한 종교성을 스리랑카, 말레이반도, 수마트라 등지의 동남아시아를 여행하면서 아시아인들의 삶의 현장에서 찾고자 기대했다면 그것은 이상을 눈앞의 현실에서 보고자 하는 실현 불가능한 바람이었을지도 모른다. 동남아의 현실에서도 헤세는 근대화된 유럽의 영향을 확인해야 했고, 척박하고 열악한 삶의 조건들을 마주해야 했다. 그러한 여행 중에도 감동적인 대상들과 인간 삶의 보편성을 발견한 것이 헤세에게는 여행의 큰 소득이었다고 해야 할 것이다. 펠라양의 원시림에서 헤세는 태고의 자연을 발견하고 숭고한 느낌을 받는다.

이곳에서 자연은 쉼 없이, 놀라운 생산성과, 돌진하는 생명과 소모의 열기로 들끓고 있어 나는 그 열기로 감각이 마비되는 듯하고 경악에 빠질 지경이다. 북구인의 감정을 갖고 있는 나는 질식할 듯한 그 잉태의 황홀경 한가운데에서 특히 잘 완성된 개별 형식을 보여주는 현상을 만날 때마다 감사함으로 대한다. 이따금 얽히고설킨 두꺼운 덤불을 뚫고 영예로운 승리자처럼 우뚝 솟아난, 형언할 수 없이 강하고 장대한 한 그루 거목을 보게 된다. 그 나무 꼭대기에는 수천의 동물들이 둥지를 트고 살고 있을 것이다. 그리고 그 위엄 있게 높은 줄기에는 덩굴식물들이 고요하고 품위 있게

3 관점의 틀을 깨는 작가의 여행

나무두께의 곧은 줄기들을 드리우고 매달려 있는 것이다.[12]

헤세는 또한 삼림 개발권을 따낸 외국 기업에 의해 원시림이 벌목되는 장면을 목격하면서 씁쓸한 느낌을 갖는다. 현지인 노동자들이 숲에서 거친 막노동을 하지만 그들은 결코 주인이나 기업가가 되지 못하고 벌목꾼으로 남을 뿐이며 그렇게 번 돈을 맥주나 담배, 시곗줄, 일요일 나들이용 모자를 사는 데 써버려서 결국 외국 기업에 도로 바치게 된다는 것을 알기 때문이었다.[13]

인간상에서나 종교성에 있어서 유럽의 대안을 찾고자 했던 헤세에게 강한 인상을 준 것은 아시아인들의 종교생활이었다. 계몽적 이성과 기술이 발달한 서구사회에서는 경건한 종교성이 이미 결여되어 있는 반면 아시아인들은 종교에 귀의하고 종교적 원칙을 생활의 중심으로 삼음으로써 영적으로 더 행복한 삶을 누린다고 헤세는 보았다.

비교해보면 서양의 결핍이요 약점인 것이 동양의 강점으로 드러난다. 이곳에서는 우리 영혼의 모든 회의와 근심, 그리고 희망들이 더 강하고 확실한 것으로 느껴진다. 도처에서 우리는 우리 문명과 기술의 우세함을 인식하게 되지만, 도처에서 동양의 종교적인 민족들이 우리에게는 결핍되어 있고 그래서 우리가 우리의 우세한 점들보다 더 높이 평가하는 그런 장점을 그들이 누리고 있음을 보게 된다. [⋯] 유럽문화를 구하고 존속시키는 길은 영적인 삶의 예술과 영혼의 공유를 되찾는 것뿐이라는 사실은 분명하다. 종교가 극복되고 대체되어질 수 있는 어떤 것인지는 모르겠다. 종교나 종교를 대체하는 그 어떤 것이 있다면 그것은 우리가 가장 필요로 하는 바로 그것이라는 사실을 나는 다른 어디서보다 바로 아시아의 여러 민족들 사이에서 가장 통렬하게 인식할 수 있었다.[14]

헤세가 아시아인들에게서 보았던 종교성이란 어떤 일정한 종교나 교리 내용과 관련된 것이 아니라 절대자에 대한 절대 믿음의 태도와 일상생활에서 우선시되는 종교의 위상을 의미하며 '절대성'을 향한 구도적 자세와 '믿을 수 있는 능력'을 뜻한다고 봐야 할 것이다. 아시아인들의 온전한 믿음은 그래서 여행 중인 헤세에게 강한 인상을 남겼고, 그들의 종교 중심적인 삶의 방식과 내면의 확신이야말로 유럽의 계몽된 이성주의자들보다 우월한 것이라고 보았다.

아시아인들의 종교성과 연관하여 헤세가 중요시한 또 다른 경험은 '인류의 단일성Einheit der Menschheit'이다.

그르렁대며 낯선 방언으로 구걸하는 걸인의 중얼거림, 열 민족과 서로 다른 언어를 사용하는 사람들이 말없이 서로 이해하는 것. […] 그리고 이들 모두가 우리와 같은 사람들이며 형제들이고, 같은 운명을 나누는 사람들이라는 도처에서 느껴지는 독특한 행복감! […] 민족들의 경계와 지역을 넘어 하나의 인류가 존재한다는 이 작고 오래된 평범한 진리가 내가 그 여행에서 체험한 최후, 최대의 것이었다. 이 진리가 내게는 대전 이후 점점 더 가치

있게 와 닿았다.[15]

종족과 언어의 차이를 넘어 형제애를 공유하며 모두가 평등한 관계로 살아가는 실천적 휴머니즘을 헤세는 문명화된 유럽의 관점에서는 열등하고 미개한 지역인 아시아의 변방에서 발견한다.

인도 여행에서 얻은 종교성과 인류의 단일성에 대한 강렬한 체험은 헤세의 세계관과 종교관에 지속적으로 발전적인 영향을 미쳤다. 신비주의적 종교관에서 출발한 헤세는 어느 특정 종교나 교파에 국한되지 않는 초교파적인 하나의 종교로의 종합을 희망하였다. 주로 인도의 종교와 중국의 종교, 그리고 기독교에 몰두했던 그는 동양과 서양이 서로를 인정하는 것을 바탕으로 하여, 특히 종교의 영역에서 동양과 서양 사이의 연결 고리를 밝혀내고, 궁극적으로 동·서양의 종교가 단일한 기반을 갖는다는 것을 포착하려고 노력하였다.[16]

나는 더 이상 불교신자이거나 도교신자이기를 원하지 않았고, 어떤 성인이든 마술사든 스승으로 삼기를 희망하지 않았다. 이 모든 것이 중요치 않게 되어버린 것이었다. 또한, 숭배하는 동양과 병들고 고통받는 서양, 아시아와 유럽 사이의 큰 차이도 나에게 더 이상 중요한 문제가 아니었다. 나는 가능한 한 많은 동양의 지혜와 제례 속으로 파고드는 일에 더 이상 가치를 두지 않게 되었다. 오늘날 수천의 노자 사상 숭배자들이, 도에 대해서는 말도 들어본 적이 없었던 괴테만큼도 알지 못한다는 사실을 나는 알게 되었다. 유럽이든 아시아든, 시대를 초월한 가치와 정신의 지하 세계가 존재하고. […] 그래서 유럽과 아시아, 베다와 성경, 부처와 괴테가 다 같이 참여한 이 무시간적인 세계에서, 하나의 정신세계의 평화 속에서 사는 것이 바르고 좋다는 것을 알게 되었다.[17]

이러한 주제를 문학적으로 형상화한 것이 그의 소설 『싯다르타』이다. 그뿐만 아니라 인도 여행을 통해 그가 체험하고 인식한 인간정신과 종교성의 문제는, 『데미안』, 『황야의 이리Der Steppenwolf』(1927), 『동방순례Die Morgenlandfahrt』(1932), 『유리알 유희Das Glasperlenspiel』(1943) 등 제1차 세계대전 이후 창작된 그의 대표 작품들의 중요한 정신적 기반이 되었다.

인도 여행 자체는 여행 전의 기대에 비해 실망스러운 것이었고, 태고의 자연을 그대로 보여주는 원시림에서도 유럽 열강이 식민지 개발의 손길을 뻗치고 있음을 보아야 했으며, 착취당하는 식민지 사람들의 비참하고 서글픈 현실이 연민을 자아내기도 했다. 반면에 헤세는 이 여행에서 극단적인 종교적 금욕과 자기 체념 사이에서 무기력해진 인도인들보다는 훨씬 더 실용적이고 생동감 넘치며 진취적인 중국인의 기상을 발견하게 되고 그들에게서 아시아의 미래 가능성을 예감하기도 했다.

무엇보다 큰 여행의 성과는 헤세가 어린 시절부터 벗어나고자 했던 종교의 속박을 뛰어넘을 수 있는 '하나의 종교'와 '인류의 단일성'에 대한 인식의 계기를 얻었다는 점이다. 이 계기를 통하여 헤세는 '내면의 인도'를 계속 발전시키고 휴머니스트이자 세

3 관점의 틀을 깨는 작가의 여행

계시민으로서 자기 정체성을 지키면서 양차 대전과 제3제국의 참혹한 현실을 이겨낼 수 있었다.

상호문화적 관점에서 본 헤세의 인도 여행

문화에 관한 오늘날의 논의들은 동질 집단의 고유한 문화체계를 논하는 전통적인 문화개념에서 벗어나 추상적인 문화체계의 틀을 깨뜨리고, 각 사회마다의 가치와 규범을 문화상대주의와 상호문화적 관점에서 인정하려는 경향을 나타낸다. 상호문화성이란 문화 간에 존재한다고 믿는 인위적인 경계를 허물고, 문화적 형상물들을 관념의 공동체라는 형식으로 승인함으로써 더 이상 민족이나 다른 가상의 경계와 결부시키지 않으려는 문화담론적 입장을 의미한다.[18] "문화란 완전하게 닫힌 체계가 아니며, 그러면서도 어느 정도의 통일성을 보이고 있어서 규율적이거나 제한적인 작용을 하기도 하고, 또한 개인이 의지하고 방향 설정을 할 수 있는 기준점을 제시하기 때문에 개인성과 문화성 사이의 변증법적 관계를 다루지 않을 수 없다."[19] 한 개인에게 '현실'이란 검증 가능한 객관적인 사실이 아니라 사회적으로 해석되고 구성된 가설이며, 개인은 주로 그의 사회화 과정에서 학습한 해석모형에 의거해서 세계를 해석하게 된다. 그러므로 이러한 세계해석은 가변적이다. 클라우스 알트마이어Claus Altmayer는 한 공동체의 문화기억 속에 저장되어 어느 정도 안정화된 모형들을 "문화적 해석모형kulturelle Deutungsmuster"으로 칭하였고, 이러한 해석모형들에 준기해서 한 사회가 현실해석을 위해 사용하고 있는 축적된 공동의 지식이 이 사회의 '문화'라고 보았다.[20] 알트마이어 역시 문화의 개념을 국가나 민족과 같은 정형화된 공동체에 제한하지 않고, 해석모형의 외연과 내포를 매우 유동적으로 파악하고 있다.[21]

상호문화성에 관한 논의의 핵심은 '타자성Fremdheit' 개념이다. 처음에는 부정적으로 받아들어시기도 했던 이 타자성 개념이 집단의 자기인식에서 긍정적인 기능을 하게 된다고 본 최초의 독일 철학자는 게오르크 짐멜Georg Simmel이었다. 1908년에 출간된 그의 저서 『사회학Soziologie』에 수록된 「타자에 관한 부록Exkurs über den Fremden」에서 그는 타자성이 긍정적인 관계 개념으로 사용될 수 있음을 언급하였디.

> 모든 인간관계에 내포되어 있는 멀고 가까움의 일체가 여기서 가장 단축된 형태의 상황을 보인다. 즉, 관계 내부에서의 거리라는 것은 가까운 사람이 멀리 있다는 것을 의미한다. 그러나 타자적이라는 것은 먼 사람이 가까이 있다는 것을 의미한다.[22]

짐멜은 그의 문화철학적 담론들에서 현대문화의 특징을 설명하면서 복수의 문화모델을 발전시켰다. 즉, 구체적으로 경험 가능한 '객관적인' 문화란 그 자체로 완결된 복수의 문화세계들로서 이해해야 한다는 것이다. 그럼으로써 짐멜은 하나의 통합적인 문화체계라는 이상주의적 표상에 결별을 선언한 것이었다. 타자

3 관점의 틀을 깨는 작가의 여행

성 개념으로써 짐멜은 서로 다른 문화권의 구성원들 사이에 나타나는 현상을 말하고자 한 것이 아니라 오히려, 현대의 생활방식속에서 기존의 사회적·문화적 결속이 해체되면서 개인이 점차여러 문화의 접합지점에 처하게 됨을 말하고자 한 것이었다. 상호문화성이란 우리에게 친숙한 생활환경 외부에 있는 것이 아니라 바로 그 안에서 체험되는 현대사회의 기본경험이라고 그는 보았다. 짐멜의 문화이론에서 타자성은 방해요소가 아니라 문화를구성하는 주요 동인이다. 특히 두 가지 관점에서 그렇게 볼 수 있는데, 짐멜에 따르면 개별자가 기존의 객관적인 문화적 맥락 안으로 들어감으로써 문화가 구성되는데 이 과정에서 개별자와 문화적 생산물 사이에 거리가 발생하게 되고, 타자성이 개입된다. 타자성을 문화구성적 요소로 보는 또 다른 관점은 개별자가 접하게 되는 기존의 문화적 맥락 자체가 보편적인 문화가 아니라 그자체로는 통일성을 갖고 있는 이질적인 문화세계의 형태로 주어진다는 것이다. 그리고 이 서로 다른 문화세계들의 상호관계 역시 생산적인 타자성으로 기능한다는 것이다.

짐멜의 타자성 개념과 상호문화이론이 문화 간의 개방적인 대화를 직접적으로 요구하고 있지는 않지만 그러한 개방성이 다문화적인 현대사회의 본질적인 특징이라는 점을 부각시키고 있다.

짐멜의『사회학』저술과 헤세의 인도 여행은 같은 시대적 맥락에서 비롯되었다. 동·서양의 신비주의에 관심을 갖고 '절대자와의 합일'을 추구하면서[23] 시대적 한계를 초월한 정신의 세계, 하나로 통합된 보편적 종교를 염원한 이상주의자 헤세의 사상을 이론적 차원에서 짐멜의 상호문화이론과 비교하는 것은 논리적 전거가 부족한 편이다. 그러나 헤세가 청소년기에 겪었던 고뇌와 방황, 규율을 통한 강압적 사회화에 대한 저항, 자기 정체성 확립을 위한 몸부림은, 짐멜이 말한 문화의 구성과정 속에 있는 개인의 모습을 잘 보여주는 경우라고 할 수 있다. 헤세는 태어나고 성장한 사회에서 타자적 존재로서 자의식을 표출하였고 자살을 기도하는 등 문제적 환경과의 갈등을 극단적인 행동으로 드러내기도 했다. 그는 유럽 사회를 경계인의 시선으로 보았고 현실의 무의미한 사건들 너머로 절대성과의 만남을 추구하면서 내면의 온전한 평화를 갈망하였다. 그의 인도 여행은 바로 그러한 절대 가치들을 향한 모색이었다. 자신의 문화권에서 스스로를 타자로 경험한 사람이 타 문화권으로 여행한 것이었다.

『헤르만 헤세: 인도로부터』에 수록된 그의 시 「아프리카를 바라보며」에서 읊고 있는 것처럼 "나를 따스한 고향 가까운 곳에 옥죄어두기보다는,/혹 발견하지 못한다 해도 찾아다니는 것이 더 좋다./행복한 순간일지라도 이 세상에서 나는 그저/손님일 뿐, 결코 주인은 될 수 없기에."[24] 이러한 타자로서의 자의식을 가지고 헤세는 자기 영혼의 고향이라고 믿었던 인도로 떠났다.* 이 여행에서 헤세는 많은 낯선 일들을 체험하고 문명의 차이와 문화의 차이를 몸소 겪는다. 그러나 그는 이국의 자연과 사회, 그들의 문화를 관찰하고 기록하면서 성급한 해석이나 평가를 삼가

---

* 헤세가 그의 인도 여행기에서 말하는 인도란 오늘날의 인도뿐만이 아니라 동남아시아, 중국과 일본까지도 포함하는 광범위한 아시아 지역에 해당된다.

　　　　　　　　　3 관점의 틀을 깨는 작가의 여행

는 경계인의 입장을 잃지 않았다. 여행의 의미나 인도적인 것, 인도의 지혜, 종교 등에 관한 해석적 평가는 많은 시간이 지난 후의 기록들에서 발견된다. 1959년에 쓴 「극동을 향한 눈길」에서 헤세는 "인도인과 중국인은 내가 가장 많이 배우고 가장 존경하는 '유색' 민족이다"[25]라고 고백하면서 이 두 민족이 장구한 역사를 가졌고 "우리 것과 동일한 가치를 지니는 정신적·예술적 문화를 이루었다"[26]고 평가하였다. "인도의 정신이 주로 영혼적이고 경건한 것이라면, 중국은 무엇보다도 실제적인 삶과 국가와 가정생활을 추구한다"[27]고 두 민족의 특성을 구분하기도 하고, 또한 "한때 이 지상에서 반군국주의를 지향하고 가장 평화적이던 중국인들이 오늘날엔 가장 두렵고 가장 난폭한 민족이 되어버렸다"[28]고 안타까움을 표현하면서 한 민족의 정치적 관점이야 시대에 따라 달라질 수도 있지만 민족적 특성의 본질은 변하지 않는 것이라고 보았다.[29] 그것은 그가 여행 중 중국인들에게서 발견했던 놀라운 특성과 천부적 재능이 유지되기를 바라는 그의 소망을 표현한 말이기도 하다.

20세기 초, 유럽 사회에는 현대를 맞으면서 과거의 고전적인 문화전통과 결별하고 사라진 전통, 가치의 중심체계를 대체하려는 다양한 모더니즘 문화현상들이 대두되었다. 그와 더불어 산업화가 추진되는 가운데 경제위기와 전쟁의 불안이 고조되었고 동양으로 여행하는 사람들의 수가 증가하였다. 그들은 유럽에서는 더 이상 찾을 수 없는 '인간적인 삶', 혹은 유럽적 현실의 대안을 아시아에서 찾고자 했고, 또 식민지를 개척하여 막대한 부를 얻고자 욕망하기도 했다. 당시만 아니라 지금까지도 서양의 문화는 우월하고 동양의 문화는 열등하다는 오리엔탈리즘적 발상을 종종 확인하게 된다. 19세기 말 프랑스 해군장교로서 일본에 갔던 피에르 로티Pierre Loti(1850~1923)가 일본 현지처와의 계약 결혼 생활을 바탕으로 쓴 자전적 소설『국화부인Madame Chrysanthéme』에서 볼 수 있는 아시아 문화에 대한 몰이해와 경멸은 오리엔탈리즘의 한 대표적인 예라고 할 수 있겠다. 1887년에 쓰여진 이 소설은 1893년 프랑스의 작곡가 앙드레 메사제에 의해 오페라로 작곡되었고 그 영향은 푸치니의 〈나비부인〉으로까지 이어졌다.[30]

  세계 여러 나라를 항해하면서 로티는 이국의 풍물과 문화를 경험하는 방법으로 현지여성들과 관계를 만들어갔고, 이후에는 비유럽 문화권과 그 지역민들에 대해 우월감에 찬 과장된 소설을 써서 인기를 얻곤 했다. 로티가 잘못된 오리엔탈리즘의 대표적 인물 중 하나라면 동양을 숭배했던 헤세는 그 반대의 경우라고 할 수 있다. 헤세가 여행 전 상상하고 기대했던 동양과는 다른 현실에 실망하기도 하고 유럽의 대안이 될 만한 정신세계를 발견하지 못했다 하더라도 그는 타 문화의 낯설음을 타자의 시선으로 차분히 관찰하였고 여행 후에도 오랫동안 여행의 인상들을 정리하고 성찰하여 더 폭넓은 관점으로 해석하였다. 이와 같은 헤세의 태도는 다문화시대를 살아가는 오늘날의 우리들에게 적절한 문화실행의 한 예를 보여준다.

문화실행으로서의 여행

20세기 중반 이후로 여행은 일상의 단조로움과 피로를 벗어나기 위해, 삶의 새로운 단계에 대한 비전을 얻기 위해 계획되고 손쉽게 실행으로 옮길 수 있는 대표적인 여가활동이 되었다. 우리 사회에서도 1980년대 후반의 해외여행 자율화 정책하에 외국의 낯선 문화를 경험하는 일이 수월해졌고, 21세기 글로벌시대에 들어선 지금은 더 많은 사람들이 업무나 유학, 혹은 이민의 목적뿐만이 아니라 휴가를 위해서도 빈번하게 해외여행을 하고 있다. 교통수단과 미디어의 발달, 경제적 풍요, 국가 간의 경계를 초월하여 이루어지는 인적, 물적 교류로 인해 전 세계가 하나의 지구촌이 되었음을 실감하게 되고, 외국여행을 가지 않더라도 우리의 일상생활 속에서 자주 낯선 문화를 경험하게 되었다.

여행은 점차 현대를 이해하는 데 중요한 사회적, 문화적 현상으로 인정받고 있다. [⋯] 한편으로는, '문화'의 개념이 역사를 해석하고 설명하는 하나의 척도가 되어서 문화적 실천이라고 할 수 있는 여행을 연구대상으로 삼게 되었기 때문이고, 다른 한편으로는 '정체성'의 문제가 전면에 대두했기 때문이다. [⋯] 사람들이 여행을 통해서 어떻게 그들의 인지를, 그러니까 자신과 타자, 사회와 국가에 의해 이루어진, 그리고 과거에 이루어진 지각내용들을 구성하는가 하는 관점에서 여행을 고찰하게 되었다.[31]

여행은 문화의식과 정체성 구성에서 중요한 모멘트를 제공하는 현대인의 문화실행 방법 중 하나가 되었다. 여행을 통해서 우리는 집중적으로 낯선 문화를 체험하게 되고 이 타자성을 주체적으로 처리하는 일에 관여하게 되기 때문이다.

헤세의 시대에는 외국으로 여행을 떠나 타자의 문화를 체험하는 일이 실현하기 힘든, 소수의 특권자에게만 가능한 일이었다. 그만큼, 타자성에 대한 문화적 인식도 낮았다고 볼 수 있다. 이러한 실정을 고려할 때, 헤세의 인도 여행은 동양과 서양이라는 당시로서는 양극적인 세계를 독자적인 관점에서 통합적으로 고찰하여 '양극적 전일사상'으로 발전시키고자 한 일종의 문화실행이었으며, 타자성을 경험하고 수용하는 적절한 문화적 태도를 시대를 앞질러 보여주었다.

3 관점의 틀을 깨는 작가의 여행

4

독일 68혁명 세대의 여행

독일 68세대와 여행

독일 68세대의 혁명적 요구와 활동들에 대해서는 많이 알려져 있으나 그들의 여행과 여행을 통한 글쓰기를 당시의 문화적 맥락에서 고찰하려는 시도는 거의 이루어지지 않았다. 그러나 여행이야말로 68세대의 문화를 다양한 형태로 드러내주는 문화적 실천이었다고 보아야 할 것이다. 근대 이후의 인간 삶에서 여행은 다양한 사회적, 개인적 필요성에 입각한 현실적인 해결책이었으며 또한 욕망과 이상을 향한 추구였다. 68세대에게도 여행은 그들의 주요 활동형태 중의 하나였다. 그들은 여행을 통해 무엇을 추구한 것이었을까? 그들이 꿈꾸었던 혁명은 여행과 어떤 불가분의 관련을 맺고 있었던 것일까? 지금까지 거의 연구되지 않았던 독일 68세대의 여행문학을 그들 세대가 추구한 사회적 혁명을 실현하기 위한 일종의 문화실행으로서 살펴보고자 한다.

'68세대'라는 익숙한 명칭에 들어 있는 1968년이라는 시기는 사실 68세대가 활동했던 시기의 시작과 끝을 포괄하는 더 넓은 시기 중에서 대표적인 한 해로서의 의미를 지닌다. 유럽에서 대학생들의 진보주의 시위가 집중되었던 시기를 1967년부터 1972년까지로 볼 때 1968년은 그 정점의 해였던 것이다. 그러나 68세대의 시대는 1950년대 말에 시작되어 1970년대 초까지 이어진 15년 이상의 시간대로 보아야 한다는 주장이 설득력을 얻고 있다.[1] 68세대의 활동시기를 이렇게 더 넓게 잡으면 그들의 혁명운동을 보다 폭넓은 시대적 맥락에서 파악할 수 있으며, 여행과 같은 활동과 이 활동의 문학화도 사회문화적 맥락에서 시대적 현상이자 세대적 삶의 양식으로 이해할 수 있다.

독일 68세대의 혁명운동을 세대문화적 관점에서 이해하기 위해서 먼저 68세대의 활동 시기와 여행을 살펴보고, 그들의 여행문화의 특징을 대표적인 두 작가, 베른바르트 페스퍼Bernward Vesper의 소설에세이 『여행Die Reise』(1977)과 롤프 디터 브링크만Rolf Dieter Brinkmann의 『로마, 시선들Rom, Blicke』(1979)에서 확인하고자 한다. 두 작가의 여행텍스트를 통해서 혁명세대의 여행과 여행의 문학적 형상화가 의미하는 바에 좀 더 가까이 다가갈 수 있을 것이다.

제2차 세계대전 종식 후 연합군 점령기를 거쳐 1949년에 동·서 독일이 수립되자, 서독은 아데나워 정권하에서 경제성장 위주의 정책을 편 결과 1950년대에 경제적 호황을 맞게 된다. 서독은 한편 동독의 사회주의 정권에 맞서는 반공산주의 이데올로기를 표방하였고, 1961년에 동독 정부에 의해 베를린장벽이 세워지면서 두 독일 간의 분단은 더욱 굳어지게 되었다. 동·서 독일 간의 이데올로기 대립이 더욱 심화되는 가운데 서독 사회 내에서는 이미 1950년대 말부터 전쟁을 경험한 세대와 전쟁 후에 성장한 청소년 세대 사이의 갈등이 표면화되고 있었다. 전후 세대는 아버지 세대의 반공이데올로기나 경제성장 위주의 사회정책에 거부감을 느꼈고, 이를 시위나 저항운동을 통해 표출했다. 서독 사회의 자본주의 체제와 경제성장 정책을 거부한 전후 세대는 1960년대 초에 '부활절행진운동Ostermarschbewegung'과 같은 반핵 평화운동으로써 서독의 무장화에 반대하였고, 1960년대 말에는 젊은 대학생들을 주축으로 사회문화적, 정치적 혁명운동을 대규모로 전개하게 되었다. 이러한 혁명운동은 더욱 격렬해져서 1970년에 안드레아스 바아더Andreas Baader, 구드룬 엔슬린Gudrun Ensslin, 호르스트 말러Horst Mahler, 울리케 마인호프Ulrike Meinhof 등이 서독의 극좌파 테러리스트 연합인 '적군파Die Rote Armee Fraktion, RAF'를 결성하였고 그들은 정계와 재계의 주요 인사들을 살해하거나 납치했으며 은행 습격이나 폭파와 같은 공격적인 행동으로 서독 사회에 큰 물의를 일으켰다. 자살이나 단식투쟁으로 숨진 적군파의 단원들만도 24명에 달할 정도였다.

68세대의 활동 시기는 이와 같이 전후 세대의 사회적 반감이 표출되기 시작한 1950년대 말부터 적군파로 과격화된 1970년대 초까지에 이른다.

68세대는 주로 전후에 태어나서 1950년대와 60년대 초반에 아동기와 청소년기를 보낸 세대이다. 이 시기 서독은 '라인강의 기적'으로 표상되는 경제 호황으로 일반 시민의 생활이 윤택해짐에 따라 휴가 여행을 가기 시작했다. 68세대는 독일의 시민사에서 여가 활동으로서 여행을 떠날 수 있었던 첫 세대였던 것이다. 휴가 여행이 가능했던 것은 물론 경제성장의 결과였지만 다른 한 편으로는 1963년부터 발효된 서독의 연방휴가법Bundesurlaubsgesetz 덕분이기도 했다. 즉, 모든 근로자가 연간 일정 기간의 휴가를 쓸 수 있게 된 것이었다. 거기다가 1950년대 말부터 70년대 초까지 단계적으로 주 5일제 근무가 시행되었다. 따라서 독일인들은 여행을 떠날 수 있는 경제적, 시간적 여유를 가지게 되었다.[2] 당시 서독인들의 휴가 여행지로 인기가 있었던 곳은 오스트리아나 이탈리아였다.

직장생활을 하는 일반 독일 시민들의 여행문화는 상업화된 관광으로 기울어지는 경향을 띠기 시작했던 반면에 아직 학생이거나 본격적으로 취업을 하지 못한 청년층이었던 68세대는 새로운 여행문화를 만들어갔다. 대부분 소득이 없는 그들은 히치하이커per Anhalter로 여행을 하거나 야외에서 캠핑하기, 배낭여행, 또는 먼 거리인 경우 철도를 이용하는 정도로 가급적 경비가 들지 않는 새로운 형태의 여행문화를 형성했다. 그들에게는 구체적인 여행의 목적지나 관광계획이 중요한 것이 아니라 계획 없이 떠나는 것 그 자체Unterwegs-Sein가 여행의 매력이었다. 이러한 여행의 매력은 68세대의 대중음악이나 영화, 문학텍스트들에도 잘 나타나 있다. 정처 없이 떠다니는 것이 바로 그들의 삶의 양식이었다.[3] 일반적인 관광과 비교하면 그들의 여행에서 장소 자체는 그다지 중요한 의미를 갖지 않는다. 오히려 어떠한 장소에도 매이지 않고 지속적임 떠남을 추구하며 또한 마약을 동반한 환각여행을 실행하기도 하였다.

이러한 여행을 보여주는 대표적인 예가 되는 페스퍼의 소설
에세이『여행』은 68세대 학생운동의 중요한 문학적 증거로 여겨
지며, 브링크만의 몽타주 텍스트인『로마, 시선들』은 새로운 형
태의 현대 여행문학으로서의 위상을 갖는다. 두 작품이 모두 여
행 중에 집필되었다는 공통점 이외에도 그들의 글은 여행을 주
제로 성찰한다는 점에서 유사점을 보이고 있다. 페스퍼에게 여행
은 진부한 시민적 일상과 자본주의적 물질 중심주의로부터 떠나
정신적 이상을 향하는 문화실행을 의미했고, 동시에 이러한 떠남
의 상태를 환각제 사용을 통해 일시적으로라도 실현하고자 하는
시도이기도 했다. 이에 비해 브링크만의 여행은 이탈리아, 특히
로마를 그의 시선의 중심에 놓고 정확하게 관찰하며 묘사한다.
19세기 독일 교양시민계층이 동경한 여행지였을 뿐만이 아니라
1950년대와 60년대에 서독의 시민들도 단체관광의 형태로 몰려
갔던 곳인 로마와 그 문화적 가치는 브링크만의 시선에는 몰락한
서양문화의 잔해로 비칠 뿐이었다. 전통의 몰락에 대한 그의 의
식은 로마와 이탈리아에 국한되는 것이 아니라 시대적 현실에 가
닿아 있었다. 경제적인 번영과 물질적 풍요 속에서도 인간은 행
복하지 않다는 68세대의 시대비판이자 어디서도 안식처를 발견
할 수 없는 가치부재의 시대적 현실에 대한 인식이었다. 그러므
로 그는 목적지 없는 여행이나 단체관광이나 고전적인 교양여행
이나 모두 허상에 지나지 않음을 비판적으로 그려낸다. 이 두 여
행문학이 68세대의 혁명적 의식을 어떻게 반영하고 있으며 여행

문학이라는 장르의 사회문학적 특성을 어떻게 보여주고 있는지를 구체적으로 살펴보기로 한다.

베른바르트 페스퍼의 유럽 여행

베른바르트 페스퍼Bernward Vesper

1938년 8월 1일 독일 프랑크푸르트 안 데어 오더에서 태어나
1971년 5월 15일 독일 함부르크에서 사망. 출판인, 작가.
1969년 유럽을 여행했으며 『여행』이란 제목의 미완의 여행기가
1977년 사후 출판되었다.

베른바르트 페스퍼의 『여행』 독일어판 표지

혁명주의자 페스퍼의 짧은 생애와 유럽 여행기 집필

1938년 8월 1일에 독일 오더 강변의 프랑크푸르트에서 태어난 페스퍼는 뤼네부르크 평원의 남쪽 가장자리에 위치한 농장 트리앙엘Triangel의 부모님 집에서 성장하였다. 그의 아버지 빌헬름 페스퍼Wilhelm Vesper(1882~1962)는 나치정부의 국수주의적 정책에 문화적인 자료들을 제공하던 민속작가였다. 그는 1945년 이후 독일의 과거청산작업을 끈질기게 거부하였다. 이러한 아버지의 정치관 영향을 강하게 받은 페스퍼는 성장기 중에는 친구들에게 국가사회주의를 옹호하는 열변을 토하기도 하였고 보수적인 매체에 에세이를 싣기도 했다. 아버지의 세계관이 강압적이었던 만큼, 그 아버지로부터 정신적으로 벗어나기 위해서는 아버지의 집을 떠나는 구체적인 계기가 필요했다. 1959년에 고향 기프호른Gifhorn의 김나지움에서 아비투어를 마친 후에 페스퍼는 브라운슈바이크에서 서적출판인 직업교육을 받았으며, 1961년부터는 튀빙겐 대학교에서 역사와 독문학, 사회학을 공부했다. 그는 특히 발터 옌스Walter Jens와 랄프 다렌도르프Ralf Dahrendorf의 수업을 들었다. 당시 그는 구드룬 엔슬린(1940~1977)을 사귀게 되었고 두 사람은 1962년에 베를린 자유대학으로 학교를 옮겼다. 같은 해에 그의 아버지가 사망했는데, 아버지의 죽음, 그리고 구드룬과의 만남이 시기적으로 일치하는 것을 페스퍼 자신도 나중에 그의 『여행』에서 의미심장한 사건으로 기록하였다.

나의 이야기는 분명하게 두 부분으로 나누어진다. 한쪽은 나의 아버지와 연결되어 있고, 다른 한쪽은 그의 죽음과 함께 시작된다. 그의 임종 시에 나는 그때 내가 막 알기 시작했던 '구드룬'이라는 이름을 그의 귀에다 대고 속삭였다.[1]

베를린에서 페스퍼는 독문학 공부를 하면서 좌파당의 활동에 참여하였다. 1963년에 그는 구드룬과 함께 작은 출판사 '스튜디오 새로운 문학Studio Neue Literatur'을 만들어 서적을 출판했다. 이 출판사를 통해서 그는 스페인의 시인 헤라르도 디에고Gerardo Diego의 시집을 독일어로 번역해서 발행했고(1964), 이어서 페스퍼 자신이 독일 작가들의 정치적인 글들을 모아서 엮은 『죽음에 대항하며. 원자폭탄에 반대하는 독일 작가들의 목소리Gegen den Tod. Stimmen deutscher Schriftsteller gegen die Atombombe』를 발간했다. 1965년에 페스퍼는 서베를린의 SPD당 선거사무실에서 빌리 브란트Willy Brandt와 카를 쉴러Karl Schiller를 위한 정치연설문 작성자로 일하기도 했는데 비상사태법제정에 반대하면서 선거사무실 일은 그만두었다.

68운동의 바람이 일기 시작하던 1967년에 페스퍼와 엔슬린의 아들인 펠릭스Felix가 태어났다. 그러나 아이의 엄마이자 페스퍼의 약혼녀인 엔슬린은 시민적 삶을 떠나서 안드레아스 바아더와 울리케 마인호프와 함께 적군파를 결성하고 '제국주의 독일'에 대항하는 군사 투쟁을 시작하면서 바아더를 사랑하게 되었고 약혼자인 페스퍼와 그들의 아들 펠릭스를 버렸다. 때문에 아들은

페스퍼에게 맡겨졌다. 이 시기부터 페스퍼는 마약에 종종 빠져들고 여행을 자주 하게 된다.[2]

아들과 함께 트리앙엘의 고향집에 가 있기도 했던 페스퍼는 1969년 그곳에서 자서전적인 소설에세이를 쓰기 시작한다. 이 책의 집필 기획을 맨 먼저 받아들였던 매르츠 출판사März Verlag와 페스퍼 사이의 서신교환이나 책의 맨 뒤에 첨부된 "주석Noten"을 보더라도 『여행』은 애초부터 서사적 관련성을 중심으로 쓰는 한 권의 소설이 아니라 기록된 일들의 실제 관련성을 증빙하고 있는 일종의 일기 형식으로 구상되었던 것임을 알 수 있다. 미완성작인 『여행』은 1969년 8월에 페스퍼가 유럽 여행을 하던 중에 쓰기 시작해서 함부르크-에펜도르프의 정신병원에서 자살하기 직전인 1971년 5월 초까지 집필되었다.

페스퍼는 책의 대부분을 실제 여행 중에 썼다. 그의 여행은 독일 남부 슈바벤 알프스 지역의 운딩겐에서 시작해서 취리히, 폴링, 밀라노, 바벨, 프랑크푸르트를 거쳐서 스페인의 쿨레라까지 이어졌다. 그가 실제로 한 여행과 내면의 여행이 그의 의식 속에서 만난다. 생산의 측면에서 그는 실제 여행 중에 글을 썼고, 텍스트에서는 실제 여행 내지는 환각여행을 다루었으며, 수용의 측면에서는 독자들도 여행을 떠나도록 영향을 미치고자 하였다.[3] 이러한 영향의 가능성에 대해 그는 매르츠 출판사의 슈뢰더Schröder에게 보낸 편지에서 "독자에게서 성과에 대한 강박감을 일으킬 수 있는 모든 것을 나는 의도적으로 생략하려고 합니다. 독자가 약에 취해 같이 여행하도록 해야 합니다."[4]라고 적었다.

실제 여행과 환각여행의 기록 『여행』

『여행』은 형식이 복잡하고 시간과 공간의 비약이 잦으며 다양한 출처의 소재들을 사용하고 있어서 이해하기가 쉽지 않은 텍스트이다. 책의 제목 다음에 '소설에세이Romanessay'라고 적혀 있는 이 복합텍스트는 가정과 사회적 환경 속에서 자신의 삶을 반추하는 자아성찰적 성격의 글이지만 동시에 개인사를 넘어서 시대사적 현실을 비판하면서 새로운 삶의 가능성을 모색하는 글이라고 할 수 있다.

특히 그의 "주석"에는 작가가 글을 쓰고 회상을 불러일으키기 위해서 약물을 사용했음이 명백히 드러난다. 대마초 종류들인 "Grüner Türkischer", "Schwarzer Afghan", "Roter", "Grüner Libanon", "Gras" 등을 포함하여 다양한 향정신성 약품이 주석에 기재되어 있다.[5] 또한 환각제의 흡입 후에 작가가 직접 그린 그림들도 삽입되어 있다.

『여행』의 내러티브는 세 가지 차원으로 진행된다. 첫째는 좁은 의미에서의 여행서사이다. 주인공인 일인칭 화자 베른바르트가 1969년의 유럽 여행에 대해 회고적인 서술을 한다. 소설 속 여행은 크로아티아의 두브로브니크에서부터 튀빙겐을 향해 가고 여행 중의 장소나 등장인물들 대부분은 실제 페스퍼의 경험과 일치한다. 특히 여행 중의 환각제 투입 경험에 대한 서술들이 나타나 있다. 그 외에도 여행 중의 기록이나 호텔영수증과 같은 실물자료들도 실려 있다. 그러나 전체적으로는 허구적 구성이다. 두 번째 내러티브 차원은 페스퍼의 어린 시절에 대한 회상이다. 소설의 절반 정도의 분량을 차지하는 이 회상 부분에서 페스퍼는 니더작센 지방에서 성장하던 시절을 회고한다. 나치당에 충성을 바쳤던 부모와는 사이가 좋지 못했던 일들, 학교와 독서를 통한 사회화 과정, 성정체성의 발견, 직업훈련 시절의 일들이 매우 자세하게 다루어진다. 또한 대학 시절과 정치 및 문학 활동에 대해서도 부분적으로 이야기된다. 과거의 일들은 작가가 자신의 현재를 성찰하고, 그가 여행을 통해 떠나고자 했던 것이 무엇이었는지를 보여주려는 서술 의도에 의해 소설 안으로 들어온다. 세 번째 서술 차원은 글을 쓰고 있는 현재에 대한 이야기이다. 페스퍼는 소설의 성립과정을 다루면서 그가 무엇을 쓰고 있는지, 어떤 환경에서 글을 쓰고 있는지, 어떤 미디어를 보거나 읽고 있는지에 대해 썼다. 그리고 소설을 쓰며 진행 중인 그의 여행에 대해서도 서술한다. 말하자면 여행에 관한 여행소설이기도 한 셈이다. 여기서 서술된 시간은 1970년 5월부터 1971년 5월까지이다. 일기에서 따온 듯한 구절들도 있고, 장소와 시간을 표시한 부분들도 있다. 마지막 부분들은 그러니까 페스퍼가 정신병원에 입원한 때에 기록되었는데 기록카드나 메모의 형태로 쓰인 곳이 군데군데 발견된다.

상기한 세 가지 서술 차원 각각에서 여행이라는 주제가 다루어지고 있다. 소설의 제목 자체가 '여행'이며 서술된 여행은 공간적인 여행이면서 동시에 환각제를 통한 정신적인 여행이기도 하다. 페스퍼의 텍스트에서 시간과 공간의 이동이 갑작스럽게 나타나곤 하는데 이것 역시 환각제의 영향에 의한 것으로 보인다.

> 나는 하나의 시간대를 떠나 다른 시간대로 들어갔고, 한 공간
> 에서 다음 공간으로 넘어갔으며, 알지 못하는 새로운 삶 안으로
> 들어갔다. 그 이후는 더 이상 이전과 같지 않을 것이다.[6]

소설 속에서는 여행의 목적지나 장소에 대해서보다는 자동차
를 몰고 가는 과정이나 여행 중인 상태에 대해 더 많이 서술된
다. 소설의 줄거리는 베른바르트가 여행 중에 히치하이커인 미국
인 버턴Burton을 차에 태우면서 시작된다. 두 사람은 크로아티아
를 통과하고 트리에스테에서 이탈리아 국경을 넘으며 베네치아
를 지나 베로나로 간다. 그리고 다시 뮌헨을 향한다. 뮌헨에 도착
한 그들은 이자르 강변에서 가지고 왔던 환각제를 투여한다. 그
런 후 두 사람은 헤어지고 베른바르트는 환각상태에서 튀빙겐으
로 차를 몰아가고 여행이야기는 여기서 중단된다. 베른바르트의
여행은 이와 같이 마약을 동반한 환각여행이다. 여행이라는 뜻으
로 사용되는 영어의 Trip은 마약의 일회 복용량을 의미하는 용어
이기도 하다. 여행을 떠남으로써 공간과 시간을 벗어나는 상태가
마약, 특히 환각제인 LSD의 투입으로 현실의 시간과 공간을 벗
어나는 현상과 비유적으로 일치하고 있다.[7]

68세대는 1950년대 말과 60년대 초에 나온 알도스 헉슬
리Aldous Huxley와 티모시 리어리Timothy Leary의 이론에 영향을 받아
서 마약을 의식의 확장을 위한 수단으로 사용하곤 했다. 마약에

의한 환각여행은 그들에게 현실의 시공간을 극복할 수 있는 대안적 가능성이었다.[8] 당시엔 마약이 인체에 끼치는 나쁜 영향에 대해서는 전혀 거론되지 않았고 정신상태의 변화에만 관심을 두었던 것이다.

    환각제. 이 이름만 들어도 모든 것이 연상된다. 무의식상태, 마비, 현실죽이기. 그러나 우리는 어린 시절부터 마비되어 있다. 마약은 현실의 베일을 찢어서 우리들을 각성시킨다. 우리에게 생기를 불어넣고, 우리가 처음으로 우리의 상황을 의식하게 해준다.[9]

    위의 인용문에서 알 수 있듯이 페스퍼가 보는 현실에서는 자본주의 생활방식의 편리함에 중독되어서 무비판적으로 소비하는 일반 대중들이 마비와 무감각 상태에 빠져 있는 것이고 마약은 역설적으로 이러한 마비와 중독상태로부터 탈출할 수 있는 출구로 여겨진다. 마약은 중독적인 현실로부터의 각성과 진보, 발전을 의미함으로써 여행의 메타포와 동일시된다.[10]
    『여행』에서 마약은 페스퍼 자신의 과거로 돌아가 그 시절에 대한 글쓰기를 가능하게 해준다. 서술자아는 현실로부터의 변화를 갈망하고 마약으로 그러한 변화가 가능해진다. 그러나 작가는 마약이 사회의 부조리한 상태에 대한 궁극적인 해결책은 아니고 발전과정에 있어 하나의 통과 절차라는 점을 밝히고 있다. 그는 환각여행자들에게 "마약 없이 평생 지속되는 여행을 떠나는 것을 모든 사람들에게 허용하는 사회적 현실"[11]을 만드는 일을 시작하라고 권한다. 환각여행자는 그러한 마약여행을 계속할 것이 아니라 현실로 돌아와서 "공동의 필요에 입각하여 세계를 변화시키는 일"[12]에 참여해야 한다는 그의 주장은 결국 마약중독으로 폐인이 되어 정신병원에 수감되어야 했고, 그곳에서 수면제 과용으로 33년이라는 짧은 생을 스스로 마감한 그 자신에 대한 요청이기도 했다. 페스퍼의 죽음은 혁명을 현실 속에서 실현하지 못한 실패자의 비극적 예를 보여준다. 그러나 그가 남긴 자서전적 기록물로서 『여행』은 아버지 세대와의 갈등이나 자신의 급진적인 정치관, 글쓰기에 대한 자기반영적 성찰, 그리고 마약을 통한 환각체험을 주제화함으로써 독일 68세대의 시대의식과 삶의 지향점을 강렬히게 보여주고 있다. 『여행』은 2차 대전 후 독일 청년층의 의식과 사유의 발전과정을 잘 확인할 수 있는 사회문화적 증빙자료로서 "서구 산업국가들의 돌처럼 경직된 사회를 변화시키고자"[13] 한 68세대의 혁명정신과 심리현상을 증거한다. 이 텍스트는 나치 독재의 과거청산과 더불어 자유롭고 평화로우며 민주적인 사회 구현이라는 이상을 향해 외치지만 자본주의적 물질주의에 중독되어가는 전후 서독사회의 현실을 쉽게 바꿀 수 없는 68세대의 좌절감과 그러한 사회의 군상들 속에서 자기 정체성에 대한 끝없는 모색의 기록인 것이다.

여행은 내가 산봉우리에 서서 세상의 보물들을 내려다볼 수 있도록 해주었다. 나는 주변을 둘러볼 것이다. 나는 얼굴을 다른 사람의 어깨에 바짝 대고 우리들 사이에 더 이상 간격이 생기게 하지 않겠다. 나는 나의 발을 현실에 단단히 못 박겠다. 저항의 정신은 어디에 있는가? 네 안에 표범이 웅크리고 있고, 네가 너의 얼굴을 고르곤의 탈로 바꿀 수 있다는 것을 믿지 않는가?—혹은 너의 위협적인 북소리 뒤에, 너의 무서움을 불러일으키는 찌푸린 얼굴 뒤에는 단지 무해하고 겁먹은 작은 원숭이 한 마리가 있을 뿐이라는 것을 너는 확신하느냐?[14]

페스퍼는 이렇게 그의 여행을 통해서 쉽게 달라지지 않는 현실에 저항하고 그 현실을 변화시킬 수 있는 용기와 힘을 자신의 내면에서 확신하고자 하였고, 저 그리스신화에 나오는 고르곤처럼 그를 보는 사람들을 돌로 변해버리게 하는 무서운 괴물 같은 위력을 행사할 수 있기를, 그러면서도 진정한 자아는 아무런 해를 끼치지 않는 한 마리 겁먹은 원숭이같이 비폭력적이고 온순한 존재이기를 희망하였다.

독일 68세대의 문학적 증거자료로서『여행』은 1986년에 스위스의 마르쿠스 임호프Markus Imhoof 감독에 의해 영화로 만들어졌고, 2003년에는 방송극으로도 제작되었으며 2011년에도 안드레스 파이엘Andres Veiel에 의해 〈우리가 아니면 누가Wer wenn nicht wir〉라는 제목으로 다시 영화화되었다. 소설에세이『여행』에 관한 이러한 매체 간 수용사는 이 텍스트가 시사하는 시대사와 저항 및 폭력, 그리고 역사 속에 선 개인의 삶과 자기 모색에 대한 보편적인 관심과 의미부여를 입증한다.

롤프 디터 브링크만의 로마 여행

롤프 디터 브링크만Rolf Dieter Brinkmann

1940년 4월 16일 독일 페히타에서 태어나 1975년 4월 23일
영국 런던에서 사망. 작가. 1972년 10월부터 1973년 8월까지
로마를 여행했으며 여행기 『로마, 시선들』(1979)을 남겼다.

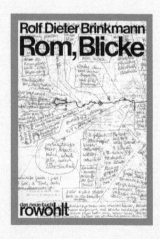

브링크만의 『로마, 시선들』 독일어판 표지

롤프 디터 브링크만의 로마 여행

브링크만은 1972년 10월부터 1973년 여름까지 약 일 년간 로마에 체류하면서 여행할 기회를 얻었다. 로마의 창작 지원재단인 '독일 아카데미 빌라 마시모'가 예술가들에게 주는 10개월 장학금을 받게 된 것이 여행의 계기였다. 당시 이미 결혼을 해서 가정을 꾸리고 있었던 그는 창작에 있어서나 경제적, 사회적으로 곤궁에 처한 상태였다. 장학금 수혜로 로마의 빌라 마시모에서 일 년간 체류하게 된 그는 낯선 곳에 대한 동경이나 로마의 문화생활에 대한 기대보다는 경제적인 궁핍에서 벗어나 창작에 전념하고자 하는 현실적인 필요성을 절감하고 있던 상태였다. 이러한 여행의 계기는 68세대의 자유에 대한 갈망이나 새로운 현실모색과는 조금 다른 양상을 보인다. 독일에서 자신이 처해 있었던 좌절감과 경제적 곤궁에서 벗어나는 것이 그의 우선적인 여행동기였다. 여행을 떠날 때의 심경을 브링크만은 쾰른발 로마행 야간 열차의 침대칸에 앉아서 다음과 같이 토로한다.

나는 침대차의 좁은 복도를 따라서 바라본다. 그 복도의 한쪽 끝에 내가 앉아 있다. 번쩍이는 갈색의 닫힌 침대칸들을 따라 깔려 있는 회색 양탄자. 김이 서린 유리창 뒤 바깥에는 단단하고 눈이 부신 구체의 불빛들이 보인다. 지금 나는 혼자다.

검표 때문에 여권과 차표를 침대차승무원에게 내민다.

내가 원하는 모든 것이란 내가 생활하고 일할 수 있으며, 최소한의 생계, 일상생활에 필요한 것이 해결되는 그런 소박한 장소이다—쾰른은 완전히 낡아빠진 공포의 유령도시, 도로들은 악취를 풍기는 운하들이다.[1]

쾰른에서 로마까지 중간 정차 없이 약 1,100킬로미터를 달려가는 기차여행은 몹시 힘든 일이었다. 바젤까지 여섯 시간, 스위스를 통과하는 데 여섯 시간, 이탈리아에 들어와서 로마까지 여덟 시간이나 소요되는 밤기차 여행 중에 차창 밖 풍경들이 서로 뒤섞이고, 하나하나의 인상들이 의식 속에서 계속 중첩되면서 관찰자는 동일한 장소에 앉아 있고 외부세계가 점차 불어나는 것 같은 일종의 착란상태에 이르렀다고 그는 적고 있다.[2]

1972년 10월 18일에 로마에 도착한 그는 거기서도 퇴락과 촌스러움을, "무기력한 여행자들을 실은 회색의 열차와 역대합실의 둔중한 단조로움"[3]을 마주해야 했다. 체류 장소인 빌라 마시모에서 대하는 예술가들도 그가 독일에서 벗어나고 싶었던 예술가 부류와 흡사했다. 여기서도 그는 외톨이가 되어 로마의 거리를 배회하거나 독일의 몇몇 지인들과 연락을 주고받는 일을 할 뿐이었다. 이탈리아어를 배우는 일도 원치 않았다. 오히려 이러한 고립 상태를 그는 자신의 창작 여건으로 삼았다. 글을 쓰기에 적합한 장소에 대한 그의 갈망이 여행 전의 기대와는 다른 좋지 못한 여건을 오히려 글쓰기의 호조건으로 만든 셈이다.[4]

브링크만의 반고전주의적 시선

로마 체류 중 브링크만은 1972년 10월 14일부터 1973년 1월 9일 까지의 기록 속에 자신의 아내에게 보낸 편지들과 여행일지 형식 의 글, 주석, 일기 등을 담았고, 여기에 그림엽서, 인스터매틱 포 토나 일반 사진들, 포르노그래피 그림들, 광고지나 시내지도, 국 가지도, 신문기사, 입장권 등을 삽입하였다. 콜라주 기법으로 구 성된 이 여행기록들에 그 자신은 "계획들과 메모들, 관찰들—쪽 지와 메모들, 아이디어들, 하나의 연대기를 위한 자료 추가"[5]라 고 이름을 붙였다. 자료집과 같은 형태의 이 여행기록들은 1975 년 그가 런던에서 자동차 사고를 당해 35세를 일기로 사망하고 난 뒤 1979년에 로볼트 출판사에서 『로마, 시선들』이란 이름의 책으로 나오게 되었다. 여행기의 텍스트와 그림자료들은 상호보 완적, 해설적 관계를 보이기도 하고 때로는 의도적으로 상호모순 되게 배치되어 있기도 하다.[6] 그의 여행묘사에서는 당시의 일반 적인 여행 이상과는 다른 여행자의 모습이 나타난다. 즉, 어디든 자유롭게 떠나고 어떤 장소나 집으로 삼을 수 있는 거리의 아이 들이 아니라 어디서도 집을 발견하지 못하고 계속해서 떠나고 싶 은 욕구에 추동되는 영원한 주변인의 모습이 그것이다. 특히 그 의 비판의 대상이 된 것은 이탈리아를 관광하고자 하는 부모 세 대의 이탈리아 동경이었으며 다른 한편으로는 지성인들이 이탈 리아를 교양 여행지로 여기는 점이었다.[7]

특이하게도 브링크만은 관광객들 중에서 노인층과 아픈 사람들, 쇠약한 사람들에게 눈길을 주고 있다. 그는 단체여행의 주된 구성원들인 노약자들이 풍기는 노쇠한 분위기에 주목한다. 더 나아가 이런 노쇠한 관광객들로부터 관찰을 당하는 자신 역시 관광객이라는 시각이 내포되어 있다. 관광객의 시각에서 보고 보여지는 관계를 유희적으로 상대화하고 있는 것이다. 목적지 없는 떠남 그 자체든 대중적인 관광이든 브링크만은 특정 형태의 여행을 전면적으로 비판하기보다는 그 부정적인 측면들을 텍스트에서 보여준다. 햇살이 가득한 풍경 속에서 생의 활력이 넘치는 이탈리아라는 일반적인 고정관념 대신에 황량하고 추하고 몰락한 이탈리아라는 시각이 그의 기록 곳곳에 나타난다. '몰락Zerfall'은 그의 여행기에서 주요 키워드가 된다. 로마는 그에게 "이 지구의 사멸한 정거장"[8]으로서, "섹스와 돈, 죽음, 자동차들, 정비공장들, 밤과 불꺼진 광고간판들"[9]이 한데 어울려 죽음의 분위기를 물씬 풍기는 곳이다.

> "영원한 로마?" 흥, 지금 이 도시는 영원도 썩어서 영원히 존속할 수 없다는 것을 보여주는 최고의 예가 된다―로마가 죽음의 도시라는 사실을 나는 재빨리 알아차렸다. 관과 부패, 무덤으로 가득 찬 곳―그곳에서 어떻게 영원에 대해 헛소리를 늘어놓을 수 있겠는가?[10]

독일 고전주의의 교양 시민 이상에서 필수적인 요소였던 이탈리아로의 문화여행에 대해서 브링크만은 비판적인 거리를 두고 있다. 주된 공격 대상은 바로 요한 볼프강 폰 괴테이다. Goethe를 의도적으로 Göthe로 표기하는 브링크만은 로마에 도착해서 그의 친구 헤닝 폰 프라이엔트Henning von Freyend에게 보낸 첫 편지에서 괴테의 『이탈리아 기행』의 제사題詞를 인용하면서 이탈리아로의 교양 여행을 비판한다.

'나도 역시 아르카디아에!', 괴테. 이 아르카디아는 진짜 쓰레기 쇼이다. 유행의 쓰레기이거나 고대의 쓰레기이거나 간에 […] 활기와는 아주 거리가 먼 뒤죽박죽이다. 친애하는 헤닝, 실로 서양은 몰락해가고 있을 뿐만 아니라—이미 몰락했다네. 이러한 문화 생산자들에 속하는 한 사람만이 여전히 탐욕스럽고도 미숙하게 비틀거리며 돌아다니면서 쓰레기 더미에 도취하고 있다네.[11]

여기서 '문화생산자들에 속하는 한 사람'은 브링크만 자신을 의미한다. 그가 독일 예술가의 자격으로 장학금을 받아서 로마에 체류하고 있음을 자조적으로 한 말인 것이다. 괴테가 이탈리아를 유럽문화의 요람으로 찬양하면서 몸소 문화 체험 여행을 한 것에 비해서 브링크만은 이탈리아와 로마를 기껏해야 유럽문화의 종말을 보여주는 곳으로만 보고자 하며 바로 자신이 이러한 과제를 부여받은 사람이라는 입장이다. 장학금을 받고 이 과제수행의 임무를 부여받은 자로서 그는 그러나 서양의 몰락을 가능한 한 정확하게 증거하고자 한다. 그의 『로마, 시선들』은 유럽 문화유산의 보물창고로서의 로마에 대한 괴테의 기록과 연관하여 이 유산의 전통적 의미는 끝났으며 보물창고는 이제 쓰레기 보관소에 지나지 않는다는 그의 관점을 분명하게 드러낸 글이다.

이처럼 그가 이탈리아에 체류하게 된 동기와 전제조건, 그리고 결과는 이탈리아에서 문화 체험을 함으로써 자신의 예술성을 더 튼튼히 다지면서, 강화된 자신감으로 새로운 창조력을 얻었다는 과거 예술가들과는 전혀 달랐다.

칼 아우구스트 공작의 초청으로 바이마르에 와서 십 년간 정치에 참여하던 괴테가 자신의 창조력을 회복하고자 하는 절실한 내적 요구에 따라 이탈리아로 떠났던 것처럼 브링크만도 작가로서의 위기상황에서 벗어나고자 로마로 떠났던 건 사실이었다. 독일에서 그는 좌절감과 고립, 경제적인 어려움에 시달리고 있었다.

창작 초기에 미국의 언더그라운드 시들을 독일어로 번역하고 그 자신도 미국 스타일의 아방가르드 시들을 써서 작가로서의 명성을 쌓았으나, 70년대에 이르러 창작에 활력을 잃게 되었고 새로운 돌파구가 필요한 상태에 처해 있었다. 또한, 참여해왔던 68세대 학생운동도 1970년대 초에 이르러 더 이상 의미가 없다고 판단한 그는 동지들의 인신공격에도 불구하고 과감하게 조직을 떠났다.[12] 반권위주의 운동권과 단절하고, 그가 몰두해왔던 영미문학에도 거리를 두게 되었으며 그의 멘토였던 디터 벨러스호프Dieter Wellershoff나 출판관계자들과도 불화를 겪고 있었고 가정적으로도 행복한 상황은 아니었다. 이러한 출구부재의 상황에서 그는 장학금을 받고 로마로 떠나게 된 것이었다. 그의 아내 말렌Maleen은 이탈리아체류 장학금 신청과 관련하여 "이탈리아라고? 이 나라, 그 폐허들에 대해 그렇게 많은 불필요한 생각들과 논의를 한다고? […] 일정한 분야에서, 한 장소에서, 그게 '세계 경험'이라고?"[13]라고 반문하며 반대한 바 있었다. 아내의 반대에도 불구하고 이탈리아에 온 그도 역시 괴테의 지상낙원 '아르카디아'는 완전히 몰락해서 "일종의 연옥이 되었다"[14]고 선언한다. 괴테가 고대의 묘비명을 인용하며 말한 "나도 역시 아르카디아에!"라는 표현은 강력한 주체로서 죽음에 대한 승리를 뜻하는데 브링크만은 그 의미를 역전시켜서 "아르카디아도 죽음의 징후 아래 있다"고 해석한다.[15] 그럼으로써 그는 괴테와 그 시대인들이 열망했던 이탈리아에서의 교양 체험에 종지부를 찍는다.

브링크만의 시대비판 의식

『로마, 시선들』은 자신과 자기 나라를 포함한 낡은 유럽과 서양의 문명이 역사적으로 종말에 도달했음을 증거하고자 하는 보고서이다. 장구한 시간 동안 유럽 문명의 중심지 역할을 해왔던 로마의 문화사와 그 유적들, 특히 고대의 건축이나 기념비, 회화작품들에 대해서 그는 감탄하지 않았다. 오히려 그러한 유물들을 그는 "문화쓰레기Kultur-Dreck"[16]라고 부르며 로마가 서양 역사의 거대한 쓰레기더미가 되었다고 평가한다. 로마와 이탈리아의 도시들을 역사적 차원에서 평가하지 않는 것이다. 그래서 콜로세움은 "고물더미Schrotthaufen"[17]로, 판테온은 "회색의 곰팡이 건물das graue Muff-Gebäude"[18]이라고 부른다. 르네상스와 바로크 시대 예술에 대해서도 그는 냉담할 뿐이다. 이러한 유물들은 보존되어야할 고전적 가치의 실체들이 아니라 과거를 떠받들고 있는 현재의 황폐한 풍경 속에 놓인 폐허일 뿐이며 유럽의 종말을 드러내는 구체적인 예가 된다는 것이 브링크만의 인식이다.

> 여기 이탈리아에서 짧게 체류하며 보았던 과거의 유물(폐허)과 현재의 파편들(폐허), 즉 도로와 집, 가게, 자동차, 사람들의 얼굴에서, 유럽이 얼마나 노화했는지를 사실적이고 구체적으로 검증할 수 있으며, 우리가 태어나서 살고 있는 이 대륙이 신화와 이념, 삶의 형식, 가치, 생각과 개별 사실들의 연관성에 있어서 얼마나 노화했는지를 나는 알고 있다.[19]

이탈리아에서 목도한 문화적, 도덕적 몰락의 징후들은 화려했던 과거의 문화적 가치와 위상을 생각하면 더욱 대조적으로 종말의 분위기를 자아내지만, 그러나 이러한 몰락은 이탈리아뿐만 아니라 쾰른과 스탈린그라드, 모로코의 탕헤르, 하와이에 이르기까지 세계 도처에서 보게 된다고 브링크만은 말한다.[20] 그런 점에서 이 여행보고서는 주로 시민계층의 세계 경험을 긍정적으로 묘사해왔던 여행문학 장르를 부정적인 방향으로 전회시킨 예가 된다. 브링크만은 서양의 중요한 문화유적을 직접 만남으로써 창조적 영감을 얻거나 교양을 더 얻는 문화 기행을 찬양하지 않으며, 남유럽의 낯선 삶을 접하면서 자기 정체성을 확립하는 일에도 뜻을 두지 않았다. 반대로 그는 동시대의 현실이 어떻게 전통적 문화형식을 파괴하고 무로 만들었는지 보여주고자 하였다. 그는 유럽의 종말을, 몰락한 서양문화의 증거들을 찾아내서 제시하였다. 그의 여행기에 수집된 일상의 소재들을 자세히 살펴보면 익숙한 것들이 낯설게 느껴진다.[21] 현재의 이탈리아에서 그는 민족 고유의 문화적 요소들을 발견하지 못한다. 오히려 유럽 전역이 미국식 모델을 따라 동일한 상품사회가 되어버렸음을 확인할 뿐이다. 그가 여행기에 삽입한 많은 사진들에서 서구의 특징이 되어버린 상품이미지들을 보게 된다. 브링크만은 이것을 "아메리카니즘을 통한 서구의 잠식"[22]이라고 칭한다.

그의 여행기록은 거의 200년간에 걸쳐 괴테를 위시해서 많은 독일 작가들이 이탈리아 여행을 문학화하면서 고착시켰던 고전적 이미지를 과격하게 파괴한다. 기존의 이탈리아 여행기들에 의해 사전 주입된 관찰 및 체험 방식들에서 과감하게 탈피하고자 한 브링크만은 현재의 관점에서 인지할 수 있는 것을 동시적으로, 사실적으로 그려내는 묘사 방법을 사용한다. 이것은 장르적 전통이나 역사적, 사회적, 예술적 기존 관념을 무시하고 주관적으로 느끼고 경험한 현실에 기초해서 글을 쓰고자 하는 미학적 경향으로서 이러한 글쓰기 방식에서 브링크만은 미국의 비트 세대 작가였던 윌리엄 시워드 버로즈William Seward Burroughs(1914~1997)의 영향을 많이 받았음을 알 수 있다.[23] "그렇게 눈에 띄지 않는 작고 우연한 인상들이, 우리의 삶을 포괄하고, 우리를 둘러싸고 있는 실제의 상태에 대한 전체적인 통찰을 내포하고 있다고 나는 생각한다"[24]는 브링크만은 이러한 의도에서, 누보 로망의 서술기법이나 현대영화의 촬영기법을 연상시키는 일종의 '재산목록작성 방식의 서술inventarisierendes Erzählen'을 보여준다.[25]

브링크만이 이탈리아로 여행을 떠난 것, 그곳에서 지나칠 정도로 상세하게, 그러면서도 매우 주관적으로 현실의 모습들을 글로 남기려 한 것은 결국 작가로서 그의 실존적 삶에서 느끼는 위기에 대한 반응이며 자기 모색의 몸부림이라고 보아야 할 것이다. 그의 마음은 타자와의 문화적 만남에 열려 있지 않았다. 그에게 '낯선 것Fremdheit'이란 다른 나라나 다른 문화적 환경에 처해서 느끼게 되는 그런 것이 아니었다. 그것은 오히려 "자신의 삶과 삶에 대한 감정으로부터의 소외"[26]를 의미한다고 작가 스스로 적고 있다. 그러므로 그가 로마에서 느낀 삶의 황폐화는 이탈리아라는 특정 지역만의 문제가 아니라 그가 『로마, 시선들』에서 이미 토로했듯이 세계의 어디로 가든 느낄 수밖에 없는 현대인의 삶의 감정이다. 로마의 독일 아카데미 장학금을 받은 그가 그곳에서 절실하게 얻고자 했던 바로 그것, 즉 "생활하고 일할 수 있으며, 최소한의 생계, 일상생활에 필요한 것이 해결되는 그런 소박한 장소"는 경제적인 안정만이 아니라 살아 있다는 생의 감정으로부터 소외되지 않는 온전한 마음과 건강한 자기 정체성을 의미한다. 브링크만이 독일에서나 이탈리아에서, 또 그 어떤 장소에서도 그러한 소박한 삶의 장소에 닿지 못하는 것은 물론 그 개인의 문제만이 아니라 20세기 후반기에 더욱 심각해진 자본주의와 물질만능주의의 폐해에 더 큰 원인이 있다. 이 같은 사회문화적인 맥락에서, 브링크만의 여행문학은 시대적 흐름에 대한 저항이며 해방의 모색으로서 독일 68세대의 문화적 특징을 대변하고 있다.

68운동이 권위주의와 자본주의 물질문명에 대한 혁명적 시민운동으로서 현실 속에서 일정한 목표지점을 설정한다기보다는 궁극의 이상을 향한 '도상에 있음Unterwegs Sein'을 중시하고 그럼으로써 결국 미완으로 남을 수밖에 없는 성격의 운동이라는 점을 생각할 때, 페스퍼의 여행과 마찬가지로 브링크만의 여행과 그 기록은 그들 세대의 삶의 양식이 곧 여행이라는 점을 환기하게 하며 68운동과 여행의 내적 친화력을 독자에게 인식시킨다. 두 작가의 때 이른 죽음 역시 미완의 68운동에 대한 상징적 의미를 갖는다.

5

문화교류 여행과 창작

독일과 프랑스 간 여행자 교류와 여행산문

알베르 카뮈 Albert Camus

1913년 11월 7일 프랑스령 알제리 몽도비에서 태어나
1960년 1월 4일 프랑스 빌블르뱅에서 사망. 작가.
1936년 7~8월 드레스덴, 바우첸, 브레슬라우, 슐레지엔 등
나치 치하의 독일과 동유럽을 여행했으며 이 여행과 관련된
글로 『여행일기』(1936), 「심장 속의 죽음」(에세이집 『안과 겉』,
1937), 『행복한 죽음』(1971)이 있다.

카뮈의 『행복한 죽음』 프랑스어판 표지

20세기 초반 유럽의 대도시 여행

21세기 현재의 시점보다 거의 한 세기 전인 20세기 초반의 유럽 대도시 베를린, 모스크바, 파리 등지로의 여행을 살펴보는 것은 이미 역사가 된 시대를 되돌아보는 일이다. 당시의 여행기록들에서 이 대도시 여행은 지리적으로나 문화적으로, 또한 사회적, 정치적으로 자국과는 다른 동시대의 공간으로 여행하는 것을 의미했으며, 국가의 경계를 넘으며 새로운 경계설정을 시도하는 일이었다.

서적을 통한 간접여행뿐만 아니라 통신과 인터넷 등의 미디어 발달로 가보지 않은 지역에 대한 정보를 손쉽게 얻을 수 있는 오늘날과 달리 20세기 초반에 미지로의 여행은 자신의 일부라 할지라도 미처 몰랐던 것을 직면하게 될 매력적이고도 위험스러운 일로 예상되었다. 제1차 세계대전 전까지만 해도 유럽 내 다른 나라의 대도시 여행은 '다른 문화권'으로의 여행을 의미했다. 사람들은 독일이나 프랑스, 러시아 등의 문화가 하나의 문화줄기에서 나왔다는 믿음하에 마치 한 줄기에서 뻗어나간 여러 가지들처럼 각기 다른 문화지역들을 살펴봄으로써 유럽문화를 확장 내지 개선할 수 있는 하나의 발전모델을 찾을 수 있을 것으로 기대했다. 이러한 관점에서 대도시들에서 나타나는 민족적, 지역적 차이들을 확인하고 유럽을 위한 대안적 문화 및 사회 발전모델들을 모색하고자 했던 것이다.[1]

오늘날엔 복잡하게 발달한 대도시를 개관한다거나 그 문화적 복합성을 특징짓는 일이 가능하지 않다는 인식이 보편화되어 있다. 또한 유럽의 경우 유럽연합에 대부분의 국가들이 속해서 하나의 거대한 공동체를 구성하고 있으므로 유럽 내 지역적 차이들을 인정하는 가운데 경제적, 제도적 통합을 지향하고 있다. 그러나 국가 간의 인적, 물적 교류가 양적으로나 질적으로 낮은 수준이었고, 문화적 타자와 지아의 상호관련성에 관한 인식이 부족했던 20세기 초반에 대도시 여행자들은 그들이 방문한 도시의 문화적 차이를 여행자의 날카로운 시선으로 읽어낼 수 있다고 예상했다. 그들의 기행문에는 주로 개인적인 경험과 인상에 근거하여 이러한 차이들이 묘사되어 있다. 볼프강 아스홀트Wolfgang Asholt는 1차 대전과 2차 대진 사이의 유럽 대도시 여행자들의 유형을 세 가지로 분류했다.

첫째 유형은 대도시산책자Großstadtflaneur로서 여행지에서 만나는 대상들을 거리를 두고 관찰한다. 그는 거리를 산책하면서 대상들을 보는 동시에 자기 자신을 들여다본다.

두 번째 유형에는 여행을 통해 대도시를 개관하려 하고 그들이 파악한 것들을 그 도시의 전반적인 특징으로 요약하고자 하는 작가나 저널리스트들이 속한다. 그들은 문화의 다양한 측면을 보려 하기보다 스테레오타입의 획일성을 찾으려 하고, 개인이나 집단 차원에서 문화 간 성찰을 시도하지 않는다. 그들의 관심은 자신들의 여행기를 읽을 자기 나라의 독자들에게로 가 있는 것이다.

세 번째 유형은 타자적인 것을 관찰하면서 자신의 것을 동시에 관찰할 뿐만 아니라 이러한 관찰 그 자체를 다시 관찰하

5 문화교류 여행과 창작

고 성찰하는 타입이다. 그들은 일종의 "코스모폴리턴적 상상력kosmopolitische Imagination"을 기반으로 다른 나라나 자국의 사회에 내포된 장점과 위험을 기존과는 다른 방식으로 더욱 잘 인지하고자 한다.[2]

20세기 초반, 더 구체적으로는 양차 대전 사이에 나온 유럽 여행산문은 신문기사나 잡지 에세이, 신문이나 잡지의 문예란, 소책자, 서적의 형태로 다양하게 출판되었다. 이 중에서 독일과 프랑스의 수도인 베를린과 파리 여행을 중심으로 여행의 유형적 특징과 여행자들의 사회적, 문화적 인지 방식을 살펴본다. 이와 함께, 나치 시대 독일을 여행한 작가 중 알베르 카뮈의 독일 여행과 그 기록을 여행문학의 관점에서 다시 읽어본다.

베를린과 파리 여행의 사회적, 정치적 특징

1차 대전이 발발했던 1914년부터 1924년까지 십 년간에는 전쟁과 그 여파로 인해 베를린과 파리를 오가는 여행이 거의 중단되었다. 1925년경부터 1935년까지 십 년 사이에 여행자 교류가 다시 활기를 띠기 시작했지만 적대국이었던 두 나라 사이에는 상호 불신과 공격적인 애국심이 여전히 팽배해 있었다. 그리고 1936년부터는 다시 전쟁이 일어날 것이라는 예감 속에서 비정치적인 목적으로 여행을 하는 경우는 거의 없었다.

1871년부터 1914년까지 독일과 프랑스 간 여행 교류의 역사에 관해 쓴 엘렌 바르베-세Hélène Barbey-Say의 저서가 제공하는 정보와 비교하면[3] 양차 대전 사이에 독일과 프랑스 간의 협정이나 여행은 원활하지 않았고, 과거보다 더욱 정치적 상황의 영향을 받았다는 것을 알 수 있다.

한스 만프레트 보크Hans Manfred Bock는 정치적 영향이 컸던 이 시기의 독일과 프랑스 간 여행을 세 단계로 구분했다. 첫 단계는 두 국가의 냉전시기였던 1919년부터 1924년까지로 1918년 1차 세계대전의 휴전협정과 1925년의 로카르노조약* 체결 사이 독일과 프랑스가 갈등을 겪던 시기였다. 1923년에 프랑스와 벨기에군이 독일의 루르지대를 점령했을 뿐만 아니라, 독일은 극심한 인플레이션을 겪고 있었기 때문에 베를린이나 파리를 왕래하는 사적인 여행은 매우 힘들었다. 특히 루르지대의 점령은 독일인들에게 프랑스에 대한 적대감을 고조시켰다. 독일의 지식인들도 프랑스로 가기를 꺼리는 경향을 보였다. 이러한 상황에서 1922년에 결성된 '독일인권연맹Deutsche Liga für Menschenrechte'에서 프랑스의 자매단체인 '인권연맹Ligue des Droits de l'Homme'과의 교류를 시작했다. 이 평화주의 단체의 대표자들은 1922년과 1925년 사이에 베를린과 파리를 번갈아 방문했다. 프랑스 인권연맹의 사절단이 1922년에 처음으로 베를린을 방문했을 때에는 별 문제가 없었으나 루르지대 점령 이후 1924년에 방문했을 때에는 프랑스 대표 연사가 경찰의 호위를 받고서야 연설을 시작할 수 있었을 정도로

---

* 중부 유럽의 안전보장을 위하여 유럽 국가들이 1925년 10월 16일 스위스 로카르노에서 발의해 12월 1일 영국 런던에서 체결한 국지적(局地的) 안전보장조약.

격렬하게 거부하는 소동을 겪어야 했다.[4]

독일과 프랑스 관계의 두 번째 단계는 1924년의 도스안*을 통해 정치적 차원에서 시작되었다. 로카르노조약 체결의 주역이었던 프랑스의 브리앙Aristide Briand과 독일의 슈트레제만Gustav Stresemann의 정치적 역량으로 두 나라의 관계 개선을 희망할 수 있었고, 두 나라의 수도인 베를린과 파리를 서로 여행하는 것이 가능해졌다. 이 시기의 여행은 그러므로 사회문화적이고 사회경제적인 성격을 띠었다.[5] 작가 하인리히 만Heinrich Mann은 새로운 외교상황에 희망을 걸며 "정신적인 로카르노geistiges Locarno"라는 이름을 붙이기도 했다.[6] 다수의 독일 작가들과 언론인들이 프랑스의 파리로 여행을 갔고, 바이마르 공화국의 답답한 분위기를 벗어나 그들의 눈에 대안적이고 해방적으로 비친 파리를 구경했다. 그리고 점점 더 많은 프랑스의 지식인들이 베를린으로 왔다. 그들에게 베를린은 발전된 현대도시였다.

두 번째 단계의 또 다른 특징은 라인강 좌우편에서 두 나라의 화해를 위한 단체들이 결성되었다는 점이다. 예를 들면, 1926년 '독일-프랑스대학위원회Deutsch-Französische Studienkomitee'가 결성되었고, 1928년에는 베를린에 '독일-프랑스학회Deutsch-Französische Gesellschaft, DFG'가, 프랑스에 '독일연구학회Ligue d'études germaniques, LEG'가 만들어졌다. 문화와 경제, 교육 영역에서 주로 사설단체들이 창설되었는데 그 목적은 상대국을 더 잘 알고, 개인이나 단체

---

* 제1차 세계대전 후 패전국인 독일의 배상 문제에 관하여 배상 문제 전문위원회의 위원장이었던 미국의 C.G. 도스(Charles Gates Dawes)가 제안한 재건계획안.

차원에서 두 민족 간의 교류와 이익증대를 위한 협력을 시도하는 것이었다. 이들 단체의 소속원은 주로 지식인들이었고, 낮은 교류활동을 전개하였다. 그러나 1930년대로 넘어가면서 독일과 프랑스의 외교관계가 악화되고 미국 월가의 증시 폭락과 함께 독일에 경제위기가 찾아오면서 이 두 번째 단계는 끝나고 만다.

독일과 프랑스 관계의 세 번째 단계는 1930년대 초에서부터 2차 대전 발발까지이다. 이 시기는 두 번째 단계와는 다른 의미에서 한층 더 정치적 영향을 받은 시기였다. 프랑스를 격렬하게 비판하는 극단적인 국수주의자였던 히틀러는 1933년부터 1936년까지는 프랑스와 협조정책을 시도하려는 태도를 보였다. 그는 독일제국 시대에 프랑스와의 관계가 취약했던 것을 만회하고자 하는 노력을 보였으나 다른 한편으로는 독일-프랑스 교류단체들을 해체하거나 무력하게 만들었고, '독일-프랑스학회'의 이름을 박탈하기도 했다. 이 학회는 1936년 프랑스 쪽 학회의 도움을 받아 '프랑스-독일위원회Comité France-Allemagne'로 개칭하고 다시 유사한 구조의 학회를 구성했다. 이 시기 이후로 독일과 프랑스 간의 방문이나 여행은 이 두 단체의 중재에 의해서만 가능했다. 그러나 히틀러 치하의 독일정부는 비자발급과 외환통제라는 두 가지 방법으로 이들 학회의 모든 활동을 제한했다.[7] 1935년 독일정부는 개인자격으로는 프랑스 화폐를 교환하지 못하도록 외환법을 강화했다. 그래서 개인용무로 프랑스로 여행하는 사람들은 프랑스 현지에서 필요한 돈을 조달할 수밖에 없었다. 1차 대전 후에 도입된 비자발급의무와 더불어 외환통제로 인해 1930년대에 독일로의 개인관광여행은 쉽지 않은 일이었다.

일반적으로 외국여행을 가는 이유는 다른 나라와 그 문화를 알고자 하는 호기심에서, 혹은 정보습득 및 교육 기회를 얻기 위해, 아니면 상업적 이익을 목적으로 하거나 정치적 이유로 인한 일신상의 안전을 위해서이다. 1919년부터 1939년까지 20년 동안 독일과 프랑스 간 여행은 유형적으로 볼 때 이러한 일반적 형태 이외에 두 가지 특징을 더 보인다. 일반적인 여행유형이 개인적인 필요성에서 비롯된 것이라면 1930년대 여행에서는 특히 집단적 요소가 추가된다. 즉, 정치적인 목적에 부합하는 단체여행이라는 점이다. 전통적인 여행에서는 문화적인 것이든 사회적, 또는 경제적인 것이든 상징적인 자본을 획득하고자 하는 개인의 의지가 중심이 되었다. 그런데 1930년대의 새로운 형태의 여행은 사회의 근간이 되는 단체나 정치인들에 의해 결정된 정치적 목적을 수행하는 기능을 하였다. 다른 민족을 지배하거나 침략하려는 의도를 위장하려는 여행이 행해졌던 것이다. 이 시기 베를린과 파리 여행에서 이 점이 가장 주목할 만한 특징이었다.[8] 정치적 목적을 수행하는 단체여행이 점차 전통적인 개인여행을 대체하던 시기였다. 또 다른 특징은 정당화를 위한 여행Legitimations-Reisen 이었다는 점이다. 두 번째 단계의 여행은 중개자여행Mittler-Reisen 으로 특징지을 수 있는 반면에 제3제국 시대인 세 번째 단계의 여행은 자국의 정치를 정당화하려는 여행의 전형을 보였다. 여행의 참가자들은 더 이상 학자나 지식인 그룹이 아니라, 정치적인 충성도를 기준으로 선발된 수공업이나 농업, 산업 분야 등에 속

하는 직업인들이었다. 여행의 이러한 구조적인 변화는 여행산문
장르에도 변화를 초래했다. 여행에 관한 에세이나 보고문, 또는
소설이라는 개인적이고 주관적인 여행문학 형식으로부터 독일
과 프랑스 관련 단체들이 발행하는 정기간행물에 실리는 기사형
식으로 바뀌게 된 것이다. 앞서 언급한 아스홀트의 여행자 유형
중 두 번째 유형의 극단적인 형태를 보여주는 이 여행기들에서는
독자의 상상력을 일깨운다기보다 의도했던 정치적 목적이 성공
적으로 달성되었는지를 평가하는 내용이 주축을 이루었다.*

이웃 나라 수도의 인지 양상

다른 나라를 여행하는 사람은 여행지에서 보고 경험한 일들을 인
지하는 과정에서 자기 마음대로 이미지를 구성하지는 않는다. 그
것은 무엇보다도 이미지 구성요소들이 현장에 존재하기 때문이
다. 그가 자의대로 이 현지 이미지 요소들을 무시한다면 그의 여
행기나 여행지에 대한 주장은 설득력을 잃을 것이다. 그러므로

---

* 20세기 초반 독일과 프랑스 간 여행자 교류의 세 단계를 요약 정리하면 아래와 같다.
1단계(1919~1924): 휴전협정과 로카르노조약 체결 사이의 냉전 시기. 독일인권연맹과
프랑스 인권연맹 교류 시작. 베를린과 파리 교차 방문.
2단계(1924~1930년대 초): 도스의 재건계획안과 로카르노조약 체결에 따라 정치적 관
계 개선과 교류 시작. 베를린과 파리 교차 방문. 작가, 언론인, 지식인들을 중심으로 한 사
회문화적, 사회경제적 교류.
3단계(1933~1939): 나치 치하에서 양국의 교류가 정치적으로 통제됨. 정치적 목적에만
부합하는 단체여행으로 베를린과 파리 왕래.

5 문화교류 여행과 창작

그는 현지의 이미지 요소들을 수용하고 그것을 자신이 관찰한 내용이나 판단한 것과 결합시키려 한다.

여행자의 인지모형Wahrnehmungsmuster은 그가 속한 세대의 특성을 나타낸다. 자신이 관찰하는 대상에 그의 희망 사항들을 투사하는 것이다. 이러한 투사 메커니즘은 특정의 관심을 발생시키고 이 관심은 바로 여행기의 저자가 그의 글을 읽을 독자들에게 불러일으키고자 하는 관심사이기도 하다.[9]

1차 대전 후 베를린을 여행한 프랑스 평화주의자들의 여행산문은 중개자적 성격의 단체여행 유형을 보여주는 적절한 예가 된다. 프랑스 인권 연맹Ligue des Droits de l'Homme은 1922년과 1924년에 정치적 긴장이 고조된 상황에서 베를린을 여행했다. 그들이 작성한 여행보고서는 독일이 공화국의 형태로 확실하게 전환되고 있으며 그럼으로써 프랑스와 독일 사이에 평화가 보장될 것이라는 필자들의 희망으로 가득 차 있다. 프랑스 여행자들은 이러한 소원의 실현에 대해 주로 낙관적인 견해를 피력하면서 베를린이라는 여행지의 문화적, 사회학적, 지형학적 사실들에 대해서는 그다지 구체적인 관찰 내용을 쓰지 않았다. 두 나라가 냉전 상태에 있었던 당시에 프랑스에서 온 여행자들이 베를린 여행에서 파악하고자 했던 것은 신생 국가인 바이마르 공화국의 헌법과 세력, 기회와 같은 정치적인 문제들이었고, 무엇보다 이 국가가 전쟁배상금을 지불할 능력이 있는가를 판단하는 일이 관건이었다.[10] 그에 비해, 로카르노조약 시기에 베를린으로 온 젊은 세대의 프랑스인들은 앞 세대처럼 우선적으로 바이마르 공화국의 국력에 관심을 두지 않았고, 프랑스와 마찬가지로 독일의 사회적, 문화적 삶의 미래가 어떻게 전개될 것인지에 주목하고자 했다. 그들은 자비를 들여 베를린으로 와서 꽤 오랜 기간 머물기도 했다. 그들의 여행은 과거 개인 여행의 전통을 다시 잇는 것이었고, 여행기록도 에세이나 소설, 또는 편지 형태로 출판되었다. 이러한 개인 여행의 대표적인 인물로 1927년부터 1931년까지 베를린에 거주했던 피에르 비에노Pierre Viénot를 들 수 있다. 1931년에 출판된 그의 에세이집 『독일의 불확실성Incertitudes allemandes』은 독일 시민사회의 위기를 다룬 책이다. 1927~28년에 베를린 대학에서 유학했던 피에르 베르토Pierre Bertaux는 그의 편지들을 통해서 서유럽과 동유럽이 만나는 접합지점인 베를린에서 청년 운동과 노동자 운동의 이중 영향과 후기 시민사회 문화의 미래에 대해 사유하였다. 이들 젊은 프랑스 지식인들 주변으로 신세대 프랑스 작가들이 모여들었다. 르네 크레벨René Crevel, 르네 트렝지우스René Trintzius, 피에르 보스트Pierre Bost 등이 그들이었다. 나체주의나 동성애, 여성해방 그리고 마그누스 히르쉬펠트Magnus Hirschfeld의 성과학연구소 등 베를린에서 접하게 된 현대사회적 현상들에 그들은 큰 관심을 보였다.[11] 그들의 여행기는 아스홀트의 여행자 유형 중 세 번째 유형의 예를 보여준다. 반면, 베를린에서 현대사회의 징후들을 발견했던 젊은 지식인들과는 달리 프랑스 제3공화정에 비판적인 입장이었던 일군의 프랑스 작가들은 독일 제3제국을 찬양하면서 독일을 민족국가 부활의 모델로 삼고자 했다. 이 작가들은 국가사회주의 행동대원들의 전폭적인 지지를 얻었고, 그들의 글이 독일-프랑스 월간지를 통해 찬양되었다. 독일을 향한 그들의 시선은 수도인 베를린을 향한 것이 아니라 국가사회주의자들의 향방에 쏠려 있었다. 그들은 국가사회주의를 미화하고 포스트민주주의 시대에 진입한 프랑스에 민족국가를 재건하기 위한 영감의 원천으로 삼았다. 1937년 파리에서 그리고 이듬해 베를린에서 출판된 알퐁스 드 샤토브리앙Alphonse de Châteaubriant의 책『권력의 결집La Gerbe des forces』이 그 한 예이다.

한편, 파리로 여행 간 독일 평화주의자들은 1923년에 파리로 여행했던 알베르트 아인슈타인Albert Einstein의 여행이나 독일의 대표적인 평화주의자였던 헬무트 폰 게를라흐Helmut von Gerlach의 연구를 주요 정보원으로 삼았다. 평화주의자들의 여행기록으로서는 1925년에 출판된 프리츠 폰 운루Fritz von Unruh의『승리의 여신의 날개Flügel der Nike』가 대표적이다. 프로이센의 장교였던 운루는 1차 대전 중에 평화주의자가 되었고 그의 희곡이 프랑스어로 번역되어 호평을 얻었다. 1924년에 그가 파리에 도착했을 때 평화주의자들과 지식인들로부터 환대를 받았고, 이 시기 파리 체류에 대해서 그는 일기 형식의 책을 발간했는데 이 책은 파리에서 무분별한 사람들을 만났던 이야기며 풍문들과 경멸적이고 근거 없는 판단들을 담고 있었기 때문에 발간 후 곧 스캔들을 일으키기도 했다.[12]

토마스 만Thomas Mann이 1926년 1월 자신의 파리 체류에 대해 쓴 글인『파리 보고서Pariser Rechenschaft』는 운루의 글에 비해 훨씬 더 신중한 편이었다. 토마스 만은 그의 글 「비정치적 인간의 고찰Betrachtungen eines Unpolitischen」이 야기한 프랑스 적대적 인상을 완화하려는 태도를 일관되게 유지하였고, 그가 보고하는 내용은 주로 파리에서 독일과 프랑스의 협력관계를 위해 노력하는 지식인들과의 만남에 관한 것이었다.

프리드리히 지부르크Friedrich Sieburg가 1929년에 쓴 프랑스 관련 책 『프랑스에 신이?Gott in Frankreich?』는 감성적이고 개인주의적이지만 현대화의 길을 놓쳐버린 프랑스의 상을 전달하고 있다. 프랑크푸르트 신문사의 특파원으로 1925년부터 파리에 살았던 그는 파리를 프랑스의 모든 특징을 다 내포하고 있는 도시로 그렸다. 파리와 프랑스에 내해서 경멸적이고 분열된 판단을 보인 그의 책은 1920년대 중반에 파리로 갔던 많은 독일 작가들의 책 중에서 독일 독자들의 사랑을 가장 많이 받은 책이었다. 그 외에도 요제프 로트Joseph Roth, 발터 메링Walter Mehring, 발터 하젠클레버Walter Hasenclever, 쿠르트 투홀스키Kurt Tucholsky 등이 지부르크와 비슷한 시기에 파리에 체류했던 독일 작가였다. 프랑스의 수도인 파리에 대해서 그들은 열띤 논의를 펼쳤는데 그 이유는 그들이 파리로 대변되는 도회적 생활방식의 신봉자이기 때문이거나 아니면 공화국 정치문화의 총체로서 파리를 사랑했기 때문이었다.[13]

앞에서 보았듯이 프랑스와 독일 여행자 교류의 제3단계였던 1933년부터 1939년까지의 단체여행 기록은 지식인들이 쓴 문학 텍스트가 아니었고, 노동자들이나 언론인들이 쓴 대중적인 여행

서적이었다. 독일에서 일어난 '민족주의 혁명'을 정당화하기 위해 시도되었던 이러한 여행의 정치적 의도가 그들의 글에도 잘 나타나 있다. 히틀러가 집권하기 전에 독일과 프랑스의 관계 개선을 위해 실행되었던 단체여행이 1930년대의 독일 정세에 따라 그 기능을 달리해서 나치 정부 선전의 도구가 되고 만 것이었다. 한편, 지나치게 정치화되었던 당시의 여행문화와 그 기록들과 비교해볼 때, 1930년대 중반 독일지역을 여행했던 알베르 카뮈는 시대적 현실을 초월하는 휴머니즘에 입각하여 여행지를 관찰하고 기록한 예로서 언급할 만하다. 카뮈의 독일 여행과 여행 관련 글을 아스홀트의 여행자 분류 중 세 번째 유형을 보여주는 좋은 예로서 소개하고자 한다.

알베르 카뮈가 본 나치 시대 독일

1936년 7월에 23세의 알베르 카뮈는 그의 아내 시몬 이에Simone Hié와 친구 이브 부르주아Yves Bourgeois와 함께 알제리의 수도 알제를 떠나 유럽 여행길에 올랐다. 마르세유와 리옹, 스위스를 거쳐 세 사람은 오스트리아에 도착했다. 그들은 잘츠부르크에 체류했고, 다시 작센과 슐레지엔 지방으로 떠났다. 때는 8월 중순으로 베를린에서는 올림픽이 막 끝나갈 무렵이었다.[14]

시기적으로 볼 때 이 여행은 카뮈가 작가가 될 것인지 진지하게 고민하고 있던 때에 이루어졌으므로 나치 통치하의 독일 땅

일부를 방문했던 것이 그의 결심에 영향을 미쳤는지에 대해 생각해볼 수 있다. 그러나 그가 쓴 글 중 어느 것도 오직 이 여행만을 직접적으로 다룬 텍스트는 없기 때문에 독일 여행이 그의 창작에 어떤 영향을 미쳤는지를 추론하기는 쉽지 않다. 당시 그의 여행은 순조롭지 않았다. 유럽 남부와 중부의 여러 곳을 지나며 고단한 여행을 했고, 폐결핵을 앓고 있던 카뮈는 여행 중에 정신적인 충격을 받기도 했다. 잘츠부르크에서 그가 받은 고향의 어느 의사 편지에 그 의사가 카뮈의 아내 이에게 마약을 주었다는 것과 그 두 사람이 연인관계라는 사실이 적혀 있었던 것이다. 카뮈는 이때 아내와 결별할 것을 결심한다. 그러나 이런 개인적인 여러 사정에도 불구하고 세 사람은 여행을 함께 계속하고 다시 체코슬로바키아와 오스트리아, 이탈리아, 마르세유를 거쳐서 북아프리카로 돌아온다.

프랑스 식민지였던 알제리에 이주한 프랑스인 아버지와 스페인인 어머니 사이에서 1913년에 태어난 카뮈는 그의 문학을 통해서 프랑스를 비롯한 유럽문화에 대해 변방의 이방인으로서 저항과 통찰적 인식을 나타내었다. 카뮈의 일기나 편지에서 발견할 수 있는 여행의 의미는 실존의 경험으로 요약될 수 있다. 여행은, 특히 즉흥적이고 비일상적이고 우회로를 거치며 때때로 어긋나는 힘든 여행일수록, 인간을 그의 평소 습관에서 떼어놓고 고독 속에서 자기를 인식하게 한다고 그는 보았다. 여행을 통해 인간은 자기 자신으로부터 도피해서 삶으로 귀환할 수 있다는 것이 카뮈의 여행론이었다.[15]

올리버 루프리히Oliver Lubrich는 카뮈의 글들을 통해 1936년 독일 여행의 영향과 의미를 세 가지 차원으로 해석한다. 우선, 자전적으로는 그가 결핵을 앓고 있던 중에 한 여행이었고, 중도에 아내와의 결별을 결심하게 되었다. 철학적으로는 실존주의적 비관론에서 여행을 이해한다는 점, 그리고 정치적으로는 독재에 관해 간접적인 해설을 한다는 것이다.

카뮈의 독일 여행은 1936년의 일기에 나오는 몇 행의 글, 1937년에 나온 에세이집 『안과 겉L'envers et l'endroit』에 수록된 자전적 에세이 「심장 속의 죽음La mort dans l'âme」에서 반 페이지 분량의 글, 그리고 1936년부터 1938년까지 썼던 미완성 유작 소설 『행복한 죽음La mort heureuse』에서 5페이지 분량에 달하는 하나의 에피소드로서 그의 글 속에 반복적으로 나타나고 있다.[16] 일기에는 교회 건물들이나 공장의 굴뚝, 묘지 등의 건축물과 회화, 들판과 언덕의 풍경, 제라늄과 해바라기꽃, 새, 그리고 가랑비가 기록되어 있다.

드레스덴 - 회화.

바우첸 - 고딕식 묘지. 벽돌아치에 있는 제라늄과 해바라기.

브레슬라우 - 보슬비. 교회와 공장굴뚝들. 하나의 고유한 비극.

슐레지엔 들판 - 냉혹하고 감사할 줄 모르는 - 언덕 - 끈적거리는 대지 위로 축축하고 안개 낀 아침의 새 떼.[17]

카뮈가 여행 중 기록한 윗글은 완성된 텍스트라기보다는 나중의 집필을 위한 메모라고 보아야 하지만 그 자체로도 이미 시대적 분위기를 드러내고 있다. 현재는 폴란드에 속하지만 1945년까지는 독일 영토였던 슐레지엔의 브레슬라우(브로츠와프)에 대해 "고유한 비극"이라고 기록하고, 슐레지엔 들판에 "냉혹하고 감사할 줄 모르는"이라는 수식어를 붙임으로써, "축축하고 안개낀"이나 "끈적거리는 대지"가 보슬비가 내린 날씨 상황에만 국한된 표현이 아님을 느낄 수 있게 한다. 이러한 표현들은 나치 독재의 암울한 분위기를 연상시키며, 그 땅에 발을 디딘 여행자의 불안한 심경을 나타낸다. "끈적거리는 대지"는 여행자를 통과시키지 않고 잡아 가두려고 위협을 가한다.

자전적 에세이에도 그가 여행 중 일기에 메모한 이런 모티프들이 다시 등장하고, 소설에도 여행일기에 기록된 지역인 드레스덴, 바우첸, 브레슬라우와 슐레지엔의 들판이 등장하며 게다가 괴를리츠와 리그니츠도 추가되어 있다. 그러나 나치의 독재에 대해서는 한마디의 직접적인 언급이 없다. 그가 여행할 당시 진행 중이었던 베를린 올림픽에 대해서도, 불과 몇 달 전에 독일이 라인 지대를 재군사화함으로써 프랑스의 여론이 들끓었던 것에 대해서도 작가는 침묵하고 있다. 에세이에서는 제3제국으로 들어간 여행에 관한 도입부에 한 줄 공란이 있을 뿐이다. 이렇게 공백을 남기는 글쓰기 방식은, 위험한 지대를 여행한 경험을 다룬 많은 다른 여행 에세이들이 이를 특별한 경험으로 구체화시키는 전형들과는 사뭇 다르다. 그는 눈으로 보고 느낀 것을 직접적으로 묘사하려고 하는 대신에 암시와 생략의 기법으로 독자에게 전한다. 정치나 시사적인 사건들을 독일 여행에서 확인하고 그의 글 속에서 거론하는 대신 독일 여행 중에 스쳐 지나간 풍경에서 불길한 시대를 간접적인 비유로 표현하는 방법을 택한 것이다. 그의 소설 『행복한 죽음』에서도 슐레지엔의 들판 위로 "석판dallle" 같은 하늘이 걸려 있다는 표현이 나온다. 석판은 수도원이나 묘지에서 무덤의 비명을 새기는 돌로 된 판을 말한다. 하늘이 석판에 비유됨으로써 독일의 지대가 하나의 묘지로 표상되는 것이다. 이와 같이 카뮈는 풍경과 날씨 등의 자연현상을 시학적 상징으로 변용한다.[18]

1971년에 출판된 유작 소설 『행복한 죽음』에서 주인공 '메르소Mersault'는 카뮈의 대표작으로 여겨지는 『이방인L'étranger』 (1942)의 주인공 '뫼르소Meursault'와 이름이 거의 같다. 그뿐만 아니라 뫼르소처럼 뚜렷한 이유나 명분 없이 무고한 사람을 살해한다는 점에서도 동일하다. 살인자 메르소는 법과 도덕이 무력해진 장소를 찾아 제3제국으로 들어간다. 슐레지엔 들판과 도시 브레슬라우는 소설에서 대비적으로 그려진다. 들판은 주인공이 향해가는 열린 공간으로서 미래의 '넓음'을 상징하는 반면에, "공장굴뚝과 높은 교회탑의 숲"을 이루는 도시 브레슬라우는 이와 대조적으로 미로 같은 협소함을 지시한다.[19]

카뮈가 독일 여행을 그의 글 속에서 재구성하는 이러한 방식에서 일의적인 해석 가능성을 찾으려는 시도는 곧 한계에 부딪힌다. 그는 자전적인 사실과 정치적 진술, 역사적 증거와 예술 사이에 놓인 미결정성Unentscheidbarkeit의 영역으로 독자를 이끌고 있기 때문이다.[20] 1936년 여름 그는 여러 국가들의 경계를 넘어 여행을 했고, 이 여행의 경험에서 나온 그의 기록들과 텍스트들은 일정한 의미의 한계를 넘어 독재를 증언하는 방식을 취하고 있는 것이다. 그것은 증언하기 어려운 것을 표현하고자 한 그만의 방식이었다고 해야 할 것이다. 독일 여행 후에 그는 철학 스승인 장 그르니에Jean Grenier에게 글쓰기가 마음에 드는 일이라고 말한 바 있다.[21] 그의 독일 여행이, 독재를 목격한 경험이 작가가 되고자 하는 결심을 굳히는 데 일조한 것으로 이해해도 좋을 것이다.

2차 대전이 끝나갈 무렵, 제3제국의 종말이 확실해지던 시기에 카뮈는 또 한 번 그의 독일 여행에서 얻었던 모티프를 사용한다. 1944년 4월에 집필해서 1945년 초에 출판한 그의 에세이 『독일 친구에게 보내는 편지Lettres à un ami allemand』가 그러한데, 그중 세 번째 편지에서 그는 나치즘을 직접 겨냥하면서 자유로운 유럽에 대한 비전을 논한다. 그가 1936년 8월의 유럽 여행에서 방문했던, 당시 독일 치하에 처해 있던 피렌체와 크라쿠프, 프라하, 잘츠부르크 같은 도시들을 언급하고, "석판" 같은 하늘을 보았던 슐레지엔의 묘지들과 그곳의 제라늄꽃을 떠올린다.

피렌체의 수도원에 피어 있는 장미, 크라쿠프의 황금빛으로 물든 구형 돔, 흐라트차니와 빛을 잃은 그 궁전들, 블타바강을 건너지르는 카렐 대교의 뒤틀린 동상들, 잘츠부르크의 정교한 공원들을 그려봅니다. [⋯] 그때는 그 장소들을 당신으로부터 해방시켜야 할 날이 오리라고는 꿈에도 생각하지 못했습니다. 그리고 지금

5 문화교류 여행과 창작

도 분노에 사로잡히고 절망에 찰 때면, 산마르코의 수도원에 아직도 장미가 피고 있고 잘츠부르크의 대성당에서는 비둘기가 떼를 지어 날아오르며 슐레지엔의 작은 공동묘지에서는 지칠 줄 모르고 붉은 제라늄이 피어날 수 있다는 사실이 유감스럽게 생각되기까지 합니다.[22]

「독일 친구에게 보내는 편지」의 서문에서 작가가 밝히고 있듯이, 그의 글이 지시하는 '당신들'은 '당신네 독일인들'이라는 뜻이 아니라 '당신네 나치 당원들'을 의미하며 '우리'라는 표현은 '우리 프랑스인들'이 아니라 '우리 자유로운 유럽인들'을 뜻한다.[23] 카뮈는 자유로운 유럽인들의 입장에서 "풍경과 정신 등 유럽의 모든 것이, 광포한 증오심이 아니라 승리만이 갖는 고요한 힘을 가지고 태연히 당신들을 부인하고 있음"[24]을 선언하며, "희생과 행복에의 향수, 정신과 칼의 힘 사이의 올바른 균형"[25]에 기반한 내면의 우월함이 독일군의 폭력을 이길 것을 확신한다. 이렇듯 카뮈의 독일 여행은 인간다움과 자유, 정신성을 향한 코스모폴리턴적 갈망과 의지를 스스로의 내면에서 확인하는 체험으로서 그의 글 속에 지속적인 궤적을 남겼다.

시대적 현실과 개인의 한계를 가로지르는 여행

문화적 폐쇄성이 지역공동체의 생존을 위협하는 것으로 이해되는 글로벌 다문화 시대를 살고 있는 오늘날의 우리들에게 과거 20세기 초 유럽의 정치적 갈등과 문화교류 관계를 늘여다보는 일은 격세지감을 느끼게 하는 작업이라고 할 수도 있겠다.

그러나 유럽이 지금과 같은 하나의 공동체로 통합되기까지 거쳐왔던 역사적 과정[26]을 역방향으로, 독일과 프랑스의 국가 간 갈등이 첨예화되었던 앙차 대전 시기로 거슬러 올라가보면, 민주적인 평등과 자유의 구현이라는 정치적 실현에도 불구하고 현재에도 여전히 당시와 동일하거나 유사한 국가 간, 지역 간 갈등이 발생하고 있음을 확인하게 된다. 독일과 프랑스의 수도 베를린과 파리를 오고 간 많은 여행자들이 그들의 개인적인 관심과 희망에도 불구하고 결국은 제3세국이라는 시대적, 정치적 현실의 한계를 넘기 힘들었다는 사실을 보게 되고, 타자와 그의 문화를 이해하고 수용하는 면에서도 개인과 지역의 이해관계를 초월하지 못하고 쉽게 현실의 체제에 고착하는 경향들을 발견하게 된다.

현재의 유럽연합은 다양한 역사와 문화 전통을 가진 여러 유럽국가들이 정치적, 경제적 통합을 통해 이룩된 것이므로 문화적 개별성과 다양성을 그들의 문화적 자산으로 삼아 "자신과 타자 간의 상호의존적이면서 변증법적인 관계"[27]를 만들어내는 '제3의 공간'*으로 발전해가야 할 공통과제에 직면해 있다.

---

* 에드워드 소자(Edward Soja)의 공간이론에서 나온 개념으로 '물리적 공간'과 '상상의 공간'을 종합하면서 극복한 형태의 '체험된 공간'을 말한다. 이에 대한 국내 연구 논문으로, 구연정, "상상과 실재 사이: 헤테로피아로서 베를린—발터 베냐민의 『1900년경 베를린의 유년시절』에 나타난 도시 공간을 중심으로",《카프카연구》, 29(2013), 123~142쪽 참조.

카뮈의 유럽 여행과 그 기록은 그런 점에서 시대적 현실과 개인의 한계를 가로지르는 초월적 공간을 향하고 있다. 동시대의 독일 작가 헤르만 헤세의 여행기 『인도 여행』에서 볼 수 있듯이,[28] 나치 시대에 동양의 정치망명자로서 독일에 체류해야 했던 한국인 이미륵이 쓴 『압록강은 흐른다Der Yalu fliesst』(1946)가 그러하듯이[29] 시대의 현실을 인식하고 현실개선을 위해 정치적으로 노력하는 일 못지않게 시대의 문제에 대한 깊이 있는 성찰과 자신의 내면에서 이를 극복하고 한계를 초월하려는 정신적, 문화적 의지도 중요하다.

과거 어느 때보다도 여행이 수월해졌을 뿐만 아니라 여행이 일상의 필수조건이 된 시대에 여행을 통한 성찰적 세계인식의 의미를 되짚어보는 노력이 더욱 필요해 보인다.

'문학수도 베를린'의 신세대 장소성

유디트 헤르만Judith Hermann

1970년 5월 15일 독일 서베를린 출생. 작가. 독일 통일 후
1990년대 베를린을 중심으로 창작 활동을 시작했고, 데뷔작
『여름별장, 나중에』(1998)로 신세대문학의 주요 작가로
주목받았다. 클라이스트 문학상(2001), 횔덜린 문학상(2009) 등
다수의 문학상을 수상했다.

유디트 헤르만의 『여름별장, 나중에』 독일어판 표지

신세대 작가들의 문화수도 베를린

근대 이후 독일 역사의 중심무대였으며 현재 독일의 수도인 베를린은 유구한 역사의 흐름 속에서 유럽의 정치, 경제, 문화의 구심점이 되어왔다. 그런 만큼 독일뿐만 아니라 전 세계의 관심이 집중되는 곳이고 각계각층의 사람들이 왕래하는 대도시이다. 동·서독의 분단 시절에는 동베를린과 서베를린으로 분할된 채 정치 이데올로기의 대립 속에서 냉전을 겪어야 했으며 독일의 재통일 후에는 새로운 독일의 수도로서, 그리고 세계적인 메트로폴리스로서의 위상을 갖추기 위해 대대적인 재건사업이 펼쳐졌던 곳이기도 하다. 다양한 역사의 흔적들이 남아 있는 문화유적의 도시이며, 또한 이미 19세기 말 이후로 다문화적이고 전위적인 예술활동이 활발하게 전개되어온 문화 예술의 도시이다. 많은 예술인들에게 베를린은 여행과 이주의 목적지이며 폭넓은 문화교류의 장소이다. 특히 독일 통일 이후 1990년대 신세대 작가들에게 베를린은 삶과 예술활동의 본거지이며 그들의 실험정신을 일상과 창작에서 자유롭게 표현할 수 있는 곳이었다.

새로운 팝문학으로 특징지어진[1] 1990년대 독일의 신세대 문학 작가들에게서 독일의 새로운 수도 베를린은 '베를린문학Berlinliteratur' 또는 '문학수도 베를린Literaturhauptstadt Berlin'이라는 유행어를 낳을 정도로 그들 문학의 중심을 차지하였다.[2] 특히 1990년대 말부터 새로운 세기 2000년에 이르기까지의 짧은 기간 동안 신세대 문학에서 베를린의 위상은 정점에 달했다고 해도 과언이 아닐 것이다. 베를린에서 작가 수업을 거쳐 정식으로 데뷔하고자 하는 무수한 작가 지망생들이 있었고, 러시아나 동유럽에서 베를린으로 들어온 외국계 이민 작가들도 많았으며, 작가 낭독회를 비롯해서 각종의 출판 행사들이 연이어 개최되어 일종의 출판 붐을 이루었다. 러시아계 이민 작가인 블라디미르 카미너Wladimir Kaminer는 베를린시 잡지의 칼럼니스트로서 글을 쓰면서 베를린의 미테 지구에 있는 예술가클럽 '카페 부르거Kaffee Burger'에서 '러시안디스코'를 진행하였고, 독일의 일상을 패러디한 우스꽝스러운 그의 이야기들은 2000년에 그의 데뷔작인 『러시안디스코Russendisko』로 나왔다. 이렇듯 세기말 베를린은 다양한 배경을 가진 젊은 작가들이 각자 자신의 색을 지니고 모여들어 어울려 사는 문화공간이었고, 독일어권 문학시장의 본거지였으며, 그와 같은 사회문화적 특성은 문학 외적인 환경을 이루었을 뿐만 아니라 신세대 작가들의 작품 안으로도 들어와 이야기의 소재와 주제가 되었다.

독일 통일 후 베를린의 재생사업 및 문화육성정책과 연관된 이러한 사회문화적 현상들은 2000년대로 들어서면서 다소 약화되고 신세대 작가들도 점차 베를린으로부터 독일의 다른 도시들로, 또는 글로벌한 차원으로 그들의 문학적 관심을 넓혀가게 되었지만 짧다고 할 수 있을 '문학수도 베를린'[3] 시기의 문화적, 문학적 결실들은 오늘날까지도 독일 신세대문학의 주요 특징으로서 평가되고 있다.

베를린을 중심으로 한 독일 신세대 문학에는 이 세대의 라이프스타일이 반영되어 있다. 주로 1965년부터 1975년 사이에 태어난 이 작가들은 사회의 평균적 기준과는 무관하게 일상적이고 작고 보통의 것을 중요시하며 개인주의적이고 아웃사이더적이다. 이른바 '골프 세대Generation Golf'*로 지칭되는 동·서독 출신의 젊은이들이 베를린의 미테와 프렌츠라우어 베르크 지구의 클럽과 바에 모여서 그들 식의 이야기를 늘어놓곤 했다. 독일 통일 후 베를린은 다른 어느 도시보다도 문학공방이나 문학경연대회, 낭독회가 넘치는 곳이었다. '베를린 문학공방의 오픈 마이크Der Open Mike der Berliner Literaturwerkstatt'는 낭독회의 전통에서 발전된 행사로 원하는 사람 누구나 마이크로 자신의 작품을 낭독할 수 있게 함으로써 젊은 작가들의 등용문 역할을 하였다. 여기서 상을 받고 이름이 알려지기 시작한 작가로는 카렌 두베Karen Duve, 카트린 뢰글라Katrin Röggla, 요헨 슈미트Jochen Schmidt, 테레치아 모라Terézia Mora 등을 들 수 있다.[4]

1990년대에 베를린에서 진행된 다양한 문학행사들과 문학에 이전시들은 순문학이나 오락문학을 다 포괄하는 폭넓은 네트워크를 형성하였고 다양한 양식의 문학을 추구하던 젊은 작가들에게 만남과 소통의 장을 마련해주었다. 소위 슬램 문학Slam Poetry이라고 칭하는 언더그라운드 문학에서부터 성공한 출세작에 이르기까지 다양한 기회가 열려 있었다. 예를 들면 타냐 뒤커스Tanja Dückers와 유디트 헤르만은 언더그라운드 문학모임과 작품낭독

---

* '골프 세대'란 플로리안 일리스(Florian Illies)가 2000년에 출간한 책의 제목으로 1970년대 후반과 80년대에 성장기를 보낸 서독 청년층의 세대적 특징을 칭하는 개념이다.

무대에서부터 시작해 문학출판사로까지 길을 넓혀간 경우라고 할 수 있다. 반면 1990년대 베를린에서 자가로서 이력을 쌓기 시작한 작가들 중에는 잉카 파라이Inka Parei나 율리아 프랑크Julia Franck처럼 서브컬처적 문학활동과는 무관하게 데뷔한 작가들도 물론 많았다. 작품활동의 시작이야 어땠든 데뷔한 작가들은 일반적으로 출판사나 문학비평계가 선호하는 방식으로 그들의 창작을 전문화하려는 경향을 보였다. 이들은 작품의 소재나 주제를 더욱 정련된 방식과 독창적인 아이디어로 형상화하려고 노력하였다.

그러나 1990년대 신세대 작가들의 문학적 특징을 일반화하거나 모델화할 수는 없다. 그들 세대의 특징은 바로 이질적 문학의 다양함 속에서 개관 불가능하다고 해야 할 것이다. 독일의 과거 47그룹 문학과 68세대의 문학에서는 현실참여의식과 도덕성이 강조되었고, 70년대 문학에서는 '신주관주의neue Subjektivität'의 경향이 대두되면서 서술의 주체Erzähler가 이야기의 중심이 되어 자신의 서사를 풀어간 것에 비해 90년대 문학에서는 서술자의 존재는 약화되고 서술 자체가 중요시되는 '서술의 귀환Wiederkehr des Erzählens' 현상을 주요 특징으로 꼽을 수 있다.[5] 현실의 위험이나 가능성들을 도덕적 척도에 기반하여 비판하거나 해설하지 않고 소박한 묘사를 통해 현실을 재구성해내는 서술방식이 선호되었다.

뭔가 새로움을 나타내는 결정적인 발걸음이라면 **화자**의 귀환이 아니라 **서술**의 귀환이다. 겉보기에는 소박한 방식으로 진정성에 대한 주장은 애초 전혀 하지도 않으면서 그 대신 구성적 특성을 분명하게 보여주는 그러한 서술방식이다.[6]

서술자의 퇴각은 현실은 해석될 수 없고 언어로써 충분히 묘사될 수 없다는 후기구조주의적 세계인식과 연관된다. 1990년대의 새로운 이야기들에서 등장인물들은 그들의 개성을 부각시키지 않는다. 그들은 현실의 기본틀을 구성하는 데에 쓰일 뿐이다. 모사적인 문체로 현실을 그려내는 것이 아니라 텍스트의 구성을 개방적으로 열어놓는다는 점에서 포스트모던적인 글쓰기이다. 서술자가 자신의 글쓰기 자체를 주제화하고 성찰함으로써 탈환상적 메타픽션을 보여주기도 한다. 그 밖에도 순문학과 오락문학의 경계가 불분명하고 서술상황이나 서술전략이 유동적인 점, 서사의 진행에 독자를 포함시키는 점 등 포스트모던 글쓰기의 특징들이 많이 나타난다. 특히 영미권 작가인 브렛 이스턴 엘리스Bret Easton Ellis와 닉 혼비Nick Hornby의 영향을 많이 받은 90년대 팝문학에서는 더 이상 교양시민 계층이 독자층으로 설정되지 않는다. 소설의 주인공들은 방황이나 모색을 통해서 자신의 정체성에 도달하는 교양소설적 인물들이 아니다. 그들은 많은 자극적인 요소들이 가득한 자유분방한 세계 속에서 끊임없이 새로운 체험을 찾아 헤매고 정신성보다는 감각적 향유를 추구한다. 모리츠 바슬러Moritz Baßler는 이러한 팝문학적 패러다임 전환을 "새로운 기록주의ein neuer Archivismus"라고 부르며 현대사회, 특히 청년문화에서 볼 수 있는 언어적, 문화적 특성들을 수집하고 생산하는 팝문학의 기능에 주목하였다. 팝문학 작가들은 진부한 언어와 상투어들을 모아서 읽을 만한 상냥스러운 텍스트로 만든다는 것이다.[7]

문학에서 정치적 의도를 배제한 채 주로 작가가 살고 있는 현재를 이야기의 배경으로 삼고, 여러 인물들이 각각의 줄거리를 눈에 띄는 연결점 없이 딘속적으로 나열해가는 '쇼트 커츠Short Cuts'와 시점의 다변화를 서술기법으로 하는 텍스트의 예는 90년대 이후 독일 현대문학에서 매우 다양하게 접할 수 있다.

1998년에 소설집 『여름별장, 나중에Sommerhaus, später』로 데뷔한 후 독일 비평계의 찬사와 지속적인 관심을 받아온 유디트 헤르만의 문학에서도 이러한 신세대 문학의 특징들을 발견하게 된다. 이름가르트 샤이틀러Irmgard Scheitler는 헤르만 소설의 서술 특징을 "새로운 서술소박성neue Erzählnaivität"이라고 칭했다.[8] 일상의 현실을 묘사하지만 사실성이 가볍게 초현실성으로, 동화적인 양상으로 변화되어간다. 인물이나 상황은 정확하게 묘사되지 않고, 관계맺기에 무능하고 소통부재 속에 살아가는 군상들을 비추는 일종의 현실모형으로 제시된다. 서술언어의 특징은 대체로 장식적이지 않고 단순하며 인물들 사이의 분위기나 위기를 그리는 데 초점을 둔다.[9]

5 문화교류 여행과 창작

소설 속 베를린, 소통불능의 인간관계

1970년 베를린에서 태어나고 성장한 유디트 헤르만은 첫 소설집 『여름별장, 나중에』에서 포스트모던 시대의 신세대가 이 대도시에서 살아가는 라이프스타일을 멜랑콜리한 정서로 담아냈다. 1990년대에 주로 20대의 젊은 나이로 데뷔했던 여성작가들인 율리아 프랑크, 초에 예니Zoë Jenny, 울리아 체에Julia Zeh, 카렌 두베, 잉카 파라이 등과 함께 헤르만은 소위 '아가씨 작가들의 기적Fräuleinwunder literarisch'이라는 라벨을 단 작가였다. 이 작가들의 글을 하나의 문학 장르로 분류하기에는 상호 간의 공통점이 적지만, 그들의 글은 통일 후 베를린을 '현재 이곳Hier und Jetzt'의 관점에서 바라보며, 이 공간의 과거와 현재 사이 역사적·사적 관련성은 거의 다루지 않는다는 유사성을 보인다. 특히 율리아 프랑크, 잉카 파라이와 유디트 헤르만의 작품에서는 크로이츠베르크나 노이퀼른, 그리고 프렌츠라우어 베르크와 프리드리히스하인을 위시한 동베를린 지역과 과거 베를린 장벽 주변 지역 및 베를린의 남동쪽이나 변두리 지역들을 소설의 공간적 배경으로 삼고 있다.[10] 헤르만의 첫 소설집에도 베를린을 배경으로 한 이야기가 많이 등장한다. 여기에 실린 아홉 편의 단편이 모두 베를린을 장소적 배경으로 하지는 않지만, 표제작인 「여름별장, 나중에」와 「소냐Sonja」, 「어떤 끝Ende von Etwas」, 「발리여인Bali-Frau」, 「카메라 옵스큐라Camera Obscura」에서 서사의 주 무대는 베를린이다.

헤르만은 독일 통일 직후 베를린의 사회문화적 분위기를 자신도 포함되는 청년 세대의 시각에서 이야기한다. 이 관점과 연령 상의 특성은 그러므로 어느 정도 일회적인 면을 갖는다. 헤르만 의 베를린 이야기들은 당시 베를린의 보헤미안적인 청년문화를 성공적으로 형상화했다는 평가를 받았다. 청년기의 방황, 우울한 정서, 사람들과의 관계형성에 대한 좌절감, 자기중심벽Egomanie 은 독일이나 베를린만의 특유한 징서는 아니지만 1990년대 당시 베를린의 미테나 프렌츠라우어 베르크 지구의 청년문화 분위기 를 매우 잘 반영하고 있다. 이 지역을 배경으로 '골프 세대'의 심 리를, 베를린의 포스트모던 신보헤미안이라고 부를 수 있는 청 년층의 공허를 스타일리시한 문체로 그려내는 데 성공한 것이 첫 소설집에서 헤르만이 거둔 문학적 성과이다. 이 책은 모티프 와 문체에서 신세대 문학의 새로운 척도로 각광받으면서 쇼트스 토리Kurzgeschichte의 붐을 다시 일으키는 데 기여했다는 평가를 받 기도 했다.[11] 나르시시즘적 고립과 고독에 처한 소설 속 인물들의 삶을 독자는 마치 영화나 무대 위의 장면들처럼 보게 된다. 친밀 함과 사랑의 기회를 제대로 잡지 못하고 스쳐버리거나 나중에야 알게 되는 어긋남에 대해 헤르만은 간결하게 암시할 뿐이다. 타 냐 뒤커스가 양성애적 행동이나 쾌락적인 파티 장면들을 훨씬 더 직접적이고 대담하게 묘사한 것에 비해 헤르만의 묘사는 암시적 이다.

우리는 하인제의 게토블라스터 카세트로 파올로 콘테를 들었 고, 엑스터시를 삼키며 브렛 이스턴 엘리스의 『아메리칸 사이코』

에서 가장 좋은 구절들을 읽었다. 팔크가 안나에게 키스했고, 안나는 나에게, 그리고 나는 크리스티아네에게 입을 맞추었다. 슈타인도 가끔씩 같이 있었다. 그는 헨리에테에게 키스했고, 그럴 때 나는 고개를 돌렸다.[12]

「여름별장, 나중에」에서 일인칭 화자가 서술한 장면이다. 그들은 같이 모여 파올로 콘테의 재즈음악을 듣고 환각제 엑스터시를 삼키며 다 같이 섹스한다. 화자인 '나'와 사귀었던 슈타인이 다른 여자애에게 입을 맞추는 장면을 '나'는 외면한다. 베를린 청년문화의 일면을 보여주는 장면의 서술은 거기서 그친다. 더 이상의 직접적인 묘사나 설명은 생략된다. 택시운전사가 직업인 슈타인은 일정한 거처 없이 소지품을 비닐 백에 넣어 차에 싣고 다니다가 적당한 곳을 발견하면 얼마간 거기서 살고, 그러다 어떤 계기가 생기면 또다시 떠나는 식의 부유하는 삶을 산다. 그의 택시를 타면서 사귀게 된 '나'는 그를 집에 오게 한다. 그러나 3주 후엔 벌써 그 관계가 지겨워진다. 내쫓긴 슈타인은 아래층에 사는 '나'의 친구 크리스티아네의 집에 얼마간 머물다 거기서도 쫓겨나면 다시 안나, 헨리에테, 팔크 등 다른 이들의 집을 돌아다니며 산다. 그리고 그는 그들 모두와 잔다. 음악과 마약, 섹스를 공유하면서 정처 없는 삶의 공허를 나누는 이 젊은이들에게 관계에 대한 어떤 종류의 집착이나 지속적인 사랑, 또는 결혼 같은 보다 안정적이고 시민적인 삶으로의 진입은 가능하지 않다. 슈타인은 화가와 음악가, 작가 지망생들인 그들 서브컬처 예술가 부류에 속한 사람은 아니지만 그들과 같이 어울리고 싶어 한다. 그들을 따라 공연장에 가기도 하고 파티도 같이하며 술과 마약, 잠자리를 나누던 그가 베를린 외곽에 있는 오래된 낡은 집을 구입해서 친구들과 같이 그들만의 방식으로 살자고 '나'에게 제안한다. '나'는 이 제안에 응하지 않고, 결국 슈타인은 자신이 정성껏 수리했던 그 집에 불을 질러 전소시켜버리고 북해의 슈트랄준트로 떠난다.*

언더그라운드 문학에서 출발해서 정식 작가로 데뷔한 경력에서 유디트 헤르만과 유사한 타냐 뒤커스가 대도시 베를린의 전체적인 모습을 형상화하려는 시도 속에서 사회학적으로 대조적인 면들을 함께 지닌 베를린의 지형학Topographie을 보여주는 데 비중을 두었다면, 헤르만은 애성관계나 현실의 삶을 이탈 내지 초월하여 대안적 삶을 모색하는 청년층의 심리적·정신적 세밀화를 제시했다.[13] 쾌락을 추구하면서도 감정적으로는 냉담한 베를린 청년문화의 장면들을 스냅사진 찍듯 포착해 그려내면서도 베를린시의 관련 장소들을 정확하게 지시하지 않고 암시할 뿐이다. 헤르만의 문체적 특징은 쇼트스토리에 어울리는 '간결표현법Lakonismus', '빈곤의 미학Ästhetik der Verarmung'이다.[14] 어떤 충격적인 사실들이 가려진 채 간결한 예술언어로 암시한 것이 독자들

* 유디트 헤르만의 『여름별장, 나중에』에 대해서는 국내에서도 여러 연구논문이 나왔다. 이영기(2008)는 현실과 몽환의 서술기법, 정인모(2009)는 독일 팝문학의 연구관점, 탁선미(2013)는 '친밀성'의 문제, 김윤희(2013)는 회화적 특성, 유현주는 신세대 연구(2014), 사이공간의 미학(2014), 그리고 비정주성 문제(2018)을 다루었으며 서유정(2015)은 세대 간 소통의 문제, 신혜양(2017)은 포스트모던 시대의 고독을 주제로 이 책을 연구했다.

에게 더욱 매력적으로 와 닿은 것이다. 헤르만의 작가양성 과정을 살펴보면, 먼저 명저널리스트인 알렉산더 오장Alexander Osang의 지도하에 작가수업을 받았고, 무엇보다 작가공방이라고 할 수 있는 '베를린 문학콜로키움의 산문부 작가작업실Autorenwerkstatt Prosa des Literarischen Colloquiums Berlin'을 통해 자신의 문학스타일을 개발했다. 헤르만에게 영향을 미친 작가로는 영국의 캐서린 맨스필드Katherine Mansfield, 독일의 마리 루이제 카슈니츠Marie Luise Kaschnitz, 미국의 트루먼 커포티Truman Capote를 들 수 있고, 특히 미국 소설가 레이먼드 카버Raymond Carver로부터 큰 영향을 받았다.[15] 일상어로 작품을 쓰는 데 성공한 대작가로 미국 문학사에 기록된 카버는 일상에서 억압된 감정들이 스몰토크 안에 감춰지거나 익숙한 고독에 갇혀 있다가 그 틀을 깨고 돌출하는 순간들을 탁월하게 묘사했다. 독일의 신세대문학에서 특히 잉고 슐체Ingo Schulze나 랄프 로트만Ralf Rothmann은 일상의 비극을 그린 카버식 서술방식을 수용해 독일의 사회적 현실을 멜랑콜리하게 그려내었다. 구동독 시민들이 통일 후 서구문화 속에서 느끼는 괴리감을 표현한 잉고 슐체의 『심플 스토리즈Simple Storys』(1998)를 예로 들 수 있다. 카버의 간결문체에 비해서 헤르만의 문체는 시적이고 유려한 편이지만 파편화되고 부유하는 사물들이 자아내는 분위기와 이미지 아래서 현대사회의 슬픔과 소통불능, 언어화되지 못한 인간의 갈망을 표현한다는 점에서 카버식 서술의 내용적·문체적 특징을 확인하게 된다. 「여름별장, 나중에」에서 슈타인이 같이 살 집을 준비해놓고 '나'를 기다리지만 결국 오지 않자 집을 불살라

버리는 행동은 소통불능에 대한 극단적인 행동이다. 남성화자가 서술하는 「소냐」에서도 남자에게 자신과의 결혼을 일방적으로 강요하던 소냐가 지하철 선로로 뛰어내려 자기 뜻이 관철되지 않으면 기차에 부딪쳐 죽겠다며 과격한 행동을 보인다. 「붉은 산호Rote Korallen」에서 화자인 '나'와 '나'의 우울한 애인의 관계에서도 언어적 소통은 가능하지 않다.

첫 소설집 이후 5년 만에 나온 두 번째 소설집 『단지 유령일 뿐Nichts als Gespenster』(2003)도 독자들의 호응을 얻으며 베스트셀러가 되었다. 그러나 이 작품집은 데뷔작보다 못하다는 부정적인 평가와 전작의 미성숙한 사춘기 청소년들의 심적 상태에서 벗어나 더 성숙하고 소통 가능성을 찾는 인물들을 보여준다는 점에서 발전적이라고 보는 긍정적인 평가를 받는 등 비평계의 엇갈린 반응을 얻었다. 여기서도 헤르만은 현대사회의 라이프스타일에 대한 통찰에 기반해 젊은 세대의 사고방식과 느낌을 탁월하게 이미지화하였다. 여행을 주제로 한 일곱 편의 단편으로 구성된 『단지 유령일 뿐』에서는 베를린이 서사의 주 무대는 아니지만, 모든 여행이야기의 출발 지점은 베를린이다. 베를린은 또 귀소 지점이기도 하다. 서술자의 심리적 배경으로 여전히 기능하는 베를린에서의 삶의 현실이 여행지에서의 경험과 느낌, 생각들과 교차하며 인물의 삶에 가벼운 변화, 또는 새로운 가능성을 비춘다.

표제작 「단지 유령일 뿐」에서 미국 횡단 여행을 하고 있던 엘렌과 펠릭스는 네바다주 오스틴에서 버디를 만나게 된다. 32세의 버디는 자신이 태어난 곳 오스틴에서 삶의 대부분을 살고 있는 건장한 생활인이다. 독일에서의 생활이 어떤지 묻는 버디에게 엘렌은 베를린에서의 삶에 대해 말한다.

"특별하진 않아요"라고 엘렌이 말했다. "많은 사람들이 그렇게 살죠. 여행을 가서 세상을 구경하고, 그리고 집으로 돌아오면 일하고, 돈을 충분히 모으면, 다시 떠나지요, 어딘가 다른 곳으로. 대부분. 대부분이 그렇게 살아요." 그녀는 베를린에 대해서, 베를린에서의 생활에 대해서 이야기했다. 그곳의 삶을 묘사하려고 시도했다. 그 낮과 밤들에 대해서. 그녀에게는 모든 것이 좀 혼란스럽게 여겨졌다. 뒤죽박죽이고. 아무런 목표가 없는 듯했다. "우리도 이것저것 하지요." 그녀는 그 삶을 제대로 묘사할 수 없다는 느낌이 들었다. 돈을 벌고, 이렇게 저렇게 사는 것. 여러 밤 동안 과도한 쾌감에 취해 나돌아다니기도 하고, 밤 10시에 잠자리에 든 저녁들도 있고, 피곤하고, 지친, 희망이 없는. 친구들과의 관계. 일종의 가족. 열린 결말? 영원히?[16]

여행을 떠나거나 집에 있거나 별 새로울 것 없는 삶이다. 그래서 그런 생활을 묘사하는 것은 쉽지 않다. 전반적으로 피로하고 별 희망 없이 살아간다. 친구들이나 가족, 또는 유사가족의 관계 역시 큰 의미가 없다. 미국의 동부해안과 서부해안을 왕복하면서 여러 주의 여러 지역을 다니는 긴 여행 중에도 엘렌과 펠릭스의 관계는 베를린에서와 다르지 않다. 펠릭스는 집에서든 다른 곳에서든 대부분 침묵한 채 상대방의 말을 들을 뿐 스스로 말하거나 묻는 법이 없는 타입이다. 참다못한 엘렌이 항상 먼저 말을 걸거나 질문한다. 미국의 동쪽에서 서쪽으로 왕복 횡단여행을 하는 동안에도 그들은 매일 저녁을 공원과 숙소에서 그렇게 보냈다. 먼저 말을 건네는 데 지친 엘렌은 펠릭스에게 질문하기 시작하지만 그는 대답을 거부할 뿐이다.[17] 이렇게 소통불능 상태에 빠진 두 사람 앞에 전혀 다른 타입의 남자 버디가 등장한 것이다. 버디의 매력이라면 "그의 우월함seine Dominanz", "그의 안정감seine Sicherheit", "눈으로 볼 수 있는 힘과 집중력eine sichtbare Kraft und Konzentration", "많은 말을 하지 않고도 좌중을 이끄는 언변ein Wortführer, ohne daß er viel gesprochen hätte"이다.[18] 한때는 예뻤지만 지금은 뚱뚱하고 못생겨진 아내를 자기 아이의 엄마라는 사실만으로도 사랑할 수 있다고 확실하게 말하는 남자, 태어난 곳에서 30년 이상을 만족하며 살고 있는 정주형 버디에게서 삶의 회의나 불확신, 우울은 찾아볼 수 없다. 관계가 깨지기 직전 상태였던 엘렌과 펠릭스는 특별한 것은 전혀 없지만 체격과 기질, 생활 감각이 전혀 다른 버디가 말했던 "아이에게 작은 운동화를 한 켤레 사주는"[19] 행복이 무엇인지 알기 위해 아들을 낳고 엄마 아빠가 된다. 행복에 대한 버디의 확신을 따르듯이, 엘렌은 오스틴의 호텔 인터내셔널에서 유령을 쫓는다는 여인이 보여준 사진 속의 유령 모습도 믿기로 한다. 사진 속 유령의 모습이란 사진을 현상할 때 생긴 이중 빛과 반사, 렌즈에 묻은 먼지가 일으킨 착시일 뿐임을 알지만 그녀는 그것이 유령이 아니라는 말을 하지 않는다. 그러자 "곧 행복해지는 것을, 매우 행복하고, 매우 홀가분해지는 것을 분

5 문화교류 여행과 창작

명하게 느꼈다."²⁰ 유령 쫓는 여자가 보여준 그 진지함과 확신이 유령의 실체를 믿지 않는 엘렌에게도 행복감을 선사한 것이다. 이것이 엘렌과 펠릭스가 네바다 사막지대를 여행하며 얻은 행복의 예감이다.

『단지 유령일 뿐』에서는 첫 번째 소설집에 비해 베를린 청년 문화의 언더그라운드적 요소들이 많이 사라졌지만 첫 이야기인 「루트(여자 친구들)Ruth(Freundinnen)」에서는 여전히 베를린의 청년 문화 분위기를 찾아볼 수 있다. 화자인 '나'는 파리로 가서 오랜 친구인 루트를 만난다. 그녀와는 베를린에서 같은 집에 살면서 같은 침대에 나란히 누워 자기도 했고 서로의 성격과 살아가는 사정을 시시콜콜하게 잘 알고 있다. 그러나 루트와 '나'는 동성애 관계는 아니다.

루트와 나에 관해서 할 말이 뭐가 더 있을까? 단 한 번 우리는 키스를 한 적이 있다. 밤에 어느 바에서. 그런데 사실은 루트에게서 떨어지려고 하지 않는 누군가를 쫓아버리기 위해서였을 뿐이었다. 루트가 내게로 몸을 숙여서 내 입에 열렬하고 부드럽게 키스를 했는데 그녀에게서 껌과 포도주, 담배 냄새가 났고, 그녀의 혀는 특이하게 달콤했다.²¹

연극배우인 루트는 베를린을 떠나 파리 근교의 작은 도시에 살면서 공연에 참여하고 있다. 그녀는 지금 뮌헨 출신의 연극배우 라울에 대한 일방적인 사랑에 빠져 있다. 그런데 이혼남인 라울은 루트에게 관심이 없고 오히려 '나'에게 관심을 보인다. 세 사람이 같이 앉아 있다가 루트가 자리를 잠시 뜨면 "난 네가 그리워"라고 말하고 "넌 내가 생각하는 그런 사람이니?"[22]라고 묻던 라울은 '나'가 베를린으로 돌아온 후에 그가 머무는 뷔르츠부르크로 오라고 초대한다. 라울에 대한 사랑을 거절당한 루트의 쓰라린 심경을 알면서도 그에 대한 관심을 누르지 못하고 그를 찾아간 '나'는 그를 보는 순간 곧 자신에 대한 그의 관심이 진지한 것이 아니었음을 깨닫고 내키지 않는 하룻밤을 보낸 후 돌아온다. '나'는 "넌 내가 생각하는 그런 사람이니?"라는 그의 질문을 잘못 이해했다고 생각한다.

나중에 나는 그의 말을 제대로 들어야 했다고 생각했다. 그렇다고 사정이 달라졌을지, 내가 다르게 결정했을지는 모르겠다. 그러나 그의 말을 제대로 알아들어야 했는데. 그가 "넌 내가 생각하는 그런 사람이니?"라고 물은 것을 난 그가 의미한 것과는 완전히 다른 것으로 이해했다. 그럼에도 불구하고 그는 나를 알아보았다. 사실 그가 말한 것은 "너는 배반자니? 아무것도 중요하게 여기지 않아서 어떤 약속도 요구할 수 없는 그런 사람?"이었다. "나 때문에 루트를 배반할 거냐"고 그가 물은 것이었고 나는 "그래"라고 답한 것이다.[23]

라울의 질문이 과연 그런 의미였을지는 의문스럽다. 루트가 잠시 자리를 비운 틈을 타 '나'에게 그립다고 말하고 그가 공연을

5 문화교류 여행과 창작

위해 머무는 뷔르츠부르크까지 오라고 왕복 기차표를 베를린으로 우송해서 초대한 이유를, 친구를 배반할 사람인지 알아보기 위해서라고 보긴 힘들다. 화자에 대한 라울의 관심은 그녀의 매력에 대한 일시적인 것이고, 어쩌면 하룻밤 같이 보내고 싶은 정도에 그치는 가벼운 것일지 모른다. 화자와 같이 잔 다음 날 이른 아침부터 대본 연습을 서두르고, 그녀를 역까지만 바래다주고는 바쁘다고 바로 떠나는 그는 여자와의 지속적인 관계보다는 자신의 일을 훨씬 더 중요하게 여기는 사람으로 읽힌다. 그럼에도 화자가 그의 애초 질문을 잘못 이해했다고 말하는 것은 그 사람에 대한 새로운 인식이라기보다는 그의 일시적인 관심에 부응한 자신의 경솔함을 반성하면서 루트와의 오랜 우정에 더 각별한 의미를 부여함을 뜻한다.

소설집『단지 유령일 뿐』에서도 작가는 일상의 삶에서 일어날 수 있는 일들을 절제되고 간결한 문장으로, 그러나 문맥에 대한 자세한 설명은 없이, 사람들의 소통부재, 사랑이나 관계 맺기의 어려움에 대해 말하고 있다. 그러나「단지 유령일 뿐」이나「루트(여자 친구들)」의 예에서 보았듯이, 사람들 사이의 관계가 더 발전할 수 있는 가능성들이 보이고 인과관계의 고리가 분명하게 제시되지는 않더라도 우울하고 고립된 삶의 닫힌 공간에서 위안과 행복으로 한 걸음 내디딜 여지가 조금은 열린다. 대체로 이야기들이 더 길고, 복잡하며, 문체는 더 잘 다듬어졌다.

정주할 수 없는 비장소 베를린

베를린이 주로 서사의 공간적 배경이 되는 『여름별장, 나중에』
와 두 번째 소설집 『단지 유령일 뿐』에서 볼 수 있는 도시 베를린
은 전통적인 시민적 삶이 영위되는 안정적인 생활공간으로 그려
지지 않는다. 인물들 간의 유대를 단단하게 할 가능성이 별로 보
이지 않는다. 각자가 사랑을 원하지만 소통에는 이르지 못하고,
「여름별장, 나중에」가 보여주는 바대로 개인의 정신과 신체를 안
정시킬 기본 장소로서의 '집'은 정주지로서의 고유성을 담보하지
못한 채 일시적인 잠자리를 제공하는 숙박소에 지나지 않는다.
슈타인이 베를린 외곽의 앙어뮌데 부근 카니츠라는 곳에서 마련
하고자 했던 집은 부유하듯 살아가는 그들에게 안전한 피난처가
될 수도 있겠지만 '나'는 그 집으로 들어갈 결정을 못 한다. 이 집
의 위치가 베를린 안이 아니라 외곽이라는 점이나, 그 집이 이상
적 공동주거지로 희망된다는 점은 베를린이 더 이상 적합한 삶의
장소가 되지 못함을 시사한다. '나'의 베를린 생활에서 볼 수 있
듯이 주소지로서의 집은 있지만 이 집은 편안한 보호처가 되지
못하고 언제라도 떠날 수 있는 장소이다. 이러한 집의 비정주성
은 헤르만 문학의 지속적인 주제 중 하나이다.[24]

파라이나 프랑크의 문학에서와 마찬가지로 헤르만의 문학에
서 베를린은 통합된 하나의 '전체'로서의 공간이라기보다는 개인
들의 삶의 방식과 표상세계가 각기 다른 지점들을 향하고 있는
개별 장소들로 분리된다.[25]

‘공간’은 특수화되지 않은 추상적인 개념으로 삶의 구체적인 영역들 외부에 존재하면서 이상화되고 상상된 형태로 존재한다. 반면, ‘장소’는 인간의 경험이나 생활세계와 연관되어 삶의 영역 내부에서 일상적이고 실제적이며 평범한 행위들이 발생하는 곳이다. 공간과 장소는 서로 무관한 별개의 것이 아니라 하나의 관계 내에서 변이되는 요소들이라고 보아야 할 것이다.[26] 프랑스의 인류학자 마르크 오제Marc Augé의 분류에 의하면 정체성과 관계, 그리고 역사라는 특징을 갖는 공간이 장소Ort라면, 이러한 특징을 갖지 못한 공간은 비장소Nicht-Ort이다.

> 장소가 정체성과 관련되며 관계적이고 역사적인 것으로서 규정될 수 있다면, 정체성과 관련되지 않고 관계적이지도 않으며 역사적인 것으로 정의될 수 없는 공간은 비장소로 규정될 것이다. [27]

그런데 장소와 비장소는 서로 빗나가는 두 개의 극으로서 장소가 결코 완전히 사라지는 법이 없듯이, 비장소가 완전하게 실현되는 법도 없다. 공간과 장소, 비장소의 연관에 대해서 오제는 “오늘날 세계의 구체적인 현실 속에서 장소와 공간, 장소와 비장소는 서로 얽혀 있으며 서로에게 침투한다. 비장소의 가능성이 전혀 없는 장소는 그 어디에도 없다.”[28]고 말한다. 오제에 따르면, 국제선 공항이나 고속도로, 멀티플렉스 영화관, 대형할인점들은 대표적인 비장소로서 이용자들은 해당 공간과 일시적인 계약관계에 놓이게 되며 그곳 특유의 정체성을 부여받는다. 이러한 비장소들에서 과거는 없고 오직 지금, 이 순간만이 존재하는 '현재성'이 지배한다.[29] 그렇다고 해서 비장소들에서 전통적인 장소의 상실만을 한탄할 필요는 없다. "비장소를 구성하는 이미지나 텍스트, 각종 코드와의 상호작용을 통해 형성되는 장소에 대한 새로운 인식과, 그에 따른 인간과 공간 간의 상호작용을"[30] 새롭게 조망해야 할 것이다.

이러한 비장소 개념을 헤르만의 소설들에 적용해보면, 소설의 인물들은 정체성과 관계, 역사를 갖는 장소들과 그러한 특징이 없는 비장소들 사이를 오가며 부유한다. 베를린이라는 생활공간이 그들에게 장소로서의 특징을 제공하지 못하므로 새로운 삶의 장소로 이곳 밖의 장소들을 모색하지만, 바라던 안식처를 찾지는 못하는 것이다. 그래서 그들은 베를린이라는 내부 공간과 베를린 바깥의 (가상의) 공간이 빚어내는 긴장관계에 처해 있다. 슈타인이 찾아낸 앙어뮌데 부근의 그 폐가 같은 집은 그러한 집이 없음을 지시하는 하나의 기호이다. 「루트(여자 친구들)」에서 대비되는 베를린과 파리 근교의 소도시, 그리고 「단지 유령일 뿐」에서의 네바다주 오스틴과 베를린은 삶의 개별 장소들에 정주하지 못하고 그 장소들을 벗어나거나 스쳐 지나가면서 새로운 대안적 삶의 장소들을 찾아 헤매는 현대의 보헤미안들을 보여준다. 헤르만의 소설에서는 도시 베를린 전체에 대한 지각을 볼 수 없고, 개별 장소들도 슈타인의 택시를 타고 지나가며 보게 되는 거리 이름들과 같은 비장소들로서 등장한다.[31] 이러한 도시의 모습은 활기찬 삶의 장소라기보다는 텅 비어 있는 한적한 장소일 뿐이다. 베를린

5 문화교류 여행과 창작

은 특징 없는 장소와 거리들로 분리되고, 현실이라는 공간과 역사라는 시간의 좌표체계들이 서로 뒤엉켜 몽환적으로 추상화된다. 구체적인 장소로서의 베를린이 빈 공간으로 인지되면서 비장소로의 공간이 열리는 것이다.

정주할 장소로서의 집에 대한 전망을 유예한 채로 끝나는 「여름별장, 나중에」의 결말은 독일 통일 후 새롭게 출발한 베를린이 자유와 사랑을 실현하고 시대정신을 구현한다는 일종의 '베를린 신화'를 만들어낸 것에 비추어볼 때, 이 베를린을 비장소로서 체험하면서 베를린을 벗어난 곳에서 새로운 삶의 장소를 모색하는 '다른 베를린 신화'의 가능성을 묻는 것으로 이해해야 할 것이다. 헤르만의 두 번째 소설집 역시 그러한 모색의 과정을 다양한 서사를 통해 보여준다. 「단지 유령일 뿐」의 엘렌이 오스틴에서 유령을 본다는 여인의 말을 믿어주는 척하는 것이나 건장한 토박이 사내 버디의 행복론을 따라 펠릭스와 아이를 낳는 것도 전통적 장소로의 회귀나 삶에의 정주를 뜻한다고 쉽게 믿을 수 없다. "단지 유령들일 뿐"이라는 소설의 제목이 암시하듯이 여행 중의 이러한 경험들은 빈 장소들에서 보는 일종의 환각과 같은 것이다. 그것은 평생 이어갈 여자 친구와의 우정을 배반할 정도로 강렬한 사랑이 없음을 보여주는 「루트(여자 친구들)」에서도 마찬가지다. 현실은 텅 빈 장소들일 뿐, 새로운 인간적인 장소의 발견은 아직 이루어지지 않은 것이다.

베를린문학의 사회문화적 의미

베를린을 중심으로 한 1990년대 독일 신세대 문학은 독일 통일 이후 독일 전반에 걸쳐 일어난 세대교체 과정에서 주로 일상적인 이야기를 다루는 작은 문학 장르라고 할 수 있다. 사회학적으로 이 작가들은 '89세대'나 '베를린세대'와 관련되지만[32] 독일 통일의 과정이 단순하지 않았던 만큼 세부적으로는 많은 갈래들이 존재했고 작가들도 매우 다양했다. 그래서 '베를린문학 작가'라고 일반화하기는 힘들고 당시의 문학을 보는 일정한 관점과 시각에 따라 관련되는 작가들을 선별할 수밖에 없다. 90년대의 베를린을 문학적으로 형상화한 신세대 작가들의 공통된 관심이라면 자신들의 정체성을 찾으려는 모색 속에서 베를린의 사회문화적 모습들을 담고자 했다는 점을 들 수 있다. 그래서 성장소설 형식이나 자서전, 또는 통일과정의 일기 같은 형식도 사용되었고 앞에서 살펴보았듯 서술방식은 신사실주의적 경향이 두드러졌다. 그러나 문학작품의 구성에서는 포스트모더니즘이나 미니멀리즘의 영향도 대두했다. 포스트모더니즘 소설로는 노르만 올러Norman Ohler의 『미테Mitte』(2001)가 한 예이고, 미니멀리즘은 유디트 헤르만의 작품이나 스벤 레게너Sven Regener의 『레만 씨Herr Lehmann』(2001) 등이 해당된다. 야콥 하인Jakob Hain의 사춘기 자서전인 『나의 첫 티셔츠Mein erstes T-Shirt』(2001)나 토마스 브루시히Thomas Brussig의 소설 『불빛이 어떻게 비치는지Wie es leuchtet』(2004)는 동베를린의 사회통합 과정을 신사실주의적으로 묘사한 작품들

5 문화교류 여행과 창작

이다.

1990년대 말에서 2000년대 초까지 베를린을 무대로 한 신세대 문학작품들이 양산된 것에는 출판사 등 문학사업의 광고전략과 연관이 있지만, 역사적 격변을 경험한 동·서독 출신의 젊은 세대 작가들이 자신들의 경험을 작품으로 말하고자 하는 순수한 '서술욕구Erzähllust'도 한몫하였다. 또한 90년대의 새로운 문학으로 유행했던 팝문학 경향도 일상의 소재를 가볍게 다루고자 하는 창작방식을 자극했다.[33] 당시의 베를린은 독일 내에서 작가들이 가장 많이 거주하는 곳으로 알려졌고, 베를린에서 태어나서 성장한 토박이들 이외에도 통일 후 구동독 지역이나 구서독 지역에서 이주한 독일인들, 오스트리아와 스위스, 동유럽지역 출신을 포함한 외국인들도 많았다. 사회적 체제와 정치, 경제, 문화적 변화는 베를린을 역동적인 도시로 만들었고 젊은 작가들은 이 변화하는 도시의 다양한 모습들을 새로운 실험적인 글쓰기로 표현하고자 했다. 세계적인 메트로폴리스로서 다시 건설되는 베를린은 새로운 창작의욕과 실험정신으로 글을 쓰고자 하는 젊은 작가들에게 좋은 소재이자 주제였던 것이다. 독일 내외에서 많은 작가들이 베를린으로 옮겨오는 사회현상은 베를린의 문학사업과 문학교류를 활성화시켰다. 작가낭독회와 문학콜로키움 등의 행사를 통해서 작가들과 출판인들의 교류가 활발해짐에 따라 베를린문학의 국제화도 가능해졌다. 그럼으로써 베를린은 국내외 문학교류의 구심점이 되었다.

독일의 역사에서 바이마르 공화국 시절에도 베를린은 유럽문화의 중심지 역할을 했지만 통일 후의 베를린은 활성화된 문학교류와 문학시장의 상업화 메커니즘 영향으로 과거와는 다른 문화적 기능을 하게 되었다. 20세기 초 모더니즘 이후로 볼 수 있었던 메트로폴리스 베를린의 사회적·문화적 기능에 대한 비판적 담론 대신에 신세대 작가들은 대도시의 파편화된 삶의 현실을 표현하는 문학적 기법의 모색에 더 관심을 가진 듯하다. 여기에는 글로벌 차원에서 수용된 영미권 작가들의 글쓰기 영향이나 팝문화의 영향이 적지 않았다고 보아야 할 것이다.

도시 공간에는 다양한 가치들과 체계들이 병립하고 있다. "절대적이고 중심적인 것과 상대적이고 외부적인 것, 옛것과 새것, 고정된 것과 유동적인 것"³⁴이 서로 뒤섞이고 충돌하는 가운데 도시 공간은 다양한 특징을 갖게 된다. 1990년대 독일 신세대 문학에서 보게 되는 베를린 역시 그와 같이 다양한 가치들의 모순과 갈등이 공존하는 삶의 공간이다. 독일 통일 후 베를린의 사회문화적 환경 속에서 신세대 작가들은 현실 속에서 실존의 가능성을 찾는 한편으로 그 현실 너머로 새로운 문학적 지향점을 찾고자 한 것이며 신세대의 감각과 표현방식으로 자신들의 문학을 구축해갔다. 신세대 문학의 한 대표작가로서 살펴본 유디트 헤르만의 작품들에는 통일 후 새로운 변화들을 겪었던 베를린의 장소 및 비장소적 특징들이 소박하고 간결한 문장들 속에 잘 그려져 있는 것이다.

5 문화교류 여행과 창작

표면의 시학

독일 신세대 작가들의 경우들에서 볼 수 있듯이, 전 지구화된 현
대사회의 생활방식에서 만나는 일상적인 이야기들, 그 어긋난 만
남들과 소통부재, 욕망의 좌절들을 특유의 간결 문체로 풀어가
는 유디트 헤르만의 문학에서 강한 사회비판의식이나 역사의 과
거와 현재에 대한 담론을 찾기는 힘들다. 독일 통일 후 베를린을
배경으로 한 텍스트들에서도 작가의 시선은 동·서독 사회통합
의 문제나 정치적 이슈보다는 개인들 간의 친밀성 문제, 실현되
지 못하는 사랑과 고독에 머물러 있다. 그러나 그렇다고 해서 헤
르만의 문학이 사적인 이야기라고만 할 수는 없을 것 같다. 현재
소비사회의 우울과 고립감은 개개인에게 고통을 주지만 그 근
본적인 해결은 개인의 한계를 넘어선 것이기 때문이다. 헤르만
은 이러한 사회적 삶의 표면을 문학의 언어로 표현해낸다. 헤르
만이 베를린 청년문화의 우울과 허무를 다루든, 정주할 곳 없어
떠도는 삶의 모습을 그리든, 도달할 수 없는 사랑이나 죽음의 문
제를 바라보든, 작가의 데뷔작부터 최근작에 이르기까지 이야기
를 구성하는 그녀의 방식과 문체는 크게 다르지 않다. 어떤 심오
한 주제를 다루더라도 작가는 대상의 깊이까지 내려가서 문제를
해부하고 그 결과를 드러내 보이지 않고 사물의 표면에 머물러
서 내부의 고통과 진앙지의 떨림을 암시적으로 전할 뿐이다. 네
시아 크로니스터Necia Chronister는 이러한 서술방식을 "표면의 시
학Poetics of the surface"[35]이라고 칭했다. 헤르만의 선택은 그가 모범

으로 삼았던 미국 작가 카버의 영향과 1990년대 독일 신세대 작가들의 문학경향 중 한 갈래를 특징적으로 보여주기도 하지만 더 근본적으로는 세계에 대한 작가의 이해에 연유하는 것으로 보인다. 사물의 핵심과 인간의 심연을 통찰하여도 그것을 적나라하게 언어화할 수는 없고, 설사 그것이 가능하다 하더라도 그 글을 읽는 독자의 마음에 위로나 감동과도 같은 어떤 효과를 주지는 못한다는 작가의 생각을 간결하면서도 아름다운 헤르만의 문장들 속에서 짐작하게 된다.

디아스포라의 과거,
바바라 호니히만의 뉴욕 여행

바바라 호니히만Barbara Honigmann

1949년 2월 12일 독일 동베를린에서 태어난, 프랑스 국적의
독일계 유대인 작가, 화가. 2005년 11월부터 2006년 8월까지
뉴욕에 체류. 여행기 『천상의 빛. 뉴욕으로의 귀환』(2008)을
발표했다.

바바라 호니히만의 『천상의 빛. 뉴욕으로의 귀환』
독일어판 표지

유대계 작가 호니히만

바바라 호니히만은 홀로코스트를 경험한 부모를 둔 2세대 유대계 작가이다. 호니히만의 아버지 게오르크 호니히만Georg Honigmann과 빈 출신의 어머니 알리체 콜만Alice Kohlmann은 망명 중 영국에서 결혼했고, 2차 세계대전 종식 후 공산주의자였던 아버지의 결정으로 사회주의 국가 동독의 건설에 참여하기 위해 1947년 독일 베를린으로 돌아왔다. 1949년 동베를린에서 출생한 바바라 호니히만은 부모의 영향으로 무신론적인 사회주의적 환경 속에서 성장했다. 호니히만은 훔볼트 대학교에서 연극학을 전공한 후에 드라마투르크와 연출가로서 폴크스뷔네Volksbühne와 도이체스 테아터Deutsches Theater를 중심으로 활동했고, 1975년부터 자유문 필가로 작품을 창작하고 있다.

그녀가 유대교에 관심을 갖게 된 것은 20대 후반에 이르러서였다. 동베를린의 유대교 교구에 입단했고, 1981년에 유대교 예식으로 페터 호니히만Peter Honigmann과 결혼했다. 1984년에 호니히만은 가족과 함께 동독을 떠나 프랑스의 스트라스부르Strasbourg로 이주했고, 유대교 공동체가 매우 활성화되어 있는 그곳에서 현재까지도 살고 있다.*

---

* 스트라스부르는 프랑스에서뿐 아니라 유럽에서 가장 크고 중요한 유대인 공동체가 있는 지역 중 하나이다. 이미 12세기에 유대인들이 '대금업자'로서 스트라스부르로 이주하기 시작했는데, 스트라스부르 이외에도 라인강 연안의 독일 도시 슈파이어, 보름스, 마인츠 등이 중세기의 유대인 거주 중심지였다. 제1차 세계대전 후에 동유럽에서 많은 유대인들이 스트라스부르로 이주해왔고, 1960년대부터는 북아프리카에서 반유대주의를

호니히만은 첫 작품집인 『한 아이에 관한 소설Roman von einem Kind』(1986)을 시작으로 소설과 희곡, 수필집을 비롯해서 많은 작품을 출간하였고, 클라이스트 문학상(2000), 막스 프리쉬 문학상(2011), 엘리자베트 랑게서 문학상(2012), 리카르다 후흐 문학상(2015), 야콥 바서만 문학상(2018), 브레멘시 문학상(2020) 등 다양한 문학상을 수상했다. 문학적 재능과 함께 미술적 재능도 지닌 호니히만은 화가로도 활동하면서 여러 차례 작품 전시회를 개최했다.

2008년에 출간된 호니히만의 여행기 『천상의 빛. 뉴욕으로의 귀환Das überirdische Licht. Rückkehr nach New York』(2008)은 작가가 레지던스 프로그램 지원을 받아 미국의 뉴욕에서 10개월간 체류한 경험을 바탕으로 쓴 여행기이다. 현대적 관점에서 유대인의 정체성과 종교, 그리고 문화를 문학작품으로 형상화하고 있는 작가의 주제의식과 세계관을 잘 볼 수 있는 작품이며, 뉴욕 여행이 '귀환'이라고 제목에 명명된 점이 특히 주목을 끈다.

피해 많은 유대인들이 이 엘자스 지역의 스트라스부르로 옮겨왔으며, 홀로코스트 이후에도 오늘날까지 유럽 유대인의 중심지가 되고 있다. BR Fernsehen: Frankreich. Leben in unsicheren Zeiten vom 10.1.2016. https://www.br.de/br-fernsehen/sendungen/euroblick/frankreich-juden-strassburg-100.html 참조. 독일 유대인의 역사에 대해서는 『로마제국에서 20세기 홀로코스트까지 독일 유대인의 역사』(이스마엘 보겐 지음, 서정일 옮김, 새물결, 2007) 참조.

　　　　　　　　　　　　5 문화교류 여행과 창작

유대인 정체성과 자전적 글쓰기

유대교와 유대문화는 호니히만의 문학 창작에서 중요한 원동력이 된다.[1] 그녀의 첫 소설집 『한 아이에 관한 소설』은 동독에서 서유럽 프랑스로, 유럽에 동화된 유대인 신분에서 유대교의 경전인 토라Thora를 신봉하는 믿음 한가운데로 극단적인 전회를 거듭하는 사람에 관한 자전적인 이야기이다. 호니히만의 글에서 유대교에 대한 관심 못지않게 중요한 특징으로 꼽을 수 있는 것은 자전적 관련성이다. 첫 소설집 이후 『무로 이루어진 어느 사랑Eine Liebe aus nichts』(1991), 『내 삶의 한 챕터Ein Kapitel aus meinem Leben』(2004), 『나의 거리의 연대기Chronik meiner Straße』(2015) 등도 모두 자전적인 내용을 담고 있다. 나중 작품인 『게오르크Georg』(2019)는 호니히만의 아버지 게오르크의 이야기이다. 그녀의 아버지는 게오르크 뷔히너의 세계상에 대한 논문으로 박사학위를 취득하고 기자이자 정치 특파원으로 활동했다. 나치를 피해 영국으로 망명했고, 거기서는 나치 정권을 위한 첩보활동을 하기도 했으며, 종전 후 자발적으로 동독을 선택해서 공산주의자로 국가건설에 참여했다. 동독에서 몇 번의 공로상을 수상할 정도로 인정받았던 그는 바바라의 친어머니를 포함해 결혼을 네 번이나 했고, 무수한 연인을 두었으며, 사람들과의 관계에서나, 장소로나 정치적 정체성으로나 어디에도 정착하지 못했던 사람이었다. 이러한 자신의 아버지를 『게오르크』의 주인공으로 형상화한 호니히만은 자신의 삶을 소재로 한 독일어 작품들을 꾸준히 발표하고 있다.[2]

호니히만은 막심 빌러Maxim Biller, 라파엘 젤리히만Rafael Seligmann, 에스터 디셰라이트Esther Dischereit, 이리나 리프만Irina Liebmann, 로베르트 쉰델Robert Schindel, 페터 슈테판 융크Peter Stephan Jungk 등과 더불어 독일의 나치즘을 겪은 유대계 부모에게서 태어난 2세대 유대계 작가군에 속한다.[3] 그녀의 남편 역시 유대교와 유대인의 역사를 연구하는 전문가로서 히이델베르크에 있는 녹일 유대인 역사 연구 중심아카이브의 관장직을 역임했다.

동독에서 프랑스의 스트라스부르로 이주한 후 호니히만은 그곳의 유대교 여성연구회에서 토라, 탈무드와 같은 유대교 경전들과 관련 해설서들을 히브리어로 읽었다. 유대교가 자신의 예술창작에 미친 영향에 대해서, 그리고 다른 작가들에 대해서 쓴 『얼굴을 되찾다. 글쓰기, 작가, 유대교에 관하여Das Gesicht wiederfinden. Über Schreiben, Schriftsteller und Judentum』(2006)는 작가 호니히만의 자기 이해를 근본주제로 한 에세이집이다. 작가의 수필들과 강연 원고들, 취리히에서의 시학강연 세 편, 편지들과 일기가 실려 있고, 다양한 작가론이 들어 있다. 특히 눈길을 끄는 것은 시대를 달리하는 독일의 유대계 여성 작가들에 대한 글들이다. 17세기 하멜른의 상인 아내로 자녀 양육기를 이디시어Jüdischdeutsch로 써서 독일어권 이디시 문학의 시조라고 평가되는 글뤼켈Glückel, 그리고 라헬 파른하겐Rahel Varnhagen과 그녀의 편지글, 안네 프랑크Anne Frank, 지그문트 프로이트의 심리분석 대상자로 널리 알려진 안나 오Anna O(본명은 Bertha Pappenheim)에 관한 평론이 포함되어 있다. 호니히만은 이 유대계 작가들에게서 유대교와 연관된 독일 여성들이라는 공통점을 찾는다. 이들은 "경계를 넘는 여성Grenzgängerin"으로서 경계의 이쪽과 저쪽 어디에도 완전히 소속되지 못하고, 그래서 충분한 이해를 받지 못하는, 서로 일치되지 못하는 사유의 모순들 사이에서 살아가는 사람들이라는 점에서 호니히만의 관심을 끄는 인물들이다.[4]

호니히만은 2000년 10월 14일, 1970년대에 연극 대본 작업을 도우며 클라이스트의 극을 무대에 올렸던 베를린의 도이체스 테아터에서 클라이스트 문학상을 수상했다. 수상 기념 연설에서 그녀는 유대계 작가로서 자신의 위치와 의도에 대해 다음과 같이 말했다.

그사이 시간이 흘러 상당히 오래전 일이 되었습니다만, 나는 유대교와는 단절되었던 비종교적 유대계 가정의 공백 상태에서 나와서 방향전환을 하고 유대교의 내부로 향하는 긴 여행에 들어섰으며, 200년간이나 지속된 동화에의 도취 끝에도 여전히 느슨하게나마 남아 있던 유대교와의 결합을 다시 맺는 일을 시도했습니다. 그런데 유대 종교로의 재접근이 이루어지는 것 같은 이 여행은 뿌리로의 회귀가 아니었습니다. 단절되었던 긴 세월 이후에도 귀환을 가능하게 해줄 그런 유년기의 관습 같은 것은 없으니까요. 잘려진 뿌리는 여러 세대를 거치면서 잘려진 채로 있습니다.[5]

호니히만에게 유대교는 유대의 종교적, 문화적 전통과 긍정적인 동일화를 이루는 것을 의미했다. 그것은 무엇보다도 토라와 탈무드를 읽고 이해해서 생활 속에서 실천함으로써 가능해진다고 그녀는 보았다. 조부모와 부모 세대가 서유럽의 사회체제와 문화에 동화하려고 노력했던 그 긴 단절 기간 뒤에 그녀 세대에게는 다시 유대교의 전통으로 되돌아가는 '회귀'가 가능하지 않고 '근본적인 방향전환'과 새로운 연결이 필요한 것이다.[6]

동베를린에서 프랑스로 망명을 간 이유에 대해서 호니히만은 1999년에 발표한 책 『그 당시, 그러고 나서, 그 후Damals, dann und danach』에 수록된 글 「유대 여성으로서의 자화상Selbstporträt als Jüdin」에서 다음과 같이 밝힌 바 있다.

> 그래서 우리는 떠나야만 했다. 유대교 공동체들은 너무 작아서 유대교적 생활의 활동여지를 제대로 마련해주지 못했다. 그 외에도 나는 독일인들과 유대인들 사이의 갈등을 항상 너무 강하게, 그리고 사실 참기 힘든 것으로 느꼈다. 독일인들은 유대인들이 어떤 사람들인지 더 이상 전혀 알지 못했고, 그들 사이에 끔찍한 역사가 놓여 있다는 정도만 알 뿐이었다. 그래서 누군가 유대인이 나타나기만 하면 그들은 여전히 고통스럽고 신경에 거슬리는 이 역사를 기억했다.[7]

호니히만은 독일인과 유대인의 기억에서 유대인들을 희생자로만 보는 부정적인 이미지를 끊어내고 반유대주의 담론을 초월한 새로운 관점의 유대주의를 모색하기를 희망했다. 그래서 스트라스부르로의 이주는 그녀에게 유대교 내부로의 진입을 의미했으며, 서유럽 세계에 동화된 유대인들의 문화와 동화되기 이전의 유대교를 결합하여 하나의 전체로서 유대교 공동체를 이루길 바랐다. 그러나 유대교 내부의 가장자리에 오래 머물수록 그런 온전한 결합은 불가능하며, '경계를 넘는 사람'으로 존재할 뿐이라는 것을 깨달았다고 작가는 클라이스트 문학상 수상 기념연설에서 밝혔다. 망명 유대인의 딸로 동독에서 태어나 사회주의 체제를 경험했고, 유대교에 귀의하면서 프랑스의 스트라스부르로 이주했지만 유대계 독일인이라는 정체성을 버리지 않는 이 삼각 구도의 자기 정체성은 호니히만의 삶과 문학에 깊이 각인되어 있다. 그녀에게 유대교 내부로의 여행은 아직도 종료되지 않았으며, 자식에게 그들의 과거에 대해 제대로 말해주지 않았던 유대인 부모 세대의 흔적 찾기 역시 아직도 진행 중이다. 부모의 과거사와 자신의 삶의 이력에 대한 통찰, 유대교를 중심에 둔 세계 이해는 호니히만의 예술이 추구하는 정신적 여정의 주요 목표지점이다. 이러한 특징은 그녀의 여행기 『천상의 빛. 뉴욕으로의 귀환』에도 잘 나타난다.

자기 관련성과 텍스트 구성 방식

'독일문학기금der Deutsche Literaturfonds'과 '뉴욕대학교 도이치 하우스das Deutsche Haus der New York University'의 작가 레지던스 프로그램 지원금을 받은 호니히만은 2005년 11월부터 2006년까지 10개월

간 미국의 뉴욕에 체류한다. 작가 낭독회와 대학생들과의 문학세미나 개최 이외엔 별다른 의무사항이 없었기에 그녀는 그리니치 빌리지에 위치한 숙소 주변과 가까운 거리들을 거닐고, 술집이나 갤러리, 재즈클럽 등을 배회하고, 옛 친구를 만나고, 파티나 전시회를 방문하면서 여유로운 시간을 보낸다. 이때의 방문이 처음은 아니었기에 뉴욕 관광은 애초 그녀의 관심사가 아니었다. 호니히만은 10개월간의 뉴욕 체류 후 스트라스부르로 돌아갔고, 그 후 2년 만에 그녀의 에세이식 여행기『천상의 빛. 뉴욕으로의 귀환』이 출간되었다. 당시 이 여행기는 알맹이 없는 전형적인 "장학생 산문Stipendiatenprosa"이라거나 작가가 뉴욕에서 새롭게 발견한 것이 아무것도 없이 "인급할 만한 가치가 없는" 책이라는 혹평을 받기도 했다.[8] 《프랑크푸르터 알게마이네 차이퉁》의 전 뉴욕 문화부 특파원이었던 베레나 뤼켄Verena Lueken의 서평에서는 호니히만의 뉴욕 여행기에 대한 조금의 긍정적인 평가도 찾아볼 수 없다.

이 책을 출판할 때 그 누군가가 어떤 생각을 했는지 여부를 질문하는 것은 아마도 쓸데없는 일일 것이다. 책이 나와 있으니까. 그러나 도처에 커다란 집들과 차로 가득 메워진 도로들, 분주한 사람들 이외에는 바바라 호니히만이 뉴욕에서 발견한 것이 거의 없다는 사실을 누군가는 알아차렸음에 틀림없을 것이다. 그녀는 도이치 하우스와 프랑스 문화원 그리고 유대식 구내식당으로 이루어진 그녀의 "마법의 삼각형" 바깥 어딘가로 나가는 일이 거의 없다. 이 작은 영역에서조차도 할 일이 무궁무진하다고 그녀는 말하는데—그 결과로 우리 독자들에게 이야기하는 것이란, 우리가 이미 오래전부터 알고 있는 것이나 (유대인식 관습들), 아니면 우리들에게 아무런 의미가 없는 것들(그녀의 가족사에 대한 회고)뿐이다.[9]

그러나 뉴욕의 여행자가 어떤 새로운 것을 찾아내고 그것을 새로운 방식으로 독자에게 선보이기를 기대했다면, 그런 기대 자체가 현대의 여행문학에 대해 지나치게 단순한 생각을 가진 것이 아닐까? 21세기 현대의 여행기가 19세기나 그 이전의 여행기들처럼 낯선 지역의 탐험이나 새로운 정보 제공의 기능을 하리라고 보는 것은 대단히 시대착오적인 관점이라고 해야 할 것이다. 여행문학 연구에서는 이미 오래전에, 적어도 20세기 후반부터는 여행기에서 여행자의 문화적·역사적·개인적 전제들이 어떻게 변화하고 있는지에 주목하고 그 의미를 성찰하며, 여행기의 허구적 전략도 분석적으로 고찰하는 데 비중을 두고 있다. 이러한 여행문학 연구현황을 고려할 때, 호니히만의 뉴욕 여행기가 뭔가 새로운 사실들을 보여주기를 기대했다가 실망했다면 그것은 21세기 현대의 여행문학에 대해 고답적인 단순논리를 적용한 결과라고 보아야 할 것이다. 현대의 여행문학에서는 지역학적 특징의 보고나 다큐멘터리적 내용의 서술에 중심을 두지 않으며, 오히려 사실과 허구의 혼재, 여행 주체의 인지 과정Wahrrnehmungsprozesse이나 자기연출Selbstinszenierung과 같은 표현방식이 중심요소가 된다.[10] 타지의 문화와 지역학적 정보들을 보고함으로써 독자들의 세계 이해와 교양형성에 기여하고자 했던 19세기적인 여행문학에서, 여행자의 의식 변화와 상호문화적인 비교 및 성찰적 사유의 전개에 더 큰 가치를 두는 포스트모더니즘 이후의 글쓰기로 변화함에 따라서 여행문학의 연구에서도 역사적, 문화적, 여행자 개인의 자전적인 요소들이 여행의 과정 중이나 여행의 결과로 어떻게 변화하고 있는가에 텍스트 분석의 초점을 둔다. 그러므로 여행문학 텍스트에서도 문학적 허구의 전략에 주목하는 것이다. 현대의 여행문학은 실제 사실들을 강조하는 듯한 전략을 구사하면서도 정보제공의 기능보다는 역사와 진실, 자아라는 세 심급의 상호 관련성과 소통에 더 관심을 가진다. 그래서 후기구조주의적 방향의 여행문학 연구에서는 여행지의 낯선 것을 대하는 여행자의 독창적이고 확고한 판단이나 평가가 아니라 상호텍스트 내지 메타텍스트적인 지시 관계를 파악하고자 하는 한편, 이러한 텍스트의 문학적 허구성과 자기 관련성Selbstbezüglichkeit을 밝히는 데 더 주력한다.[11]

호니히만의 뉴욕 여행기는 작가의 삶과 문학적 추구, 종교적 관점이 복합적으로 반영된 텍스트 구성을 보여주며 작가의 다른 작품들과도 밀접하게 관련지어 살펴볼 수 있다. 그녀의 작품들이 대부분 자서전적인 관련성을 보이는 것처럼 이 여행기 역시 작가 자신의 개인적인 이야기가 주종을 이룬다. 작품에서 개인사가 중심을 이루는 것은 호니히만 문학의 주요 특징으로 보이는데 이에 대해 작가는 다음과 같이 말한다.

내 문학의 출처는 나 자신의 이야기이다. 내 이야기가 흥미롭기 때문이 아니라 내가 알고 있는 이야기이기 때문이다. 다른 이야기들은 내가 모르는 것들이다. 아마 나는 어떤 다른 것을 생각해내는 상상력을 충분히 갖지 못했기 때문일 것이다. 나는 또한, 상상력이란 내가 아무도 크게 고려할 필요가 없는 곳에 더 잘 투입할 수 있다는 느낌을 갖는다. 나 자신의 이야기로 내가 원하는 것을 만들 수 있는 것이다.[12]

자신이 잘 아는 이야기로 작품을 만드는 것은 어렵지 않을 것 같다. 그러나 작가는 이 작업을 쉽게 하지 않는다고 말한다.

나는 텍스트에 매우 많은 작업을 한다. 최소한 다섯 번은 텍스트를 쓰는데 유연하게 흐를 때까지 쓰고 또 쓴다. [⋯] 먼저 이야기를 쓰기 시작한다. 우선은 내가 이야기하고자 하는 것을 종이 위에 옮겨야 하니까. 그러고 나서는 나의 내면 목소리를 나타낼 수 있도록 그것에 분명히, 점점 더 분명히 귀기울여야 한다.[13]

호니히만 문학의 특징인 '자전적 글쓰기'는 부모세대가 겪은 홀로코스트의 영향을 배경으로 유대인 2세대로서의 '자아정체성' 구성을 목표로 한다. 경험적 사실들은 자아의 규명 Selbstoffenbarung 을 위한 형상화 재료로 사용된다. 자전적 요소들은 문학적 형상화의 과정에서 허구적 텍스트로 변형된다. 자전적 글쓰기의 텍스트 구성적 성격에 대해 호니히만은 다음과 같이 표현한다.

글을 쓰는 사람은 누구나 그가 체험했고 생각했으며, 느꼈던 현실에 대해 보고하면서 그것으로부터 멀어진다. 그 현실의 부분들을 원래의 관련성으로부터 분리시키고, 새롭게 구성해서 자신의 고찰 대상으로 만든다. 이 고찰들에서 그는 또한 다원적인 현실을 직선적인 서술로 축소해야 하는데 그것은 추가적인 어려움이다.[14]

이러한 텍스트 구성 전략은 여행기 『천상의 빛. 뉴욕으로의 귀환』에서도 확인된다. 독자들은 여행기에서 세계적인 대도시 뉴욕의 거대한 면모가 아니라 이 도시에서 작가가 만난 사적인 작은 이야기들을 따라가게 된다. 뉴욕이라는 메트로폴리스의 거창함이나 관광거리에 대해서 작가는 거의 지면을 할애하지 않는다.

인터넷 방송인 독일라디오방송Deutschlandfunk에서 "도시에 관한 거의 허구적인 기억Eine fast fiktive Stadterinnerung"이라는 제목으로 이 여행기의 서평을 실었던 마티아스 쿠스만Matthias Kußmann은 호니히만 문학의 특징적인 요소로 나지막히 음악처럼 낭독하는 듯한 "소박하고, 자연스러운 느낌을 주는 언어"를 들면서 "그러나 이렇게 쓰는 것은 힘든 일이다"라고 평했다.[15] 자연스럽게 들려주는 사적인 작은 이야기들 속에 작가의 문학적 의도가 묻혀 있음에 그도 주목한 것이다.

여행기의 부제가 "뉴욕으로의 귀환"인 것이 독자의 호기심을 불러일으킨다. 일차적으로, 호니히만은 이번 여행 이전에 이미 뉴욕에 왔었고 이번에 다시 왔다는 의미로 부제를 이해할 수 있

　　　　　　　　　5 문화교류 여행과 창작

다. 처음 방문했을 때 호니히만은 이미 오래전에 연락이 두절되어 실종된 것으로 여겼던 당고모를 찾게 되었고, 그 친척을 통해서 미국으로 이주한 다른 친척들을 만나고 소식을 듣게 되었다. 그래서 이번 여행이 이 관계들을 다시 잇는 '귀환 여행'일 수 있는 것이다. 실제로 이번 체류에서도 호니히만은 그사이 이미 작고한 당고모의 손자를 만난다. 그뿐만 아니라, 동독 시절의 여자 친구들을 만나서 그들이 같이 보냈던 1970년대를 회상하기도 한다. 또한 뉴욕에 있는 다양한 유형의 많은 유대교회들을 보면서 유대교에 대한 자신의 담론을 확장할 기회를 얻는다. 여행기의 제목 "천상의 빛"은 첫 번째 장의 제목이기도 한데, 유럽과는 다른 뉴욕의 하늘빛에서 새로운 생활에 대한 작가의 기대를 표현한 것으로 볼 수 있다. 또한 "뉴욕으로의 귀환"이라는 부제는 작가가 이 여행을 그녀의 과거 경험 지평과 연계함을 의미한다. 여행기에 실린 총 열아홉 편의 이야기들은 주로 작가의 사적인 삶이나 관심사, 정신적 종교적 추구와 연관되어 있기 때문에 이 '귀환'을 세 가지 층위로 구분하여 살펴볼 수 있다. 즉, 부모와 선조의 가려진 과거사 되찾기, 호니히만 자신의 과거 동독 시절 되돌아보기, 그리고 홀로코스트와 무관하게 유대교적 삶의 새로운 가능성들 찾아보기의 시도로 나누어, 여행기를 통해서 작가가 의도한 이야기들을 구분해야 할 것이다. 작가가 지속적으로 추구해온 이 모티프들이 뉴욕 체류 동안 어떻게 연결되고 여행기에 어떻게 표현되어 있는지를 봄으로써 '귀환으로서의 여행'이 갖는 다층적 의미를 밝히는 작업이 필요하다.

유대인 부모의 과거사로 여행

11월의 뉴욕에 도착한 여행자를 맞이하는 것은 무엇보다 청람색의 하늘빛이다. 여행기의 제목이 된 이 하늘빛을 작가는 유럽과는 다른 새로운 것으로 지각한다.

> 천상의 빛! 11월에 하늘은 청람색을 발하며 그 어떤 프로방스보다 더 밝다. 뜨거운 수증기가 하늘의 윤곽을 흐릿하게 만들지 않기 때문에 더 맑고 더 투명하다. […] 나는 살면서 그렇게 번쩍이는 빛을 본 적이 없다.*

이렇게 신선한 대기 속에서도 화자는 주로 마법의 삼각형, 즉 뉴욕대에 속하는 두 건물인 "독일의 집"과 그 맞은편에 위치한 "프랑스 집Maison Française", 그리고 대학 구내의 유대인 식당으로 이어지는 삼각구도 안에서만 움직인다. 이 삼각구도는 지금까지 그녀가 살아온 삶의 축소판이기도 하다. 이 활동공간의 지정은 자신의 출신과 신분을 밝히는 방식과도 일맥상통한다.

---

* Barbara Honigmann, *Das überirdische Licht. Rückkehr nach New York*(München: Carl Hanser Verlag, Hanser E-Book, 2008) 본고에서 여행기 『천상의 빛. 뉴욕으로의 귀환』의 텍스트로는 Carl Hanser Verlag의 Hanser E-Book을 사용했다. 전자책의 경우 페이지 크기가 고정되어 있지 않고 글자 크기를 조절할 수 있기 때문에, 고정된 페이지 정보를 출처로 제시할 수 없으므로 본문에 삽입된 텍스트 인용의 출처는 미주에서 여행기 제목의 약자 ÜL과 해당 챕터로 나타내기로 한다. 위 인용출처는 ÜL, Das überirdische Licht이다.

출신을 묻는 질문에 대해서, 처음부터 가능한 한 분명히 밝혀 두기 위해서, 혹은 일종의 고백중독으로 인해서이기도 한데, 나는 아주 솔직하게 대답한다. 프랑스 출신이지만 독일계 유대인이라고. 나의 실존이 그렇게 형식에 맞게 표현될 수 있다는 것이 다행스럽다. 심지어 뉴욕에서조차 이러한 소속이 나의 마법의 삼각형으로 드러나는 것이다.[16]

호니히만의 데뷔작『한 아이에 관한 소설』에서 밝혔던 그 세번의 대도약, 즉 동베를린에서 서유럽으로, 독일에서 프랑스로, 동화된 유대인의 삶에서 토라의 유대교 한복판으로 감행된 도약이 뉴욕에서도 마법처럼 영향력을 발휘한다. 뉴욕이라는 다른 세계를 문화 지리적으로 탐사하는 것이 이 여행의 목적이 아니다. 새로운 도시의 분위기 속에서 과거의 회상과 시간여행, 흔적 찾기Spurensuche가 시작된다. 회상의 연결고리는 1990년 초에 처음으로 미국에 왔을 때 만났던 아버지의 사촌 에바Eva 당고모이다. 맨해튼의 북쪽 가장자리, 모닝사이드 드라이브Morningside Drive에 살고 있던 당고모는 그녀가 생애 최초로 만난 부모 세대의 친척이었다. 여행기에서 화자는 당시의 만남이 "역사적이었다"고 회상한다.

그 만남은 이른바 '역사적인 것'이었다. 혈연 상의 친척을, 당시에는 이미 사망했던 내 아버지의 진짜 사촌을 만난 것은 내 생애 처음이었다. 내가 당고모를 방문했던 그 집에서 '무티Mutti'는

1939년에 뉴욕에 도착했을 때부터 살았었다. 그러니까 당고모가 미국에서 제2의 삶을 사는 동안 내내 교직을 맡았던 컬럼비아 대학교의 사범대학이 당시 그녀에게 제공해주던 집이고 은퇴를 하고 나서도 바로 그 동일한 집에서 살 수 있었던 것이다.[17]

당고모는 앨범을 가져와서 그녀에게 많은 친척들을 보여주었고, 그들이 독일에서 서로 가까이 지내는 사이였으며, 전 세계로 흩어졌어도 서로 연결되어 있다고 말해주었다. 다만 호니히만의 아버지 게오르크만이 전쟁 후 철의 장막 뒤에 가라앉아버린 후로는 친척들과의 연대에서 완전히 사라져버렸다며 공산주의자가 된 그를 당고모와 친척들은 이해할 수 없다고도 했다.[18]

나치 시절에 독일의 브레슬라우Breslau에 살았던 당고모의 부모는 1938년에 망명을 떠나려고 했으나 미국 입국 서류를 두 사람 것만 준비할 수 있게 되자 두 딸만 보내고 자신들은 독일에 남았다가 3년 뒤에 테레지엔슈타트의 강제수용소로 보내져 그곳에서 사망했다고 했다. 그 모든 이야기를 화자의 아버지는 전혀 전하지 않았던 것이다. 부모가 과거사에 대해 침묵했기 때문에 자신의 유래를 알 수 없어 과거에 대한 이차적인 자료들을 가지고 간접적으로 과거사에 접근하려고 애쓰는 자식 세대의 딜레마는 호니히만의 소설 『무로 이루어진 어느 사랑』에서도 그려진다.

이번 여행에서 화자는 당고모의 손자를 만난다. 뉴욕시의 동쪽 멀리 떨어져 있는 파 로커웨이Far Rockaway에 사는 그녀의 칠촌 다니엘Daniel은 만나보니 정통 유대교인이었다. 살면서 스스로 유대교에 귀의했다는 점이 두 사람의 공통점이었다. 할머니 에바를 '무티'라는 독일어로 부르는 다니엘은 화자에게 할머니의 마지막을 들려주었고, 그들은 친족관계를 따져보며 서로를 알아갔다. 다니엘을 만난 덕에 잃었던 친족관계를 되찾은 기분으로 돌아온 화자는 꿈에서 아버지를 만나게 된다. '뉴욕으로의 귀환'은 당고모에 대한 기억을 소환하여 그 손자를 만나게 하고 이제 화자의 아버지 이야기로 방향을 바꾼다. 생시에도 일정한 거주지를 갖지 않고 호텔을 떠돌며 살았던 아버지와 호텔 로비에서 커피를 마시며 지나가는 사람들을 품평하기도 하면서 이야기를 나누는 꿈을 꾸고 난 화자는 깨어난 뒤 운다. 그리고 아버지가 세상 어디에도 소속되지 못한 채 살았다는 사실을 자각하게 된다.

> 갑자기 나는 꿈에서 아버지를 만난 장소가 호텔이라는 사실을 이해하게 되었다. 이미 자주 아버지에 대해서, 우리가 같이 살았을 때나 떨어져 살았던 때에 대해서 생각하곤 했지만 이제야 불현듯, 아버지가 전 생애를 마치 호텔에서 사는 것처럼 보냈다는 사실을 깨달았다. 집 없이, 그가 몸에 지닌 것 이외 어떤 집도 없이. 그건 망명 때문만은 아니었다.[19]

대략 10년을 주기로 "사랑-결혼-이혼, 새로운 사랑-새로운 결혼-새로운 이혼"[20]을 반복했던 아버지는 어떤 혼인관계에서도 재산을 얻는 법이 없었다. 평생 아무런 재산도, 책 한 권도 소유하지 않았고, 누구에게 소속되지도 않았던 아버지는 유대인으로

도 독일인으로도 소속되는 것을 포기했다. 동독 시절의 '동지' 역
시 그에게 맞는 신분이 아니었다. 아버지의 직업은 기자에, 편집
인, 영화제작 책임자, 카바레감독 등 다양하기만 했다. 예술을 사
랑했지만 헌신하지는 않았다. 그런 아버지는 그녀에게 프랑스가
아니라 미국으로 가라고 권했다.

　　내가 동독을 떠날 때, 아버지는 넌 대체 그 촌구석 같은 프랑스
　　에서 뭘 하려는 거냐라고 말했다. 끊고 떠나야 해. 철저하게 끊고
　　떠나는 거야. 미국으로 가야 해. 거기서는 네 자리를 찾을 수 있을
　　거야. 유럽에서는 항상 어디에도 속하지 못하게 돼. 계급이든, 인
　　종이든, 나라든 그 나라의 지역이든 역사든 사람들이든 간에. 멀
　　리 가거라. 가능한 한 멀리! 미국으로 가라. 끊고 떠나![21]

　　유럽에서의 삶으로부터 아무런 의미와 가능성을 찾지 못한 아
버지의 아메리칸 드림을 딸은 이제 어느 정도 통찰하게 되면서
그를 더 많이 이해하게 된다.

자신의 과거 동독 시절로 여행

'뉴욕으로의 귀환'은 첫 장에서부터 화자에게 동독 시절을 떠올
리게 한다. 30층 고층건물의 7층에 위치한 화자의 숙소는 한 벽
면에 온통 창문이 난 큰 방과 자그마한 침실을 갖춘 밝은 아파트

인데 그녀는 그 집의 가구가 50년 전에 동독에서 쓰던 가구를 닮았다고 느낀다. 숙소 건물은 1960년대에 유명한 중국계 미국인 건축가 이오 밍 페이Ioeh Ming Pei가 뉴욕 대학을 위해 지은 실버 타워Silver Towers 중 하나였는데 이 건물들에서도 화자는 동독의 분위기를 느낀다.[22] 숙소의 지척에는 그녀의 동독 시절 여자 친구인 잔다Sanda가 살고 있다. 동베를린에서 알게 된 잔다는 오래전에 뉴욕에 와서 살고 있는데 그 가까운 곳에 화자의 숙소가 마련된 것이다. 오랫동안 짧은 방문, 편지 교환, 또는 전화 통화 정도로 관계를 유지해왔는데 이제 맨해튼 한복판에서 이웃으로 살게 되었다. 뉴욕에서 가수로 활동하는 잔다와 함께 화자는 이곳저곳을 돌아다니면서도 그녀와 함께 과거 동독 시절로 되돌아가 그때의 삶을 돌아본다.

오래전 과거의 삶이 다시 나타난다. 말하자면 바로 눈앞에서 내가, 아이가 없고, 결혼도 하지 않았던 대학생으로 돌아가는 것이다. 그리고 내가 너무도 쉽고 당연하게 이 상황을 다시 자연스러운 것으로 받아들이는 데 스스로도 놀란다.[23]

화자와 잔다의 재회, 옛 동독 시절에 대한 그들의 대화는 동일한 시공간에 대한 개인적인 기억들의 교류이며 그렇게 함으로써 그들은 과거의 개인사를 재현하고 개인적인 갈등들에서 해방되며 서로 연대를 형성한다.[24] 잔다가 연습이나 공연이 없는 날에 화자는 그녀의 작은 방으로 찾아가 많은 이야기를 나눈다.

이런 저녁이면 우리가 같이 청산해야 할 과거가 아주 많았다. 지난 세월에 일어난 일들에 대해 이야기하고, 한 시대를 파묻으며, 친구들을 애도해야 했다. 슈타지 첩자들을 폭로하고, 감탄했다가 화를 냈다가 경악했다.[25]

동베를린 시절은 2000년에 나온 호니히만의 소설 『안녕, 안녕! Alles, alles Liebe!』에서도 다루어진다. 자전적인 특징이 강한 이 작품에서도 여행 모티프가 사용되며, 1970년대 중반 동베를린에서의 극단 활동과 젊은 유대인들의 정체성 문제 및 삶을 새롭게 설계하고자 했던 시도가 주인공 안나Anna를 중심으로 펼쳐진다. 안나의 서사는 당시 동독 사회의 반유대주의 분위기와 함께 역사적 맥락에서 읽어야 한다. 이같이 호니히만의 여행기 『천상의 빛. 뉴욕으로의 귀환』은 그녀의 소설들과 밀접한 연관 속에서 부모 세대와 자기 세대의 과거에 대한 서사를 연장하는 또 한 편의 문학작품으로 읽는 것이 타당하다.

유대교적 삶으로의 여행

세 번째 의미로의 '귀환'은 부모 세대나 자신의 과거사 차원을 넘어 유대교를 실천하는 삶의 설계와 연관된다. 이 주제는 호니히만이 1984년에 프랑스 스트라스부르로 이민 갈 때부터 강하게 의식해온 그녀 삶의 대주제이다. 뉴욕에 있는 수많은 유대교파와 다양한 종류의 교회들은 호니히만에게 유대교적 삶의 실천을 새롭게 생각해볼 기회를 제공하게 된다. 여행기의 2장 "나의 마법의 삼각형"에서 화자는 매우 뉴욕적이라고 할 수 있을 유대교회당을 발견한다.

> 우리가 사는 곳은 그 전설적인 크리스토퍼 스트리트에서 멀지 않은데, 이 거리에 인접한 베튠 스트리트에는 호모와 레즈비언, 양성애자 및 트랜스섹슈얼 유대인들을 위한 심핫 토라라는 유대교회당도 있다. 작은 집들과 앞뜰이 있는 이 정돈된 빌리지가 미국 보헤미안들의 고향이며 이 마을에서부터 세계의 모든 퀴어 문화가 시작되었다고 생각하면 기분이 좋아진다. 역설적이다.[26]

그런가 하면, 에바 당고모의 손자 다니엘처럼 바쁜 현대사회에서도 정통 유대교를 실천하는 사람도 있다. 다니엘의 자녀들은 성장하여 지금 이스라엘에 살고 있고, 그는 파 로커웨이에 있는 집에서 뉴욕의 맨해튼을 오가며 은행의 전산전문가로 일한다.

> 내 칠촌 다니엘은 나처럼 '가벼운' 유대교인이 아니라 제대로 된 정통 유대교인이다. 그도 항상 그랬던 것은 아니었지만. 부모들의 유대교에서 큰 의미를 찾지 못한 우리 세대의 일부 유대인들처럼 [···] 다니엘도 그의 20대에 유대교를 준행하는 유대인으로 살기로 결심했다. 이 전향의 시점은 이미 오래전이었다. 그 후 그는 토라와 탈무드를 배우고 가르치고 있다. 그는 매일 한 시간 반

을 맨해튼으로 오가야 하기 때문에 잠을 적게 잔다. 그를 보면 그런 티가 나기도 한다.[27]

다니엘의 유대주의는 정통 유대교에 더 가깝다. 호니히만은 그러한 정통 유대교의 준수보다는 유대교의 일상화, 또는 현대화에 더 의미를 둔다. 그녀의 부모가 자식에 선혀 가르쳐주려 하지 않았던 유대교와 유대문화가 21세기의 세계적인 메트로폴리스 뉴욕에서 크리스마스 행사와 더불어 '하누카 축제'*로 기념되는 것을 보는 것은 그녀에게 기분 좋은 일이다. "크리스마스와 하누카Weihnachten und Chanukka"란 제목을 단 글에서 화자는 유대인 신분을 감추어야 하는 시대는 이제 지났음을 확신한다.

무수한 하누카 촛대를 보면서, 유대인 신분을 감추어야 했던, 또는 도심에 대한 노이로제 환자처럼 사람들이 모이는 곳이면 구석에 한 자리 겨우 차지할 수 있었던 그런 시대는 완전히 사라졌다는 것을 물론 알 수 있다. 오늘날엔 유대인이라는 것, 그리고 그것을 자랑스럽게 내보이는 것은 힙하고 쿨하며 유행이 된 것이다.[28]

---

* 하누카(Hanukkah, 또는 Chanukka, 히브리어: הכונה): 유대교 축제일의 하나로, 히브리어로 봉헌(dedication)이라는 뜻. 성전을 수리한 명절, 수전절 혹은 봉헌절이라고 번역할 수 있다. 하누카는 유대력으로 키스레브(Kislev)월 25일에 시작하여 8일간 치르는데, 이는 양력으로 11월 말이나 12월에 해당된다. 하누카를 지킬 때 사용하는 촛불을 메노라라고 하며 하누키야는 그 촛대이다. (위키 백과 참조, https://ko.wikipedia.org/wiki/하누카)

유럽의 유대인들이 중세기부터 현대까지 기나긴 역사의 흐름 속에서 반복해서 정치적 박해와 사회적 차별을 당하면서 유대인 신분을 공개적으로 밝히는 것을 자제하고, 유대교 전통과도 완전히 단절된 채 살아가는 것에 비해, 뉴욕의 유대교도들은 다양한 현대문화의 현상들과 더불어 유대교를 자기 나름대로 자유롭게 실천하고 있다는 점을 화자는 긍정적으로 평가한다. 독일에서 유대인의 딸로 태어나 성장한 호니히만은 한편으로는 풀리지 않는 수수께끼 같은 자신의 유대인 신분에 대해 불확실함과 불편을 줄곧 느껴왔고, 다른 한편으로는 태어난 나라 독일의 문화와 언어에 대한 애착을 갖는 가운데 양측의 이질적 요소들이 불러일으키는 긴장관계에서 벗어나려는 노력을 끊임없이 해야 했다. 그녀의 자전적인 문학작품들이 그러한 노력의 성과라면 여행기 『천상의 빛. 뉴욕으로의 귀환』은 이 오래된 긴장과 불협화음을 여행지의 밝은 빛 속에서 새롭게, 더 뿌리 깊게 파헤치고 해결하고자 한 작가적 노력의 결실이라고 할 수 있다.

귀환 여행과 기억의 재이미지화

호니히만의 뉴욕 여행기가 다른 문화권의 특징적인 사실들을 보고하는 고전적인 여행기의 기능 대신에 여행지에서 만나는 일상적이고 단편적인 에피소드들을 가볍게 서술하는 가운데 여행이라는 모티프를 넘어서 자신의 과거 경험들과 연결해 자기 관련적인 지시 관계를 만들어내는 것을 살펴보았다. 유대인 부모 세대의 과거, 자신의 옛 동독 시절, 그리고 유대교를 생활 속에서 실천하는 가능성에 대한 평소의 관심, 이 세 영역은 작가가 여행 중에도, 그리고 그 여행을 기억하는 글쓰기에서도 핵심 대상이 되고 있다.

화자는 여행 중 아버지의 친척들을 만남으로써 디아스포라의 삶 속에서도 개별적, 집단적 차원에서 다양하게 유대인의 정체성을 이어가는 모습들을 확인하였고, 그러한 전망은 과거 어디서도 정주하지 못했던 아버지의 고단하고 고독한 삶에 대해 더 깊고 넓은 이해를 갖게 했다. 과거 동독 시절의 친구를 다시 만나 가깝게 지내면서 자신들의 과거 시절과 당시 청년들의 삶의 고뇌를 통찰했으며, 뉴욕의 다인종, 다문화적인 삶의 환경에서 유대교의 현대적 실천 양상들에 대한 새로운 아이디어를 얻게 되었다.

작가에게 뉴욕으로의 여행은 이렇듯 자신의 삶의 기본문제들로 되돌아가는 '귀환 여행'이 되는데 여기서 기억은 일어났던 일들을 소환하는 기능을 할 뿐만 아니라, 현재와 과거에 일어난 개인적인 경험이나 지각들이 타자의 이야기와 그들의 역사 속으로 편입되어 '변형적 재이미지화umformende Reimagination'를 이루는 매개의 기능을 수행한다.[29] 기억을 통해, 그리고 기억을 기록함으로써 자신의 과거와 유대인 정체성 문제를 텍스트 내에서 맥락으로 구성하고, 자신과 관련된 그 이미지들을 새롭고 낯선 이미지들 속에 넣음으로써 이미지를 고정시키지 않고 변형·확장시킨다. 그럼으로써 기억의 의미망을 더욱 넓히는 서술방식은 여행기

『천상의 빛. 뉴욕으로의 귀환』에서도 확인되는 호니히만 문학의 주요 특징이다. 기억이 창조적인 의미생산의 기능을 담당하는 것이다.

　뉴욕 체류 기간이 끝나갈 때, 화자는 유럽으로 돌아가지 않고, 뉴욕에 계속 머물면서 새로운 삶을 시작해볼까 하는 유혹에 빠진다. 그러나 그녀는 그동안 수집했던 모든 것을 내던지고 오직 그녀의 기록들이 담긴 노트북만 챙겨 떠나기로 결심한다.[30] 그녀에게는 자신의 생각을 제대로 표현할 수 있는 모국어인 독일어로 계속 글을 쓰는 일이 중요하다. 호니히만이 「유대인으로서의 자화상」에서 밝히고 있듯이, 실존적 측면에서는 독일인이라기보다는 유대인에 속하지만 문화적으로는 독일에 속할 뿐이며, 자신이 독일인이라고 느끼지 않고 이미 오래전부터 더 이상 독일에서 살지 않음에도 불구하고 독일 작가로서의 정체성을 계속 갖고 있는 것이다. "작가의 존재는 그가 쓰는 글 그 자체이며, 무엇보다 그가 쓰는 언어이다."[31] "유대인으로서 나는 독일을 떠났으나 나의 글쓰기 작업에서는 매우 강력하게 독일어에 결속되어 있어, 계속적으로 독일로 되돌아간다"[32]고 작가는 말한다. 독일에서 태어나 성장했고, 자발적인 결정으로 프랑스로 이주해 그곳에서 살고 있으나 독일어와 독일 문화는 그녀의 고유한 정체성에 속하며, 빼놓을 수 없는 회귀 지점이다.

　호니히만의 뉴욕 여행기는 그러므로 여행한 지역에 대한 기록이라기보다는 '여행하는 자아das reisende Ich'에 대한 기록이며 그런 점에서 '내면으로의 여행eine innere Reise'이라고 부를 수 있다.[33] 가족의 과거사와 자신의 과거를 향한 내면의 여행 속에서 작가의 문학적 대주제인 유대인의 정체성을 모색하고 새로운 삶의 가능성을 추구하고 있으며, 독일과 프랑스, 유대문화, 그리고 미국의 현대문화 간의 상호문화적 교류와 연합의 가능성들을 시사한다.

여행기 『천상의 빛. 뉴욕으로의 귀환』은 책으로 출간된 직후 작가에 의해 45분 분량의 방송극으로 각색되었다. 〈무디를 회상하며 In Memory of Mutti〉라는 제목의 이 방송극은 독일의 남서독방송국 Südwestrundfunk에 의해 제작되어서 2009년 7월 5일에 전파를 탔다.[34] '귀환으로서의 여행'이라는 모티프에 대한 작가의 강한 의미부여를 다시 확인하게 되는 일이다.

호니히만이 소설이나 수필, 또는 여행기를 통해서 이미 일어났던 자신과 가족의 과거로 거듭 되돌아가서 다시 이야기하고, 과거의 기억을 다른 장소와 다른 이야기들 속에 섞어 재구성해보는 '변형적 재이미지화'를 시도하는 가운데 세대 간의 대화가 이루어지며, 개인의 경험이 타자의 역사 속으로 편입되고 더 나아가 역사와 시대에 대한 이해의 지평이 더욱 넓어지는 것을 보게 된다. 뉴욕 여행기는 글을 쓰는 작가에게뿐 아니라 글을 읽는 독자에게도 이러한 효과를 불러일으킬 수 있다고 믿는다.

6

시대와 현실의 경계를
넘는 문학 여행

상상으로 분단의 경계를 넘는 율리아 쇼흐

율리아 쇼흐Julia Schoch

1974년 2월 12일 독일 비트 자로우에서 태어나 구동독
포츠담 스포츠학교에서 4인조 조정 경기 선수 교육을
받았으며, 15~16세에 동서독 통합을 체험했다. 소설집
『불도마뱀의 몸』(2001)으로 등단했다.

율리아 쇼흐의 『불도마뱀의 몸』 독일어판 표지

율리아 쇼흐의 독일 통일 체험과 글쓰기

1974년에 구동독, 브란덴부르크주 동부 지역의 바트 자로우Bad
Saarow에서 태어난 율리아 쇼흐는 오더강 어구 슈테틴 석호 인
근의 소도시 에겐진Eggensin에서 살다가 가족과 함께 1986년 포
츠담으로 이사한다. 포츠담에서 쇼흐는 스포츠학교를 다녔는데
(1987~88), 4인조 조정 보트의 타수(키잡이)로서 경기에 출전하
여 동독 전국 경기에서 우승하기도 하였다. 이후 상급 고등학교
로 진학해서 아비투어를 마쳤고(1988~92), 포츠담 대학교와 프
랑스의 몽펠리에, 루마니아의 부카레스트 대학에서 독문학과 프
랑스 문학을 공부한 후, 포츠담 대학교에서 프랑스 문학을 강의
했다. 2003년부터는 작가와 번역가로서 활동하고 있으며 첫 작
품집인『불도마뱀의 몸Der Körper des Salamanders』(2001) 이후로 현재
까지 창작활동을 계속하고 있다.

　베를린 장벽이 무너지고 독일의 통일이 급속도로 진행되던
1989~90년에 쇼흐는 15, 16세의 청소년이었다. 역사적인 동서
독의 통합은 그녀 세대의 동독 청소년들에게 새로운 세계의 시작
을 의미했으나 다른 한편으로 그들에게 익숙했던 동독 체제하의
삶의 환경과 커다란 단절을 느끼게 했다. 자신들의 역사와 절연
되는 이러한 상실감은 서독에서 자란 청소년들에게는 볼 수 없는
정서적 반응이었다. 독일 통일과 자신의 당시 입장에 대해서 그
녀는 「내 글의 장소들Orte von denen ich schreibe」(2002)이라는 에세이
에서 다음과 같이 쓰고 있다.

89년의 정치적 변혁은 내 세대의 첫 생애전환기, 즉 사춘기와 시기적으로 일치하기 때문에, 어떤 결정들과 발전들이 이 두 전환기 중 어느 것에 기인하는지를 말하기는 불가능하다. 우리는 하나의 공백 속으로 빠져들었다. 당시의 역사적 순간에 우리는 아직 이데올로기에 지치지도 않았고, 정확히 어떤 진영에 우리가 소속되고자 하는지 명확한 확신도 없었다. 시대는 우리에게 이러한 결정을 강요했을 것이다. 그러나 무엇을 찬성하는지, 또는 반대하는지 우리가 스스로 입장을 정하기도 전에 사람들은 이 전투가 이미 끝났다고 나팔을 불어버렸다. 남은 것이라고는 무입장, 무시대, 시간의 연옥. 우리들의 반응과 행위는 잠재적인 것으로 머무르고 말았다.[1]

동독 시절의 종식을 경험한 이후, 구동독의 정치적이고 지리적이며 사회적인 상징들, 또는 머릿속의 경계들을 뛰어넘고자 하는 것이 쇼흐의 이야기들이 보여주는 일관된 주제이다. '경계'는 일반적으로 공간적·지리적·정치적·행정적·법적 차원에서의 구분을 의미하지만 사회의 일정한 가치범주 내에서 형성된 '상징적 경계'도 구속력을 갖는다. 이를테면 모성이 상대적 가치가 아니라 여성의 본능이나 자연으로서 호도되면서 어머니에 대한 윤리적·정서적 기제로 작용할 때 이는 상징적 경계로서 개인의 자유를 구속하게 된다. 국가 이데올로기 역시 마찬가지이다. 「내 글의 장소들」에서 쇼흐가 말한 바대로 동독의 이데올로기가 그녀 세대에게 확립되기도 전에 서독의 자본주의를 받아들여야 했던 상황에서 국가와 사회에 대한 자신들의 입장과 정체성의 문제는 통일된 후에도 해결되지 못한 현안의 문제였던 것이다. 이미 국가의 경계는 사라졌지만, 여전히 과거의 실제적이고 상징적인 경계들을 상상 속에서 처리하고 뛰어넘어야 현재의 삶이 앞으로 나아갈 수 있는 것이다. 쇼흐는 과거 동독 지역에서도 중심지가 아닌 변방의 장소들에서 보게 되는 "무채색의 거친 대지farblose, rauhe Flächen"**2**가 자신의 상상력을 촉발시킨다고 말한다. 이러한 장소들에서 그녀는 사라지는 것, 불연속적인 것들을 인식하면서 사회의 흐름 속에서 끝없이 일어나는 분주한 움직임들에 대해 낯선 시선을 보낸다. "쇼흐의 텍스트들에서 과거는 문학의 일부가 되며, 동독은 문학의 재료가 된다"**3**고 안네 플라이크Anne Fleig는 평한다.

동쪽은 나에게 하나의 원칙이지 국가가 아니다. 사물들보다는 생각이 더 무게 나가는 하늘의 방향이다. 거기서부터 나는 질문과 문제를 끌어내고, 현재를 위해 논의하고자 한다. 현재란 생각을 지배하는 사물들과 재료들로 가득 차 있다. 그렇기 때문에 나는 현재를 잘못된 장소라고 여긴다. 여기서는 상상 속에서 생각하는 것이 거의 불가능하다. 그 대신 나는 아무런 꾸밈이 없고, 밋밋한, 아직 온전히 이미지들로 채워지지 않은 지대들을 찾는다, 선과 선 사이에 아직 많은 공간이 있는 그런 곳들을. 델타, 립스카니 대로, 시네마 아우로라, 오더강 어귀 석호 같은 곳을. 나의 과거 역시 그런 지대이다. 나에게는 과거가 하나의 완성되지 않은 틀 속에서 끝나버렸기 때문에(역사는 내가 그것을 종료할 수 있는 것보다 더 빨랐다), 그곳이 놀이와 생각의 재료인 것이다.[4]

쇼흐의 글에는 그러나 동독 시절에 대한 그리움이나 향수가 나타나지 않는다. 그녀가 기억하는 공간들 속으로, 마치 연속성과 변화, 역사와 현재를 새롭게 표시하는 지도 위의 선들처럼 정치적인 변화가 들어온다.[5] 이 선들이란 독일의 통일로 인해 생겨난 경계들이다.

독일 통일이 초래한 역사적, 개인사적 단절의 체험을 문학적으로 형상화한 『불도마뱀의 몸』은 출간된 2001년에 브란덴부르크주 문학 장려상을, 이듬해인 2002년에 바트 홈부르크시가 수여한 프리드리히 횔덜린 문학 장려상, 2003년에는 메르스부르크시의 드로스테 문학 장려상을 작가에게 안겨주었을 정도로 평단의 인정을 받았다. 작가의 창작활동은 이후로도 계속 이어지고 있으며 여러 문학상 및 번역상과 지원금을 받았다. 독일 통일이 30주년을 훨씬 넘은 현시점에서, 청소년기에 민족 통일을 체험했던 구동독 청소년층의 내면세계를 그려낸 쇼흐의 첫 작품들을 다시 읽어보는 일은 지구상의 유일한 분단국가에서 살고 있는 우리에게 각별한 의미를 시사한다. 표제작인 단편 「불도마뱀의 몸」에서는 동독과 서독 사이에 실재했던 경계를 비롯해서 작가 자신이 동독 시절에 경험했던 신체적·정신적 경계들이 다각적으로 다루어지고 있다. 이제 과거가 된 구동독 시절을 그려낸 그녀의 작품 「불도마뱀의 몸」에서 국가나 이데올로기와 같은 역사적·사회적 산물과 일상의 차이들이 어떻게 '경계'로서 의식되고 있으며, 작가는 문학적 상상력에서 출발하여 어떻게 이 경계들을 넘고 있는지를 텍스트에서 읽어내고자 한다. 더불어 독일 통일 후 새로운 삶의 가능성들과 함께 변화된 사회적·개인적 상황 안에서 글을 썼던 구동독 출신 신세대 작가들의 문학에 대한 문학사적 관점을 넓히는 계기가 되길 희망한다.*

스포츠 훈련과 신체적·연령적 한계

2001년 뮌헨의 피퍼 출판사에서 출간된 쇼흐의 첫 소설집『불도마뱀의 몸』**에 실린 아홉 편의 단편들에는 작가가 체험한 역사적 단절과 구동독 시절에 대한 개인적인 의식이 서사적으로 형상화되어 있다. 동독의 스포츠학교에서 조정 선수들의 이야기를

---

* 율리아 쇼흐의 데뷔작과 그 이후의 작품들은 아직 국내에 번역되지 않았고, 동독 출신 신세대 작가들의 문학과 관련된 연구논문에서도 드물게 언급되었다. 쇼흐의 문학에 대한 국내 학자들의 관심이 크지 않은 편이지만, 박희경의 선행연구는 주목할 만하다. 박희경은 "트라반트 세대의 멜랑콜리"라는 주제로 동독 출신의 작가인 야나 헨젤(Jana Hensel)과 요헨 슈미트(Jochen Schmidt), 그리고 율리아 쇼흐의 작품들에서 "동독에 대한 문학적 기억의 방식들"을 분석했다. 연구자는 쇼흐의『불도마뱀의 몸』에 수록된 작품들을 대부분 살펴보면서 헨젤 및 슈미트의 서술방식과 구분되는 쇼흐 문학만의 특징으로서 "상상이 과거와 고유한 관계를 맺고 있어야 상상의 기억이 인식에 이를 수 있음을 보여준다"라고 적확한 평가를 하였다. 박희경,「트라반트 세대의 멜랑콜리」,《독어교육》, 47(2010), 402쪽 참조.
** 『불도마뱀의 몸』은 2001년에 피퍼사에서 초판본이 출간되었다. 본고는 같은 출판사에서 2002년에 간행된 무수정 문고판본을 인용출처로 사용하였다.

다른 표제작 「불도마뱀의 몸」, 독일에서 부카레스트로 건너간 한 쌍의 젊은 남녀 이야기 「립스카니 대로 3번지Boulevard Lipscani Nr.3」, 자살한 아버지의 과거를 회상하는 「승천Himmelfahrt」, 흑해의 외딴 지역으로 간 유럽 여성의 이야기 「델타에서Im Delta」, 동독의 놀이 터에서 서독에서 온 아이를 만났던 유년 시절의 기억을 회상하는 「이방인Der Exot」을 포함한 아홉 편의 이야기는 모두 구동독이나 그보다 더 동쪽에 위치한 동유럽 나라들을 배경으로 일어난 사건들을 서술한다. 단편집의 제목 '불도마뱀의 몸'*은 이 이야기들이 그리는 과거의 현실 속에서 등장인물들이 부딪쳤던 경계의 지점들을 상징한다. 작가는 그러나 이 경계 지점들을 찾아 피부로 느끼는 데 그치지 않고 이러한 경계들이 어떻게 하나의 종말에서 새로운 시작으로 넘어가는지, 변화의 가능성을 통해 어떻게 새로운 세계가 열릴 수 있는지를 보여준다.

첫 번째 이야기인 「불도마뱀의 몸」은 스포츠학교 시절 쇼흐의 조정경기 훈련 체험을 반영하고 있다. 이야기의 일인칭 화자는 쇼흐가 그랬던 것처럼 스포츠학교 조정팀의 타수Steuerfrau이다. 추운 겨울에 차가운 강물에 조정 보트를 띄우고 매서운 바람을 맞으며 훈련하는 것은 끔찍하게 싫은 일이다. 그래서 선수들은

---

* 박희경의 2010년 논문에서는 작품집의 제목이 "도룡뇽의 신체"로 번역되었고, 노영돈/류신 외 저서 『독일 신세대 문학』(2013)에 실린 동일 저자의 같은 내용의 글에서는 "도룡뇽의 몸"으로 표기되어 있다. 본고에서는 작품집 제목의 "Salamander"를 '불도마뱀'으로 번역하여 이 동물의 신화적 상징성을 살리고자 하였고, 텍스트 중에 나오는 "Teichmolch"나 "Molch"는 '못도룡뇽'이나 '도룡뇽'으로 옮김으로써 현실의 실체와 이상화된 이미지를 구분하고자 하였다.

차라리 강물이 꽁꽁 얼어붙어 훈련을 나가지 않아도 되기를 바란다. 강이 얼지 않을 정도로 따뜻한 날씨가 그들에게는 오히려 불청객이다.

일기예보는 2월에 예외적으로 온화한 온도라고 예고했다. 내 얼굴이 어두워졌다.

"얼음이 안 언대"라고 나는 알렸다. 소녀들은 긁힌 자국투성이 나무 걸상에 앉아 내 쪽을 건너다봤다. 나는 그들을 쳐다보지 않았지만, 내가 주문을 외워서 지난해처럼 단단한 얼음층을 하나 물 위에 덮어씌워주기를 기대한다는 것을 느낄 수 있었다.[6]

단편의 곳곳에 고된 훈련의 피로감과 선수들 사이의 갈등이 배어 있다. 승리에 대한 기대감이나 성취욕은 찾아볼 수 없다. "이번 겨울은 날씨 대란에 다름없었다. 그 난을 치르느라고 소녀들은 육지를 찾아 헤매는 버려진 아이들처럼 노를 저었다."[7] 우리나라 중학생 정도의 아직 어린 여학생들에게 부과되는 꽉 짜인 훈련 일정과 피곤에 찌들어 늘 졸리는 수업 시간, 저녁에 일찍 문이 닫히고 엘리베이터마저 정지되어서 14층까지 걸어 올라가야 하는 기숙사 생활은 스포츠 강국 구동독의 후진 양성이라는 교육 목표에 비해서 미래 전망이 별로 안 보이는 학교 현실로 묘사된다. 아침 일곱 시부터 체력 훈련을 해야 하는 조정 경기 청소년 선수들은 추위와 같은 환경적 한계 상황을 견디어야 한다. 아침에 보트가 놓인 금속받침대를 잡으면 손가락이 쩍쩍 들러붙을 정도로 추웠고, 훈련 중에는 "차가운 물이 뼛속까지 밀려 들어왔다."[8] 물에 젖은 훈련복을 입고 머리카락이 얼굴에 들러붙은 소녀선수들의 모습을 보는 것은 화자에게 "민망한" 일이다. "그들은 기진맥진해서 종종 울곤 했다."[9] "지난 주에 7층에서 누군가가 유리문을 뚫고 복도로 떨어졌다. 덜 씻긴 핏자국이 여전히 갈색의 리놀륨 바닥 위에 남아 있었다."[10]라고 불행한 추락사건도 언급된다. 이러한 학교 분위기는 구동독 말기 스포츠 교육의 실상이기도 했다. 조정과 같은 기록경기 종목은 구동독의 국가 정체성과 밀접한 연관하에서 정치체제의 건강함을 대외적으로 알리는 데 기여할 수 있는 종목으로 장려되어왔다. 그러나 1980년대 후반에는 구동독의 정치체제와 함께 스포츠 장려정책도 흔들리고 있었다.*

---

* 1949년에 동독과 서독이 각기 독립 국가로서 수립된 후 서독은 1952년 올림픽에 단독으로 출전하기를 원했으므로 동독과의 공동출전은 이루어지지 않았다. 1954년 동독은 대외적으로나 국가 내부적으로 국가의 정체성과 이미지를 드높일 수 있는 기록경기 종목을 육성하기로 결정하였고, 스포츠 강국으로 발전하기 위해 노력했다. 경쟁의 대상은 물론 처음엔 서독이었으나 목표는 점점 더 높아져서 세계 최고의 승자가 되는 것이었다. 1960년대부터 동독은 기록경기 종목의 후진양성을 효율적으로 하기 위해서 '아동 및 청소년 스포츠학교(Kinder- und Jugendsportschulen, KJS)'를 설립하였다. 각급 학교를 통해서 재능 있는 스포츠 영재들을 발굴하였고, 선발된 학생들은 일정한 스포츠클럽에 가입되어 이와 연계된 스포츠학교로 편입되었다. 국가 주도의 영재발굴시스템과 선수 육성 교육은 성공적으로 이루어져 올림픽 경기의 주요 종목들에서 동독은 괄목할 만한 결과를 얻었으며 스포츠 강국이자 건강한 국가라는 이미지를 떨치게 되었다. 그러나 1980년대에는 동독의 국가경쟁력이 쇠퇴함에 따라 스포츠 영재 프로그램도 운영에 어려움을 겪게 되었고, 스포츠학교들에서 올림픽 국가대표 선수들을 육성하여 배출하는 일도 힘들어졌다. Volker Kluge, "Wir waren die Besten—der Auftrag des DDR-Sports", in: *Körper, Kultur und Ideologie. Sport und Zeitgeist im 19. und 20. Jahrhundert*. hrsg. von Irene

「불도마뱀의 몸」 이야기에서 느껴지는 조정 선수들과 트레이너의 의기소침한 분위기는 1987~88년에 포츠담의 스포츠학교 학생이었던 쇼흐 자신이 몸소 체험한 것과 무관하지 않아 보인다. 올림픽 출전팀에 선발된 성년 남자선수들에 관한 묘사도 활력이나 희망과는 거리가 있다. 소녀선수들은 소형 수조에서 경기 연습을 하는 데 비해 올림픽 출전팀은 대형 수조에서 연습하며 특별대우를 받는다. 겨울철 훈련이 지루하지 않도록 수조에 대형 스크린을 걸고 올림픽 개최지의 풍경과 동물들을 비춰준다.[11]

거기서 남자 타수는 난간에서 관찰하는 것이 아니라 거대한 남자선수들의 수치를 긴 인쇄지에 출력해내는 컴퓨터를 본다. 클리닉에서처럼 그들의 땀에 젖은 손목을 두른 밴드와 전극판이 연결되어 있다. 이따금 나는 보트장들 사이에서나 선수식당으로 가는 길에서 그들 중 누군가를 보게 되었다. 덩치가 너무 큰 슬픈 골렘 같이 그들은 구부정한 허리와 상박부가 풍선만 한 팔로 어슬렁거리며 걸어가고 있었다.[12]

신체적으로나 정서적으로 아직 미성숙한 소녀들에 비해서 올림픽 선발팀에 속한 남자선수들은 소녀들이 닿을 수 없는 성년의 세계이며 훈련방식이나 규모가 전문적이다. 소녀들과 차별화된 이들은 미성년 선수들과 달리 성인들의 기계화된 세계 안에서 사

Diekmann und Joachim H. Teichler(Bodenheim bei Mainz, 1997), 167~216쪽 참조. 여기서는 Anne Fleig, Osten als Himmelsrichtung, a.a.O., 182쪽에서 재인용.

는 것으로 비친다. 그러나 "슬픈 골렘" 같은 그들의 모습은 소녀 선수들에게 희망과 활력이 넘치는 비전을 주지 못한다. 이야기는 오히려 비전 없는 쇠퇴의 분위기와 새로운 변화 사이의 경계 지대에 위치해 있다.

여자 4인조 조정 보트의 타수인 화자는 추위 중에도 실시되는 동계훈련에 참여하지 않기 위해서 보트 정비소와 약속을 만들기도 하고 이런저런 작은 수리를 직접 하거나 심지어 일부러 보트를 파손시키기도 하면서 갖가지 핑곗거리를 만든다. 추위 속에서 몸이 물에 젖는 훈련을 하는 것이 싫어서이기도 하지만 그녀가 진정으로 하고 싶은 것은 글을 쓰는 것이다. 그녀는 얼마 전에 구입한 줄이 쳐진 푸른 노트에 한 줄이라도 시를 써보겠다는 열망을 갖고 있다.

나는 간이옷장에서 얼마 전에 샀던 푸른 노트를 더듬었다. 그 노트를 펼치자 선들이 작은 물결이 되어 명랑하게 빈 페이지들 너머로 넘실거렸다. 지금까지 단 한 줄도 거기에 써넣지 못했는데, 얼음이 얼지 않으면 이번에도 생각해볼 기회를 갖지 못할 것이다.[13]

스포츠학교의 조정 경기 훈련 중 몸으로 느끼는 신체적 한계들 사이에서 글쓰기는 화자에게 새로운 삶의 가능성을 의미한다. 푸른색 노트의 빈 페이지들을 가로지르는 선들은 그녀가 부딪치는 삶의 경계선들이다. 이 경계선들 사이의 빈 공간에 자신만의 생각을 글로 써넣는 것은 현실로부터의 도약이다.

경계인의 시선

자연이 가하는 한계 상황과 스포츠학교의 견디기 힘든 훈련, 그리고 선수들끼리의 갈등, 특히 체격이 작고 몸이 35킬로그램밖에 나가지 않지만, 선수들을 지휘하고 명령을 내리는 타수 역을 맡은 화자와 노를 젓는 조수들 간의 역할 차이에서 오는 갈등은 학교생활에서 끊임없이 불협화음을 일으키고, 문제들은 해소되지 않는다.

> 내 몸은 만질 게 거의 없었다. 나는 거의 몸속이 들여다보일 정도였고, 소녀들 중 누군가의 작은 여동생 정도로 보였다. 그들은 스포츠학교 1학년 시절에 종종 20센티나 더 자라곤 했다. 그것은 양질의 식사 때문이었다. 그들은 하루에 다섯 번 따뜻한 음식을 먹었다. 반면에 나에게는 자몽과 사과만이 허용되었다. 결국 나는 보트에서 꼼짝하지 않고 누워 있어야 하는 바닥짐이었으니까.[14]

그녀보다 몇 배 더 힘을 써서 노를 저어야 하는 다른 선수들에게 화자는 부러움의 대상이기도 하다. 훈련 중에 트레이너가 자리를 비우면 선수들은 가쁜 숨을 몰아쉬면서 타수에게 자리를 바꿀 것을 요청하기도 한다. 그들의 요청에 못 이겨 뒷좌석에 앉아 노를 저어보는 화자는 팔의 상박부 근육을 쓰는 법에 익숙하지 않아 손으로 노를 젓다가 곧 팔이 뻣뻣해지는 고통을 당한다. 그 모습을 보면서 그들은 쾌감을 느낀다.[15] 그러나 그들은 몸이 더는 원치 않을 정도로 훈련이 고될 때도 타수의 명령이 떨어지기 전에는 훈련을 멈추는 법 없이 규정을 지킨다. 그들에게 화자는 훈련을 지시하고 통제하는 동료 이상의 존재이며 트레이너 나음의 리더 선수이고, 자신들이 추위에 떨며 바깥에서 훈련하는 동안에도 따뜻한 실내의 난간에 기대 훈련과정을 지켜보거나 그들의 맥박수를 통계표에 기입하는 일을 하는 존재이다.[16] 그래도 화자는 자신이 누리는 상대적 편안함에 대한 그들의 시기와 질투에 관심을 두지 않는다. 이 선수들은 동독의 스포츠 교육제도를 충실히 따르는 기계 같은 익명의 존재들이다. 그들이 의미 없는 움직임을 수행하는 동안에 그녀는 말없이 가장자리에 앉아 스톱워치를 누르는 척하면서 머릿속으로는 쓸 시를 생각한다.[17] 동료선수들은 화자와 구분되는 하나의 집단으로서만 서술될 뿐, 개별적인 인격체로 드러나지 않는다. 그들 중 누구도 이름으로 불리지 않으며 체력실에서도 훈련장에서도 교실에서도 집단행동만 묘사된다. 유일하게 동료의 개별 행동이 서술되는 부분은 화자가 기숙사 방에 들어왔을 때 룸메이트가 남학생과 침대에서 섹스하고 있는 장면인데 여기서도 룸메이트와 남자친구는 "그 여자애das Mädchen"와 "그 남자애der Junge"로만 지칭된다.[18] 그들이 화자를 바라보자, 화자는 책을 읽는 척하면서 문장 하나를 큰 소리로 말한다. "불도마뱀을 놓아줘Laß den Salamander."[19] 이 말은 화자가 그토록 쓰고자 했던 시의 첫 문장이다. 화자는 스포츠학교에서 또래 집단과 자신을 동일시하지 않는 '다른 존재'이다. '불도마뱀'은 자신의 현실을 그 가장 바깥 자리에서 거리를 두고 바라보는 화자의 경계인적 존재에 대한 시적 상징이 된다.

국가 이데올로기의 경계

스포츠학교의 교육이념과 결부된 동독의 정치 이데올로기에 대해서도 화자는 경계인의 비판적 입장을 보인다. 일종의 벌로서 토요일 오후에 10킬로미터 왕복 달리기를 해야 하는 화자는 다른 동료들과 함께 있지 않아도 되는 것을 오히려 다행으로 여기면서 그 푸른 노트를 재킷의 호주머니에 꽂은 채 달린다. 그러면서 그녀는 정치교육 책임자가 했던 말을 상기한다.

> 그의 말에 따르면 나는 외국에서의 경기에 적합하지 않다는 것이었다. 외국에서는 우리 팀에서 결함만을 찾으려 할 테니까. 우리나라에 대한 나쁜 말을 우리들 자신의 입에서 듣는 것만 목표로 삼는 기자들에게 내가 손쉬운 먹잇감이라는 것이다. 나는 지도력과 관리역량을 훈련목적에 투입하라는 규칙을 위반했던 것이다. 규율위반이 전염되는 일을 결코 허용해서는 안 된다고 했다. 그는 이런 종류의 전염병에는 신속하고 철저하게 대처해야 한다고 결론지었다.[20]

동료선수들과의 훈련 일상에서도 학교의 정치 이념에서도 멀어져 문학이라는 새로운 세계로 떠나고자 하는 화자의 생각을 학교의 정치교육 책임자는 간파한 것이다. 단편 전체에서 학교의 스포츠 교육이나 동독의 국가 이념에 대해서 화자가 직접적으로 비판하는 대목은 나오지 않는다. 그러나 추운 겨울에 강에서의 소성 훈련에 대한 사춘기 여학생의 반감에서부터 부품을 고장 내거나 무엇을 고의로 분실하는 등의 적극적인 사보타주에 이르기까지 화자의 행동은 학교 체제와 정치 이념에 대한 거부 의사를 간접적으로 드러낸다. 학생들뿐 아니라 훈련 트레이너도 학교 당국의 관찰과 감시하에 놓여 있다는 사실을 그녀는 목도한다.

바깥에는 굵은 장대비가 내리고 있었다. 모자를 쓰지 않은 트레이너는 여기 안에 있는 소녀들과 마찬가지로 젖은 모습이다. 그는 와인색의 모자 달린 재킷을 입은 정치교육 책임자와 대화하고 있었다. 디나모라는 글자가 그가 입은 재킷의 등에 누벼져 있었다.[21]

우연히 화자의 눈에 들어온 바깥 풍경처럼 묘사되었지만, "소녀들과 마찬가지로" 감시를 받으며 위축되어 있는 트레이너의 처지와 그에게 뭔가를 따지는 듯한 정치교육 책임자의 당당한 모습이 확대된다. 책임자의 재킷 등에 새겨진 글자 DYNAMO는 구동독의 대표적인 스포츠클럽을 뜻한다. 구동독의 스포츠 인재 발굴과 육성은 분야별 스포츠클럽과 연결되어 있고 이 조직들은 국가의 이념과 직결된다는 점을 고려할 때, 그러한 정치적 맥락이 간접적으로 시사된다. 「불도마뱀의 몸」 이야기에는 대체로 시대적·정치적 상황이나 그 전후 맥락에 대한 상세한 설명이 없다. 십 대 화자의 시각으로 눈앞에 펼쳐지는 일들을 보여주며, 그녀의 자발적인 결정에 의한 행동들이 간략하게 묘사되어 마치 영화의 장면들을 보는 듯하다. 일의 전후 맥락이나 성찰적 해설은 독자의 몫이다. 그러면서 서사의 전개는 '글쓰기'라는 목표를 향해 계속 나아간다. 화자의 시 쓰기는 자신이 처한 경계 상황에 대한 문학적 형상화이며 나아가 변화의 가능성을 모색하는 작업이다. 작품의 제목 '불도마뱀의 몸'은 경계 넘기로 이루어야 할 변화 그 자체의 상징이다.

경계 넘기의 시도

불도마뱀은 일반적으로 '도롱뇽'을 뜻한다. 도롱뇽은 양서류에 속하며 피부 표면이 쉽게 건조해지기 때문에 차가운 점액을 분비하여 수분 증발을 막는 특징을 지닌 변태 동물이다. 현실적으로는 도롱뇽을 지시하지만 '불도마뱀'이라는 명칭에는 유럽의 신화와 전설에서 타오르는 불 속에서도 사는 상상의 동물이라는 이미지가 중첩되어 있다.

소설에서 도롱뇽이 처음 등장하는 것은 화자가 보트장에 보관 중인, 몇 주간 운항하지 않았던 어느 보트에서 얼어붙은 듯 꼼짝 않고 앉아 있는 못도룡뇽Teichmolch을 발견하는 장면에서이다.

나는 바닥에서 꽤 큰 나무 조각을 주워서 그 도롱뇽에게 던졌다. 도롱뇽은 수백 년 전부터 거기 앉아 있다가 이제 막 숨을 쉬기 시작하는 것처럼, 멈칫멈칫 나에게로 기어오기 시작했다. 도롱뇽은 조심스럽게, 피로에 젖은 듯, 그 작은 머리를 흔들었다. 그러나 나는 이 동작을 운동과 이 계절 그 자체에 끝을 내라는 요구로 받아들여야 함을 이미 알고 있었다.[22]

바로 다음 날 화자는 현실의 변화를 감행하려는 결단으로 하펠강 노선을 선택한다. "하펠강은 명부의 강이 될 수도 있다고 나는 생각했다. 왜냐하면 우리는 축축한 안개 지역을 뚫고 하나의 다른 세계로 들어갔으니까."[23] 하펠강을 따라서 그녀가 탄 4인조 조정 보트가 회색의 짙은 안개 속으로 들어간다. 그들이 젓는 노는 그 지대를 "할퀼 뿐만 아니라 깊이 금을 새겨 넣으면서"[24] 잠에서 깨우고, "매일 밤 다시 붙어 자라나는 그곳의 매끈한 피부를 파괴하고자 하였다."[25] 화자는 하펠강 상류와 뮈리츠호수를 연결하는 수로였던 "옛 루트die Alte Fahrt"를 택해서 보트를 조종해 간다. 그 루트로 가면 곧 동서독의 경계선인 글리니케 다리die Glienicker Brücke를 만나기 전에 회항해야 하므로 조정코치는 이 루트에서 선수들을 훈련시키는 일이 드물었다. 그뿐만 아니라 뮈리츠호수와 하펠강을 연결하는 운하가 축조되면서 생긴 운하 벽 때문에 열린 강 위에서처럼 제대로 된 파도를 만나기도 쉽지 않았다. 소녀들이 부지런히 노를 저어 나아가는 사이에 화자는 강의 좌우 연안 수풀 뒤에서 긴 창을 든 원주민들이 나타나는 환상을

6 시대와 현실의 경계를 넘는 문학 여행

본다. 원주민들에게 도움을 요청하는 신호를 궁리하던 사이에 그들의 보트는 글리니케 다리의 경비초소를 지키는 보초들의 시야 안으로 가까이 들어간다.

내가 4인조 조정 보트를 정지시키는 명령을 발하기 전에 국경 경비병 중 한 사람이 확성기를 써서 나의 임무를 떠맡았다. 그의 금속성 음성이 허공으로부터 물 위로 퍼지자 소녀들은 너무 놀라서 하펠강 바닥을 향해 노를 깊숙이 찔러 넣었다. 멈춰서 방향을 돌리느라고 정신이 없어서 노의 끝 나무판들이 서로 부딪쳤다. 경기 때 출발선을 재빨리 떠나기 위한 스퍼트 노 젓기 방식을 몇 번 시도한 후에 우리는 돌연 그 보이지 않는 벽으로부터 멀어지게 되었다. 벽 뒤에서는 여전히 경비병들이 잠복하면서 이미 학교에 알렸을 것이다.[26]

가시거리가 3, 4미터밖에 되지 않는 짙은 안개 속을 헤치며 황급히 돌아오던 길에 그들의 보트는 하펠강의 정기선과 충돌하여 전복된다. 화자는 몸을 보트 밖으로 빼낼 수 있었지만, 나머지 소녀들은 보트의 발판에 신발이 단단히 고정된 채 "안개벽Nebelwand" 아래 물속에서 지하세계로 소환당할 위기에 봉착했다. 이 장면을 작가는 고대와 중세 시대, 지중해에서 노예가 노를 저어 움직이던 범선, 갤리선에 비유해 "소리를 내지 못하는 갤리선eine stumm gewordene Galeere"[27]이라고 부른다. 보트의 전복으로 물속에 간힌 나머지 소녀들의 운명에 대해서 소설은 더 이상 말하지 않는다. 이 단편의 마지막 장면에서 화자는 "불도마뱀을 놓아 줘"라는 말로 시작했던 그녀의 시를 이어 쓴다.

> 불도마뱀을 놓아줘, 돌 속에
> 처박힌 괴물,
> 그가 바닥으로 가라앉고 다른 것도 같이 떨어진다.
> 여자의 갈색 머리카락은 갈대 속에
> 아직 걸려 있다, 늪이 그것을 받아들이지 않는다.
> 갈대 줄기마다 머리카락이
> 감겨서 다음 해 봄에 꽃이 핀다.
> 불도마뱀은 길을 잃고 헤맨다……[28]

갤리선과 같은 조정 보트를 맹목적으로 노 저어 가야 하는 소녀들의 현실은 이제 그 보트가 뒤집히면서 끝나고, 안개가 물 아래로 내려오면서 화자는 "축축한 안개구름"[29]으로 상징되는 다른 세계로 들어간다. 드디어 문학의 세계가 열린다. "여자의 갈색 머리카락"은 "일 년 내내 갈색의 갈라진 피부를 가진 소녀들의 얼굴"[30]에 상응한다. 늪지의 갈대는 전에 화자가 이른 아침 떠오른 해를 보다 잠시 눈을 감은 사이에 그들의 보트가 부딪쳤던 작은 섬의 갈대 늪지를 연상시킨다.[31] 거기 갈대의 줄기에 남겨진 그녀의 갈색 머리카락에서 새로운 희망이 꽃피리라고 시는 노래한다. 소설의 마지막에 이르러 화자는 그토록 갈망하던 문학의 세계를 열었고, 그녀의 현실은 이제, 소설의 처음을 여는 이야기가 된다.

이제는 지나갔다. 물이 내 귓속 길을 핥으면서 깊은 곳에서 계속 꾸르륵거리며 내던 그 쏴쏴 하던 소리도. 그 결정 이후로는, 안쪽에서부터 흘러나와서 내 피부에 부딪히던 파도도 없고, 물결이 갈라지며 길을 열거나, 물방울들이 열린 틈 속으로 쳐들어오는 일도 없다. 아무것도 흐르지 않는다, 아무것도 움직이지 않는다. 마침내 나는 시작할 수 있다.[32]

보트장에서 발견했던 노쇠하고 지친 도롱뇽은 '불 속에서도 살수 있는 불도마뱀'과 같은 강인한 저항력을 갖지는 못하고, 수백년은 되어 보이는 노쇠함과 피로한 몸짓을 드러내지만, 화자에게 이제 이 현실을 끝낼 결정의 계기를 마련해주었다. 동독과 서독의 경계인 글리니케 다리로의 접근은 동독의 현실을 넘어서려는 시도이며 이 경계 넘기의 수행으로써, 외부 현실에서는 아니더라도 새로운 문학세계로의 상상적 진입이 가능해진다. 그리하여 화자는 추위나 물의 축축함으로 표상되는 조정 훈련의 신체적 한계 상황, 동료들과 내면의 이해에까지 이르지는 못하는 소통의 어려움, 십 대 사춘기의 연령적 조건, 훈련 코치나 정치교육 책임자의 통제적 시선 등 자신을 둘러싼 여러 겹의 경계를 뛰어넘어 이제 스스로 언어의 세계에 도달한 것이다.

물의 상징성

단편 「불도마뱀의 몸」은 시작부터 끝까지 다양한 물의 이미지를 보여준다. 모든 생명체와 우주의 기본원소로서 물은 사물과 생명의 근원이며 또한 자연의 파괴력을 행사하여 삶의 영역에서 죽음의 세계로의 이행을 매개하기도 한다. 이러한 물의 양가성이 이 작품에도 다양하게 나타나 있다. 물은 결빙이나 서리, 물방울, 파도, 안개, 비와 눈 같은 여러 형태로 화자의 외부 환경과 내면 의식을 드러낸다. 플라이크의 해설처럼, "물에 대한 정확한 관찰과 함께, 다양한 응집상태로 계속 이행하면서 이 이야기는 변화의 가능성을 주제화하고 있다."[33] 단편의 시작부에서 화자는 강으로 조정 훈련을 나가지 않도록 강이 얼기를 간절히 바라는데 물의 결빙은 물의 유동성과 분명히 대조되면서, 동독 스포츠학교의 시스템이 계속 진행되는 것을 거부하며 이 흐름을 넘어서는 경계 넘기의 소망으로 해석될 수 있다. 또한 얼음의 차가운 이미지는 선수들의 몸과 마음까지 얼어붙게 하는 동독 체제의 경직성과 냉정함을 반영하기도 한다.[34] 많은 스포츠 종류 중에서도 하필이면 노 젓는 조정을 택한 것 역시 물과 관련이 깊어 보인다. 물론 작가 쇼흐가 실제로 조정 선수였다는 일차적인 작가 관련성이 있지만, 배는 사람이 물을 접하는 경계 매체이며 물에서 노를 저어 어느 방향으로 나아간다는 것은 또 다른 영역으로 이행함을 지시한다. 이야기의 끝부분에서 전복된 조정 보트를 중세의 갤리선에 비유함으로써 작가는 경기를 위해 손에서 피가 나도록 노를 저어야 하는 조정 선수들을 동독 체제의 노예에 빗댄다. 배가 뒤집혔다는 것은 스포츠학교와 더불어 동독 체제의 전복으로 해석되어진다. 그러나 그렇게 해서 모두 끝나버린 것은 아니다.

타수인 화자에게 물은 죽음의 세계를 향한 길이었다. 그래서 이 현실에 종지부를 찍겠다는 결심 후에 동서독의 경계선인 글리니케 다리 쪽으로 향하는 하펠강 루트를 "명부의 강"으로 택한 것이다. 이 경계 넘기의 시도는 안개가 자욱하게 낀 물 위에서 일어나고, 실제 국경을 넘어가지는 않지만, 강의 물과 공기 중의 수분이 합쳐져 생긴 안개 벽은 그 자체로 하나의 새로운 공간이 된다. "마치 안개가 강 아래로 들어가기 위해 내려오는 것처럼, 나를 그 촉촉한 구름 안으로 끌어당겼다. 내 눈은 열려 있었을 수도 닫혀 있었을 수도 있었다, 그때 무언가가 시작되었다."[35] 이 묘사와 함께 시가 시작된다. 전복된 조정 보트처럼 시에서 불도마뱀은 바닥으로 추락한다. 그러나 늪지의 갈대 줄기에 감긴 여자의 머리카락은 가라앉지 않고 새로운, 아마도 물을 떠난 다른 삶의 시작을 기다린다. 물과 밀접한 관련을 맺고 있는 조정 선수들은 물고기에 비유된다. 조정 연습 후 선수들의 몸에서 "물고기 냄새"[36]가 난다거나, 하펠강을 오가는 커다란 정기선이 조정 보트 가까이 지나가면서 많은 양의 물을 그들의 작은 보트에 끼얹을 때면 "이 유동의 물질을 좋아하는 물고기가 되고자"[37] 했다는 화자의 표현에서도 물고기와의 친연성이 드러난다. 화자가 꿈꾸는 새로운 삶은 그러므로 물속의 물고기와 유사한 지금까지의 삶과는 다른 무엇이라고 생각할 수 있다.

타수로서 다른 선수들에 비해서 유달리 몸이 작은 화자는 또한 동화적인 정령, 특히 물의 요정 멜루지네의 특징을 지니고 있음을 학교 식당 장면에서 확인하게 된다.

> 나는 푸른색 노트를 꺼내서 내 앞 식탁 위에 올려놓았다. 물의 요성 하나가 그 노트의 어두운 겉장 위에 떠돌고 있었다. 요정의 내리깐 눈꺼풀을 보면서 나는 곰곰이 생각했다. 그러나 단 한 글자도 만년필에서 나와 그 페이지들로 옮겨가지 못했다.[38]

멜루지네의 이미지가 전하는 바대로 이때의 물은 문학적이고 신화적인 신비한 힘을 상징한다. 이같이 이 작품에서 물은 구동독의 스포츠학교 시스템처럼 차갑고 경직된 이미지에서부터 지속성과 변화, 다른 세계로의 이행, 죽음의 이미지, 동화적 상징에 이르기까지 매우 다양한 메타포로 사용된다.

불도마뱀의 상징성

「불도마뱀의 몸」 서사의 시적 응축이라고 볼 수 있는 마지막 시에서 불도마뱀은 "돌 속에 처박힌 괴물"로 그려진다. 불도마뱀은 일차적으로 화자가 처한 스포츠학교에서 돌같이 굳어진, 화석화된 삶의 상징이다. 그것은 물 바깥의 조정보트장에서 처음 발견되는 못도롱뇽의 모습으로 등장한다. 이 도롱뇽은 "수백 년 전부터 거기 앉아 있다가 이제 막 숨을 쉬기 시작"한다. 동독의 사회주의 국가 이념은 불에서도 살아남는 강인한 생명력을 지닌 불도마뱀의 이미지에 들어맞지만 현실에서는 한 마리 지친 도롱뇽에 지나지 않는다는 작가의 역설적인 인식이 엿보인다. 몸의 변색과 변태, 그리고 불에 대한 친화력을 가진 신화적 의미의 불도마뱀이[39] 동독의 현실 속에서 화석이 되어버린 것이다. 보트장에서 노쇠한 도롱뇽을 마주하면서 화자는 이제 이 상황을 끝내야겠다고 결심한다.

멜루지네의 모티프와 마찬가지로 불도마뱀의 모티프도 물과의 연관성을 보인다. 불도마뱀, 즉 도롱뇽은 개구리와 같은 양서류의 동물로서 어린 새끼일 때에는 아가미로 호흡하므로 물속에서만 살 수 있는데, 자라면서 변태를 통해 아가미가 없어지고 다리가 생겨 육지에서도 살 수 있는 몸의 구조를 가지게 되며, 육지에서는 폐와 피부로 호흡하게 된다. 도롱뇽의 몸은 곧 변태/변화와 경계 넘기의 가능성을 상징한다. 이는 물고기에 비유되곤 하는 조정 선수들의 몸을 이미지화한 것이기도 하다. 훈련이 힘들어도 스스로 그만두거나 규칙을 위반하지 못하는, 현실 체제에 순종적인 여자 선수들이 소설의 마지막 장면에서 보트와 함께 전복되는 것은 시의 불도마뱀이 바닥으로 추락하는 것과 일치한다.

단편의 제목이 '불도마뱀의 몸'인데 텍스트 안의 현실에서는 '도롱뇽'을 지칭하는 'Teichmolch'나 'Molch'가 사용되다가 화자의 시구에서만 '불도마뱀Salamander'이라는 단어가 사용된다. '잘라만더'는 불을 상징하는 신화적 상상의 동물로 표상된다. 현실의 도롱뇽은 물의 경계를 뛰어넘어 불의 영역으로 이행하지 못하고 화석화된 몸으로 추락하고 만다. 그러나 추락하는 그 시점에서 "여자의 갈색 머리카락"과 함께 새로운 세계가 열린다. 이 세계는 문학적 상상력이 여는 환상의 공간이다. 불도마뱀은 화자에게 이 상상 속 초월을 가능하게 하는 힘이 된다.

현실로부터 환상으로 경계 넘기

「불도마뱀의 몸」은 작가 쇼흐의 실제 경험을 소재로 동독의 스포츠 교육 시스템과 선수들의 일상을 보여주는 한편, 서사 안에서 시적 세계로의 지향이 처음부터 강렬하게 소망되어 종국에는 이 시의 세계에 도달하는 전개를 펼쳐간다. 앞에서 살펴본 여러 겹의 경계들 가운데 가장 분명하게 구별되는 경계는 현실과 환상의 경계이다. 동료선수들이나 훈련 코치, 학교의 교육책임자 어느 누구와도 제대로 소통하거나 좋은 관계를 맺고 있지 않은, 현실의 가장 바깥쪽에 위치한 경계인의 관점에서 내부를 관찰하는 화자는 그 세계를 넘어서 문학적 환상의 세계로 진입하여 자기 언어를 발견하는 것을 목적으로 삼는다. 결국 목적이 실현되면서 이야기가 탄생한 것이다. 작가의 데뷔 단편집의 표제작인 이 작품은 작가 자신의 경험이 특히 많이 반영된 서사를 보여준다. 그러나 쇼흐의 글은 몰락한 세계에 대한 감상적인 재구성이나 추억 뒤지기가 아니다.[40] 동독의 현실이라고 서술되는 공간에서 상상의 공간으로 비약하게 하는 환상적 요소들에 주목할 필요가 있다. 작품의 환상적 요소로, 물과 불도마뱀 같은 소재, 멜루지네나 푸른 노트 같은 낭만주의 문학의 모티프들이 사용되고 있다. 또한 돌에 갇힌 불도마뱀이나 난쟁이같이 동화적인 모티프도 등장한다. 이러한 환상문학적 요소들 이외에도 서사를 이끌어가는 화자의 시선은 곳곳에서 현실을 비켜 환상의 세계를 향하고 있다. "새들의 섬Vogelinsel"[41]의 갈대 늪지로 보트가 잘못 들어갈 때의 대목이다.

한번은 내가 눈을 감고 있었기 때문에 보트가 어느 새들의 섬으로 들어간 적이 있었다. 호수 위로 납작하게 솟아오른 이른 아침 해로 인해서 수평선이 만화경이 되어 있었고 내 눈꺼풀이 팔랑거리며 떨렸다. 보트의 슬라이딩 시트들을 조용히 밀면서 우리는 빠르게 앞으로 움직여갔다. 내가 몇 초 후에 눈을 잠깐 떴을 때, 노의 끝부분이 이미 갈대를 스쳐 지나가고 있었다.[42]

보트가 새들의 섬에 부딪히는 이 사고로 노의 끝부분이 깨지고 노걸이가 파손되었으며 동료선수들의 손가락에서는 피가 흘렀지만, 화자는 아랑곳하지 않고 펜으로 삼을 백조의 커다란 깃털을 하나 줍는다.

자신의 언어를 찾고 있던 화자가 실제의 국경선인 글리니케 다리에서 국경수비대와 조우하는 장면에서는 그녀의 상상력이 증폭된다.

내가 소녀들의 리드미컬한 긴 움직임을 기계적으로 평가하고 있을 때, 좌우의 수풀 뒤에서 몸에 색을 칠한 원시인들이 앞으로 나오는 것을 보게 되었다. 그들은 긴 창에 기댄 채 눈으로 우리를 주의 깊게 좇고 있었다. 우리는 오해를 살 만한 움직임을 보여서는 안 되었다. 결국 우리는 평화적인 의도로 왔으니까. 원시림의 탐사단 일원으로서 니 는 우리가 원주민들의 도움을 바란다는 신호를 알릴 여러 가지 방법들을 생각해내야 했다.43

사건의 표면에서 일어나는 일들과 화자의 의식과 상상은 마치 "안개벽"을 사이에 둔 것처럼 서로 분리되어 있다. 위 인용문에서는 국경선에 도달한 현장에서 이미 환상의 경계를 넘어간 화자가 마치 원시림을 탐험하다가 창을 든 원주민을 만난 것처럼 그녀의 환상을 직설적으로 묘사한다. 이제 그녀는 현실의 경계를 뚫고 분명하게 문학적 환상 안으로 들어온 것이다. 여기서도 과거의 기억들이 현재의 예술을 가능하게 하는 재료로서 사용되고 있다. 앞에서 인용했던 쇼흐의 글 「내 글의 장소들」에서 보았듯이 그녀에게 과거는 "하나의 완성되지 않은 틀 속에서 끝나버렸기 때문에" 동독과 동유럽의 변방 장소들은 현재의 생각을 위한 재료이다. 이런 점에서 쇼흐는 "동독을 체험의 공간이었던 국가나 체제로 환원하지 않고, 상상의 공간으로 재현하고 있는 것이다."44 물론 그러한 상상의 공간은 체험의 공간과 무관하지 않다. 오히려 과거의 장소에서의 체험이 현재의 관점에서 재구성되고 상상으로 가공되어 과거의 경계 너머 새로운 층위로 이양되게

6 시대와 현실의 경계를 넘는 문학 여행

함으로써 과거와 현재가 통합된다. 그리하여 상실된 과거가 현재 속에서 (재)발견되는 것이다. 쇼흐의 단편 소설집 『불도마뱀의 몸』은 끝나버린 동독의 과거를 다시 쓰는 문학 작업이었으며 여기서 '불도마뱀의 몸'은 몸에 새겨진 역사의 상징인 동시에 기억 속에서 강인한 저항력으로 생동하며 변화를 촉구하는 정신이다.

2001년에 데뷔한 동독 출신의 신세대 작가 쇼흐는 라이프스타일이나 작품 경향에서 1990년대 베를린 중심의 신세대 팝문학 작가들과는 분명 다른 출발점을 보인다. 동독 시절에 조정 선수로서 스포츠학교에 다녔다는 경력, 통일 이후 1990년대에 고등학교와 대학을 다닌 학생이었다는 점, 이후 대학 강단에서 프랑스 문학을 강의한 경력 등은 대부분의 동독 출신 신세대 작가들과 다른 청년기를 보냈음을 시사하지만, 무엇보다도 그녀가 기억하고 문학으로 소환하는 동독 시절의 기억이 1990년대 신세대 문학이 주로 보였던 서술 중심의 이야기 구성보다 훨씬 더 상상을 기억의 중심에 놓는다는 점에서 남다르다. 「불도마뱀의 몸」에서 독일 낭만주의 문학과의 관련성을 확인할 수 있듯, 쇼흐에게 글쓰기란, 상상의 힘으로 현실의 경계선들을 넘어서 새로운 삶의 단계로 출발하는 움직임이다. 무엇보다 문학적 상상에서 솟아나는 건강한 활력을 발견할 수 있다는 점이 긍정적인 포인트이다. 국내에서도 이 작가에 대한 연구와 수용이 더욱 활발해지기를 바란다.

크리스티안 크라흐트의
포스트모던 메타역사서술

크리스티안 크라흐트Christian Kracht

1966년 12월 29일 스위스 자넨 출생. 작가.
포스트모던 메타역사소설『제국』(2012) 안에서
20세기 초 독일제국의 식민지 남태평양 독일령
뉴기니로의 시간 여행을 그려냈다.

크리스티안 크라흐트의『제국』독일어판 표지

크라흐트의 문제작『제국』

2012년에 출판된 크리스티안 크라흐트의 소설『제국Imperium』은 작가가 이전에 발표한 작품들 못지않게 비평계의 관심을 끌며 찬반양론으로 나뉘는 논쟁을 불러일으켰다. 제1차 세계대전이 일어나기 전인 20세기 초를 시대적 배경으로 하여 당시 독일의 식민지였던 남태평양 섬들을 중심으로 벌어지는 사건들을 이야기하는 이 소설이 발표되었을 때 게오르크 디에츠Georg Diez는《슈피겔》을 통해 크라흐트의 인종차별주의적 세계관이 노골적으로 드러나 있다고 비판하였다.[1] 이에 대해 얀 퀴벨러Jan Küveler를 위시해 여러 비평가들은 디에츠가 크라흐트의 유머와 아이러니를 전혀 이해하지 못하여 혹평했다고 반대 의견을 개진했다.[2] 특히 로타르 슈뢰더Lothar Schröder는 크라흐트의 작가적 역량을 다니엘 켈만Daniel Kehlmann에 비교하면서 디에츠의 몰이해와 무지에 대해 분개하였다. 시간이 흐를수록 크라흐트를 인종차별주의자로 내모는 비판보다는 그의 반어적 서술기법과 탈식민주의적 관점을 옹호하는 평가가 많이 나오면서 이 소설에 대한 초기의 오해들이 많이 잠식되었다.

소설이 출간된 2012년 2월부터 독일어권 문학비평계의 관심과 논란의 소용돌이에 휘말려들었던『제국』은 그해 스위스 베른주가 수여하는 문학상에 이어 11월에 독일 브라운슈바이크시의 빌헬름 라베 문학상을 수상함으로써 여타의 부정적 견해나 시비를 물리치고 작가의 명예를 회복시키게 되었다. 또한 스페인, 덴마크, 터키, 러시아, 루마니아, 헝가리, 영국, 스웨덴, 이탈리아, 노르웨이 등지에서 번역 출판되었고, 우리나라에서도 2013년에 번역본이 나왔다.[3]

이렇듯 화제작으로서 많은 독자의 관심을 끈 『제국』은 나체주의자이며 채식주의자였던 실존인물 아우구스트 엥겔하르트August Engelhardt의 모험석 삶을 서사의 중심에 두고 있다. 엥겔하르트는 코코야자의 열매만 먹으며 대자연 속에서 평화롭게 사는 공동체를 이루리라는 이상을 안고 독일의 식민지 뉴기니섬으로 먼 항해 길에 오른다. 항해 중에 만난 고빈다라얀Govindarajan을 이념의 동지라고 믿었으나 자신이 지닌 돈의 대부분을 그에게 빼앗기게 되고, 식민지에 도착해서는 대토지소유자며 부동산 중개업을 하는 엠마 포르사이트Emma Forsayth에게 속아서 쓸모없는 섬 카바콘을 사들인다. 기만과 사기, 배반은 엥겔하르트의 삶을 늘 따라다니며 그의 영혼과 육체를 황폐화시키고, 남태평양의 한적한 섬에서 코코야자공동체라는 이상향을 세우려던 그는 점차 괴벽을 지닌 반유대주의자로 변모해가며 급기야는 자신의 엄지손가락을 먹기까지 하는 식인주의자로 전락한다. 1차 대전의 발발과 더불어 그가 경영하던 카바콘섬의 코코야자 농장은 오스트레일리아군에 의해 점령당하고, 쫓겨나게 된 그는 적군 장교가 건네는 6파운드의 보상금을 거절한 채 어디론가 사라진다. 2차 세계대전이 끝난 후 남태평양의 외딴섬에서 말할 수 없이 메마른 모습으로 미군에 의해 다시 발견된 그는 곧 관광명물이 되고, 그의 이야기는 할리우드 영화로 재현된다.

디에츠와 같은 비평가가 오해할 만하게 소설은 상당 부분 식민주의자들의 언어를 간접화법으로 제시하기도 하고, 후반부에서는 주인공 엥겔하르트의 캐릭터가 분열되어 나타나는가 하면, 에밀 놀데Emil Nolde와 막스 페히슈타인Max Pechstein 같은 실존 인물들이 이야기 속으로 들어오면서 내러티브가 복잡해지고 이해하기 쉽지 않다. 유형면에서 이 소설은 역사적 모험소설이라고 볼 수 있으나, 소설의 배경이 되는 시대나 역사적 사실들을 의도적으로 왜곡하거나 아이러니 기법으로 표현하면서 작가의 해석을 담는 일종의 메타역사서술Metahistoriographie이라고 할 수 있다. 일견 사실주의적으로 보이는 서사기법도 자세히 들여다보면 대단히 포스트모던하다.

이제, 본 저서 『작가의 여행과 글쓰기』의 마지막 순서로서 시대와 현실의 경계를 넘어서 먼 과거, 독일제국의 식민지시대로 시간여행을 떠난 크라흐트 소설의 특징들을 포스트모던 메타역사서술이라는 관점에서 분석해본다. 먼저 소설의 서사기법과 언어적 표현방법을 살펴본 후에, 포스트모던 내러티브라고 할 수 있을 크라흐트 소설의 미학적 특징과 시대인식을 밝히고자 한다.

역사적 사실

19세기 말 독일제국은 아프리카와 남태평양 등지에 식민지를 두고 통치하였다. 비스마르크는 현지에서 독일의 무역을 보호한다는 명분으로 이 식민지들을 '보호령Schutzgebiete'이라고 불렀다. 오늘날의 나미비아 지역인 남서아프리카와 북서아프리카의 카메룬 지역, 탄자니아와 소말리아 해안 등지의 동아프리카, 그리고 남태평양의 뉴기니 지역 등 독일제국의 보호령은 1884년부터 시작되어 1914년쯤에는 영국과 프랑스, 러시아의 식민지 다음으로 그 면적이 넓어졌으며 인구로 볼 때에는 네덜란드의 식민지에 이어 5위를 차지할 정도로 규모가 커졌다. 이 보호령들은 제1차 세계대전 종전 후 베르사유 조약에 따라 독일제국에서 해방되었다. 제국 차원에서 지정된 보호령 이외에도 독일의 이민자들이 해외에서 개별적으로 건립한 정착지도 '독일인 식민지deutsche Kolonien'로 불렸다.

소설 『제국』은 이 보호령들 중에서 남태평양의 독일령 뉴기니에 속한 비스마르크-아히펠Bismarck-Archipel섬 일대를 배경으로 한다. 독일령 뉴기니 중 경제성이 컸던 지역이었기 때문에 이곳의 헤르베르츠회에Herbertshöhe(오늘날의 코코포)가 행정의 중심지이자 총독의 주둔지가 되었다. 1902년부터 1914년까지 식민지의 총독직을 수행했던 알베르트 할Albert Hahl 박사는 재임기간 중에 안정적이고 효율적인 행정을 실시하고 원주민들을 채용하여 노동력을 잘 활용함으로써 경제적인 실적을 올리는 정책을 펴고자 한 인물이었다.[4] 소설에서는 그가 정치적으로나 인격적으로 상당히 노회한 인물로 희화화된다.

주인공인 엥겔하르트는 실존인물이었던 아우구스트 엥겔하르트를 모델로 한 등장인물이다. 1875년 독일 뉘른베르크에서 태어난 실존인물 엥겔하르트는 직업훈련으로 약제사보조교육을 받았으며, '생활개량운동Lebensreformbewegung'에 관심을 가져 건강하게 삶을 영위하는 방법에 몰두하였다. 1899년 가을에 그는 자연친화적인 삶을 위한 단체인 '융보른Jungborn'에 가입하였다. 채식주의와 나체주의를 주요 강령으로 삼았던 이 단체의 나체주의 활동들은 곧 법의 제재를 받았고 설립자 중 한 사람인 아돌프 유스트Adolf Just가 위법한 자연치료사 행위로 인해 감옥형을 선고받음으로써 단체 자체가 해체되었다. 이러한 사건들로 인해서 엥겔하르트는 전통적 관습과 법의 강제적 구속이 심한 유럽에서 멀리 떨어진 곳에서 친자연적 삶을 영위하는 이상을 꿈꾸게 되었다. 1902년 가을에 그는 당시 독일의 보호령이었던 남태평양 뉴기니로 갔고, 그곳에서 포르사이트라는 회사를 경영하던 엠마 포르사이트-코Emma Forsayth-Coe에게서 10월 2일에 75헥타르에 달하는 카바콘섬의 코코야자농장을 사들였다. 농장주가 된 그는 카바콘섬의 유일한 백인으로서 자신의 철학적 신념을 펼쳐갔다. 그는 태양과 코코야자열매를 숭배하였는데 태양은 모든 생명의 원천이며 코코야자는 식물 중에서 가장 태양 가까이 자라기 때문에 완전한 영양분을 보유한 열매를 제공한다는 것이었다. "코코야자주의Kokovorismus"라고 칭해진 이 철학에 의거해서 엥겔하르트는 사람이 코코야자열매를 지속적으로 섭취하면 신과 유사한 불멸의 상태에 이르게 된다고 믿었다. "태양교단Sonnenorden"이라고 이름 붙인 신념공동체를 카바콘섬에 세우기 위해서 그는 동지들을 모으는 광고문을 유럽으로 보냈다. 1903년 말에 헬골란트 출신의 채식주의자인 하인리히 아우에켄스가 첫 신입회원으로 카바콘에 왔다. 그러나 그는 6주 후에 사망하고 말았으며 사인은 밝혀지지 않았다. 1904년 7월에는 당시의 유명한 지휘자이며 바이올린과 피아노 연주자였던 막스 뤼초Max Lützow가 카바콘섬으로 왔다. 그는 이 섬에서의 경험들에 대해 열광하는 내용의 편지들을 독일로 보냈고 그럼으로써 엥겔하르트의 태양교단에 대한 독일인들의 관심을 삽시간에 높이게 되었다. 그렇지만 카바콘섬까지 와서 같이 생활한 신봉자 수는 다섯 명 정도에 그친 것으로 추정된다. 질병이나 사고 소식 등이 알려지자 엥겔하르트의 태양교단에 대한 관심은 급격히 줄어들게 되었다. 뤼초 역시 중환을 앓다가 1905년에 사망하였다. 약혼녀와 함께 카바콘섬을 방문했던 친자연주의 작가 아우구스트 베트만August Bethmann이 엥겔하르트의 신념을 다시 홍보하는 일에 협력하였다. 그러던 중에 엥겔하르트도 중병을 앓게 되었다. 1미터 66센티미터의 키에 몸무게가 39킬로그램밖에 나가지 않았던 그는 온몸에 옴이 오르고 궤양이 났으며 극도로 쇠약해져서 제대로 걸을 수도 없었으나 나중에 병원 치료를 통해 낫게 되었다. 그 후 베트만은 엥겔하르트의 교리를 불신하게 되었고 곧 섬을 떠나려 했지만 떠나기 전에 죽고 말았다. 엥겔하르트와의 다툼이 사망의 원인이었을 것으로 추측될 뿐 정확한 사인은 입증되지 않았다. 베트만의 사망 후에 그의 약혼녀도 섬을 떠나서 독일보호령 뉴기니의 총독이었던 알베르트 할의 관저에서 가정교사로 일했다. 독일의 식민지 관할청에서는 엥겔하르트가 정신병에 걸린 것으로 판단했고

6 시대와 현실의 경계를 넘는 문학 여행

더 이상 아무도 카바콘섬의 태양교단 입단자가 되지 않도록 경고했다. 채식주의를 표방하는 잡지인 《채식주의 전망대Vegetarische Warte》의 1906년 10월호에는 카바콘섬으로 여행을 가지 말라고 경고하는 글이 실렸다. 1909년부터 엥겔하르트는 독일보호령 뉴기니 지역을 방문한 관광객들의 구경거리가 되었다. 제1차 세계대전의 발발 후에 그는 잠시 독일 보호령 내의 다른 지역인 라바울Rabaul에 수용되었으나 곧 오스트레일리아군이 점령하고 있던 카바콘으로 돌아오게 된다. 그 후 그는 농장을 독일인 빌헬름 미로우Wilhelm Mirow에게 임대해주고, 주로 약용식물과 동종요법 연구에 몰두하였다. 그의 사망일은 1919년 5월 초일 것으로 추정된다. 시체가 발견된 것은 5월 6일이었다. 매장지는 알려지지 않았다. 오스트레일리아의 '독일재산몰수법'에 따라서 엥겔하르트의 남겨진 재산 6파운드는 1920년 5월 6일 자로 오스트레일리아에 귀속되었다.[5*]

　엥겔하르트의 삶은 20세기 초 유럽인들이 느꼈던 사회적, 문화적 위기의식을 대표적으로 보여준다. 독일제국이 해외 식민지를 통해서 경제적 이익을 취득하고 그와 더불어 국력을 확장하려

---

[*] 실존인물 엥겔하르트의 삶을 다룬 자료로는 Dieter Klein, "Engelhardt und Nolde: zurück ins Paradies", in Helmut Steeken(Hg.): *Lebensläufe aus dem Paradies der Wilden*(Oldenburg, 1997), 112~134쪽; Joachim Meißner, Dorothee Meyer-Kahrweg, Hans Darkowicz(Hg.), *Gelebte Utopien, Alternative Lebensentwürfe*(Frankfurt am Main, 2001) 등을 참조할 수 있다. 엥겔하르트의 대안적 삶에 대해서는 크라흐트뿐만 아니라 마르크 불(Marc Buhl)도 소설을 발표했다. Marc Buhl, *Das Paradies des August Engelhardt*(Frankfurt am Main, 2011) 참조.

는 가운데, 그러한 유럽식 팽창주의와 유럽문화에 피로와 염증을 느끼고 자연 속에서 인간 본연의 삶을 찾고자 하는 사람들이 증가하였다는 것은 잘 알려진 사실이다. 채식주의자이며 나체주의자인 엥겔하르트가 '유럽의 중심'으로부터 가장 멀리 떨어진 곳에서 자신의 이상향을 세우고자 꿈꾸었던 것도 우연이 아닌 것이다. 이들의 반제국주의적 지향전을 '제국'의 국가이념에 비추어 살펴보려는 크라흐트의 시도는 그래서 시대사적으로나 현대적 관점으로나 타당하고 흥미롭다. 독일제국의 식민지시대 과거사나 제3세계의 과거 상황에 대해서는 우베 팀을 비롯해서 몇몇 작가들이 탈식민주의적 입장에서 문학화하였지만 독일어권 문학에서 자주 접하게 되지는 않는 주제이다. 『제국』에서 크라흐트가 독일의 식민지 역사에 어떻게 접근하고 있는지 그의 방법을 살펴보자.

메타역사서술

엥겔하르트의 실제 삶에서 볼 수 있듯이 크라흐트는 『제국』에서 인물의 이름이나 지역명, 일어난 사건들의 많은 부분을 그대로 사용하고 있다. 그러나 이 소설은 실존인물의 전기라기보다는 작가가 역사적 사실을 소재로 사용해서 자유롭게 서술한 허구적 구성물로서의 성격이 더 강하다. 실존인물의 전기라면 역사적 고증이나 사실들의 진정성 확인이 중요하지만 허구성 강한 문학작품에서는 사실의 왜곡이 더 이상 문제되지 않는다. 주인공인 엥겔하르트는 물론이고 아우에켄스나 뤼초 같은 인물들, 독일령 뉴기니의 야심찬 사업가였던 엠마 포르사이트, 독일식민지의 총독 할 등을 위시해서 많은 실존인물들이 소설 속에 등장하지만 그들의 관계나 행동이 다르게 설정되어 있고, 부분적으로 사실과 일치하더라도 전체적으로는 하나의 다른 큰 이야기 안에 들어간 부분요소로 기능하고 있다. 소설은 총 3부로 구성되어 있고 1장부터 6장까지가 1부, 7, 8, 9장이 2부, 10장부터 15장까지가 3부에 해당된다. 2부가 시작되는 7장에 등장하는 하인리히 아우에켄스는 실제와 같이 헬골란트 출신의 채식주의자로서 엥겔하르트의 자연주의 철학에 감명을 받고 태양교단에 가입하지만 소설에서는 반유대주의자이자 동성애자로서 처음부터 엥겔하르트나 그의 조수인 원주민 소년 마켈리Makeli를 탐하다가 결국 야자수 숲 공터에서 마켈리를 강간하고 누군가에 의해 타살되는 것으로 그려진다. 실제의 아우에켄스는 카바콘에 온 지 6주 만에 죽었지만 사인은 알 수가 없었다. 크라흐트는 아우에켄스를 그의 소설 속에서 동성애자 강간범으로 만들었고, 아마도 엥겔하르트가 강간현장에서 야자열매로 그의 뒤통수를 가격하여 죽였으리라 추정되지만 생략법을 통해 살해과정을 "서사적 불확실성의 안개" 속에 묻어둔다.

엥겔하르트가 그 반유대주의자의 머리를 직접 코코야자열매로 쳤는지 아니면 아우에켄스가 어린 마켈리를 욕보인 그 야자수

숲에서 걸어다니다가 우연히 떨어지는 야자열매에 맞아죽었는지
또는 그 원주민소년의 손이 정당방위로 돌을 들어 올렸는지는 서
사적 불확실성의 안개 속으로 사라졌다.[6]

이와 같이 크라흐트는 소설에서 역사적 사실의 정확성에 기반
하려는 의도도, 그리한 주장도 드러내지 않으며 오히려 역사적
소재를 취하면서도 그 시대적 상황이나 한계를 자유롭게 벗어나
고 있음을 알 수 있다. 로빈 하우엔슈타인Robin Hauenstein은 그래서
이 소설을 "허구적 메타전기fiktionale Metabiographie"[7]라고 칭했다.
즉, 전기적 사실들을 침해하더라도 주제에 비중을 두는 문학이
라는 것이다. 주인공 엥겔하르트가 실제로는 1919년에 사망하지
만 소설에서는 1, 2차 세계대전이 다 지나간 후까지 생존해 있다
가 솔로몬군도의 콜롬방가라섬에서 미국 해군에 의해 발견된다
는 설정도 그 한 예이다. 미군의 돌봄 하에 엥겔하르트는 20세기
중반의 현대문명을 황홀한 눈으로 접하면서 손목시계를 선물 받
고 콜라를 마시고 햄버거도 먹는다. 채식주의자로서 오직 코코야
자열매만 먹겠다던 엥겔하르트가 소설의 전개 과정에서 자신의
손가락을 절단해 먹는 식인주의자로 바뀌고 반유대주의자가 되
는 인격적 변화도 허구적 장치일 뿐이다. 미군 중에서 독일 혈통
의 킨부트Kinnboot 하사가 그에게 관심을 보이면서 기사를 쓰겠다
고 질문하자 엥겔하르트는 오랫동안 사용하지 않았던 영어를 되
살려 그에게 제1차 세계대전 때까지 그가 겪은 일들에 대해 들려
준다. 이 인터뷰를 바탕으로 할리우드판 영화가 제작된다. 소설

의 첫 페이지를 그대로 재현한 영화의 시작 장면과 함께 소설은
첫 부분과 같은 언어로 끝난다.

> 카메라가 [증기우편선] 가까이로 다가간다. 경적소리, 배의 종
> 소리가 점심시간을 알린다. 검은 피부의 단역배우(영화에서 다시
> 등장하지는 않는다)가 가벼운 발걸음으로 살며시 갑판 위를 걸어다
> 니면서, 풍성한 아침식사를 마치고 곧 다시 잠들었던 승객들의 어
> 깨를 조심스럽게 건드려서 깨운다.[8]

엥겔하르트가 카바콘섬에서 이루려 한 이상주의 공동체는 독
일의 제국주의적 팽창 이데올로기의 몰락과 함께 무너지고 그의
몰락 이야기는 현대 매체사회에서 자본주의 물질문명을 대표하
는 상품들과 함께 소비되는 한 편의 영화가 된 것이다. 그리고 화
자는 "이것이 바로 제국이다dies ist nun das Imperium"[9]라고 말한다.
'제국'은 국가나 어느 개인의 이상이나 꿈이 될 수는 있어도 그
실현은 결코 보장되지 않는 허상일 뿐이며 그러한 이상에 매달릴
수록 몰락의 길로 들어설 수밖에 없음을 크라흐트는 소설의 주제
로서 표현하고 있다.

소설의 14장에는 엥겔하르트의 몰락뿐만 아니라 해적이 된 슬
뤼터나 사기꾼 고빈다라얀과 미텐츠바이, 총독이었던 알베르트
할, 그리고 남태평양의 여왕이었던 엠마 포르사이트에 이르기까
지 등장인물들의 최후가 언급되어 있다. 그들의 야욕이 무엇이었
든 간에 결국 모두 불행하거나 슬프고, 만족스럽지 못한, 적어도

그들이 꿈꿔왔던 것과는 다른 최후를 맞는다. 그렇게 볼 때, 『제국』은 몰락이야기인 것이다. 국가나 각 개인의 인생사를 통해서 크라흐트는 최후 몰락이라는 결말 지점에 서서 그 시작과 전개과정을 조망한다. '제국의 몰락'이 19세기부터 20세기 초까지의 독일 빌헬름제국뿐만 아니라 히틀러의 제3제국도 함의한다는 점은 이미 소설의 첫 부분에서 암시된다.

그래서 이제 한 사람의 독일인 이야기일 뿐이지만 대표적인 이야기를 하려 한다. 그는 낭만주의자이고, 이런 부류의 많은 사람들이 그러하듯이 예술가가 될 뻔한 사람이었다. 그리고 이 이야기 중에 이따금 나중의 독일인 낭만주의자이자 채식주의자인 사람—그자는 이젤을 놓고 그림이나 그렸다면 더 좋았을 테지만—과의 유사성이 의식된다면, 이것은 전적으로 의도된 일이며 의미에 맞는 것이며, 죄송하지만, 한마디로 연관성 있는 것이다. 다만 후자는 그때 아직 여드름투성이의 괴짜 소년이었고 아버지한테 무수히 뺨을 맞고 있었다. 그러나 기다려라. 그가 자란다, 그가 자란다.[10]

여기서 '나중의 독일인 낭만주의자이자 채식주의자'로 지칭된 사람이 히틀러를 의미한다는 것은 20세기 독일 역사를 아는 사람이라면 누구나 쉽게 추측할 수 있는 사실이다. 이와 같이 크라흐트는 가볍고 경쾌한 문체로 한 이상주의자의 삶을 이야기하면서도 독일 현대사의 전개과정에 대한 자신의 통찰을 무수한 풍자와 아이러니 기법으로 서술한다. 그는 엥겔하르트의 이야기와 함께 히틀러의 독재로까지 전개된 독일의 역사를 그 시작 부분부터 추적해보고자 한 것이다. 소설에서 반유대주의와 식민주의, 그리고 광기를 주제로 독일 역사의 과정이 비유적으로 그려지는 가운데 식민지 이데올로기와 그 실제 사이의 모순이 드러난다.[11] 태양교단의 유토피아 건설 계획은 무정부와 정신착란 상태에 빠지고, 독일에서 대책 없이 건너오는 일군의 태양교단 지원자들로 식민지의 중앙부가 무질서하고 불결해진다는 이유로 총독 할은 선장인 슬뤼터를 교사하여 엥겔하르트를 사살하도록 지시한다. 그러나 슬뤼터는 그를 차마 죽이지 못하고 도주하게 내버려둔다. 철학적 기반을 갖춘 엥겔하르트의 낙원이론은 식민지담론에서 말하는 문명 개념과 더불어 몰락하고 그 주창자들은 구경거리이자 웃음거리로 전락하고 만다. "예언자" 엥겔하르트가 동물원의 야수처럼 사람들의 구경거리가 되는 것,[12] 1차 세계대전의 발발로 인해 뉴기니 독일 식민지가 오스트레일리아의 공격으로 붕괴되고 점령당하는 상황[13]과 더불어 독일 빌헬름 제국의 팽창정책에 따른 열대식민지 개척 역시 경제적, 정치적, 세계사적으로 언급할 만한 가치도 없는 일로 드러난다는 역사비판을 작가는 함축적이고도 아이러니하게 그려냈다.[14]

문명으로부터 야만 상태로의 역행은 반유대주의자들을 경멸했던 엥겔하르트가 다른 독일인들처럼 점차 반유대주의자로 바뀌는 것[15]과 함께 채식주의자에서 식인주의자로 바뀌는 데서 무엇보다 잘 드러난다. 신대륙의 발견 이후로 식인주의 담론은 비유럽문화권의 야만성을 입증하는 단적인 증거로 사용되었다. 독일보호령 뉴기니 역시 식인 풍습이 만연한 지역으로 알려져 있었고 소설의 주요장소로 등장하는 식민지 행정중심지 헤르베르츠회에나 라바울도 식인풍습이 있었던 지역이었다.[16]

소설의 7장에는 엥겔하르트의 집에 세워진 귀가 잘려 나간 조각상이 나온다.[17] 오래전에 한 가톨릭 선교사가 원주민들의 우상숭배를 근절하고 가톨릭 신앙을 심어줄 생각으로 그들의 우상을 도끼로 훼손하는 일을 저지르는데 그 대가로 그는 도끼로 처형을 당하고 원주민들의 식인풍습에 따라 요리되어 상 위에 오른다. 그때 추장은 손상당한 우상의 귀에 대한 되갚음으로 그의 귀만 후식으로 먹겠다 했다고 한다. 바로 그러한 조각상을 엥겔하르트가 향기로운 백단향으로 만든 함 위에 모셔다 놓고 집 안의 모든 공간에 그 시선이 향하게 한다는 것은 그도 식인풍습을 의식하고 있다는 것이며 이는 장차 일어날 일의 복선이기도 하다. 시간이 흐름에 따라 그는 자신의 엄지손가락을 빨면서 혼자만의 세계에 잠기는 버릇을 보이기도 한다. 그러다가 그의 정신이 와해되고 착란에 빠지면서 그 손가락을 잘라서 먹는 지경에까지 이른다. 소설의 마지막 장에서 그가 미군에 의해 발견되었을 때에도 엄지손가락 두 개가 없는 상태였다.[18] 13장의 독백을 통해 식인주의에 대한 그의 신조가 천명된다.

코코야자열매가 인간의 본원적 식량이 아니라 인간 자체가 그것이다. 황금시대의 원시인간은 다른 사람들을 먹고 살았다. 고로

신과 동등한 자가 되는 것이다. 자기 자신으로부터 엘리시온으로 돌아가는 자가 […].[19]

고기를 먹지 않을 뿐만 아니라 일체의 식품 대신에 코코야자 열매만 먹으면 온전한 영양분을 섭취할 수 있다고 믿는 채식주의자에서 식인이야말로 사람이 신과 동등한 자격을 얻게 되어 엘리시온, 즉 축복받은 사후세계로 돌아갈 수 있는 방법이라고 극단적으로 신념을 바꾸는 엥겔하르트의 변화에서나, 골치 아픈 문제거리를 살인교사로 해결하려는 할 총독의 일처리에서도 확인되듯이 독일 제국의 지배 이데올로기와 실제 사이의 간극을 크라흐트는 냉소적으로 드러내고 있다. 그러므로 소설『제국』의 역사기술은 제국주의 시대의 식민지담론의 언어를 빌려 그 언어의 모순을 폭로하는 포스트모던, 탈식민주의적 메타역사서술이라고 칭할 수 있다. 단순한 사건들이나 개인의 이야기에서도 역사적이거나 역사기술적인 담론을 연결하는 메타픽션이 크라흐트의 문학에서 잘 활용되는데『제국』은 그러한 포스트모던 내러티브의 한 예가 된다.

19세기 리얼리즘 문체의 패러디와 메타내러티브

제3세계에서의 여행체험을 다룬 1970년대 이후의 문학작품들은 대부분 탈식민주의적 관점을 취하고 있다. 전지적, 제왕적 시점에서 서술되는 식민지여행기나 식민지소설들에서와 달리 탈식민주의적 글에서는 글쓴이의 경험지평이 제한되어 있다는 점과 서술자로서 잘못 보고 들었거나 생각했을 착오가능성에 대한 인정, 그리고 불안정하고 불편한 입장 등이 서술의 측면에서 나타난다. 그러한 경향에 비해서 크라흐트의 『제국』은 제한된 초점에 맞추지 않은 전지적 서술시점을 취하고 있어 식민지소설처럼 보이기도 한다. 인종차별적 세계관에 기초한 소설이라고 디에츠가 혹평한 것도 이러한 서술태도와 연관이 있어 보인다. 『제국』의 문체 역시 19세기 독일제국 시대의 문체와 유사하다. 대단히 쾌활하고 어느 정도의 거리를 취하면서 반어적인 어조로, 그러나 결코 단조롭지 않게 서술하는 방식이어서, 폰타네나 토마스 만의 서술체에 가깝다는 평을 듣곤 한다.[20] 그러나 화자의 서술언어를 자세히 살펴보면 여러 곳에서 스스로 질문을 제기하기도 하고 모든 것을 다 아는 것은 아니라고 고백하기도 한다. 앞에서 보았던 대로 아우에켄스의 사인을 "서사적 불확실성의 안개"에 묻어둔다거나 2장에서 고빈다라얀이 엥겔하르트를 성유함으로 유인하는 장면에서도 그러하다.

> 고빈다라얀은 지팡이로 (그가 아까도 지팡이를 갖고 있었던가?) 사원 방향을 가리켰다. 그리고 이제 그들은 성유함 쪽으로 가는 계단을 오르기 시작했다.[21]

괄호에 넣은 화자의 자문과 같이 서사의 진행에 독자가 몰입하는 것을 방해하는 메타내러티브와 진지한 사실주의적 표현들을 반어적으로 흉내 내는 패스티시 기법, 철학적, 종교적 담론의 전개, 또는 소설의 시작부터 마지막 장면에 이르기까지 군데군데에서 확인하게 되는 영화촬영법과 같은 메타픽션 기법은 이 소설의 포스트모던 내러티브를 특징적으로 보여준다.[22]

소설의 시작부와 영화 속의 장면으로 그려지는 결말부를 비교해보면, 이는 동일한 장면의 반복으로 언어적으로도 거의 동일하게 서술되고 있지만, 시작부에서의 "말레시아 보이malayischer Boy"[23]라는 표현이 결말부에서는 "검은 피부의 단역배우dunkelhäutiger Statist"[24]로 바뀌어 있음을 알 수 있다. '보이'란 말은 독일의 식민지에서나 공식적인 식민지 담론에서도 통상 사용되었던 용어로서 백인들이 아프리카인이나 피부가 검은 직원을 연령에 무관하게 지칭하던 말이었다.[25] 식민지의 지배자인 백인들은 정신적으로 우세한 아버지 격이고 피지배자인 식민지 원주민들은 아직 발전 단계의 아동기에 처해 있다는 전형적인 식민주의사관이 반영된 말이다. 『제국』의 화자는 그와 같이 식민주의적 관점이 배어 있는 표현들을 종종 사용한다. "젖가슴을 드러낸 짙은 갈색 피부의 니그로 소녀들",[26] 사모아계 혼혈인인 엠마 포르사이트를 지칭한 "튀기Halbblut",[27] 북을 치고 피리를 부는 톨라이족의 음악을 "원시적"[28]이라고 표현하는 등 그 예를 많이 찾을 수 있다. 동성애자인 아우에켄스를 "남색가Sodomit"[29]로 부르며 동성애를 혐오스럽게 보는 것 역시 (극)우파적인 세계관의 반영이다. 이러한 식민주의적, 극우파적 언어의 사용은 디에츠의 비판에서 볼 수 있었듯이 『제국』을 통해 드러난 크라흐트의 사상이 극우파적이고 인종차별적이지 않은가 하는 의심을 갖게도 한다. 그렇지만 이미 여러 비평가들이 말했듯이 소설에서 누가 그런 말을 하는가, 누구의 생각인가 하는 근본질문을 제기할 때 화자의 존재에 주목하지 않을 수 없다. 인종차별주의와 식민주의에 근거한 언어를 사용하는 주체는 작가인 크라흐트가 아니라 소설의 화자인 것이다. 크라흐트는 독일 식민지시대의 역사를 문학화하면서 화자의 언술도 그 시대와 그 시대의 이데올로기에 맞추어 구성하는 방법을 택한 것으로 보인다. 소설에서 아우에켄스나 다른 등장인물들의 반유대주의적 언술도 작가인 크라흐트의 생각을 대변한 것이 아니라 인물들의 언술Figurenrede을 빌헬름제국시대나 제3제국시대의 사상과 이념에 맞춘 것이라는 점을 간과하지 말아야 한다. 그렇기 때문에 소설의 결말부에서 엥겔하르트의 이야기가 영화로 다시 전개되면서 "보이"와 같은 식민주의 용어가 "단역배우"라는 영화촬영 용어로 바뀌는 것이다. 그럼으로써 소설 전체에 역사소설이 아니라 역사를 소재로 한 메타픽션으로서의 성격을 더 확실하게 부여하게 된다. 로빈 하우엔슈타인이 주장하듯이, 소설의 서사 구성 방법은 우파적 사고의 전달이 아니라 식민주의나 반유대주의적 담론들을 비판적이고 반어적으로 인용하는 데 초점이 맞추어져 있다.[30]

독일의 식민지시대와 제3제국시대의 언어를 구사하는 주체가 화자이지만 그의 서사는 식민주의나 극우파라는 일정한 정치적 이념이나 문화적 가치관만을 대변한다고 볼 수 없는 다중적 관점

6 시대와 현실의 경계를 넘는 문학 여행

을 보인다. 소설의 14장 서두에서 화자는 세르비아계 학생인 가브릴로 프린칩Gavrilo Princip이 사라예보에서 오스트리아-헝가리 제국의 왕위 계승자인 프란츠 페르디난트와 그의 부인인 조피를 암살함으로써 제1차 세계대전이 발발하게 된 경위와 그 이후의 전쟁 상황을 현재시제로 보고하면서 만약 그런 사건이 생기지 않아서 역사가 다르게 흘러갔다면 제3제국과 홀로코스트도 없었을 것이라는 가정을 펼친다.

> 그랬다면 불과 몇십 년이 지나지 않아서 내 조부모가 함부르크의 모어바이데 공원에서 잰 걸음걸이로 걸어가지는 않았을 것이다. 짐 가방을 든 남자와 여자, 어린아이들이 담토어역에서 기차에 실려, 마치 그들이 이제 벌써 그림자인 것처럼, 이제 벌써 재의 연기가 되어버린 것처럼, 동쪽으로, 제국의 변방으로 보내지는 장면을 조부모가 거기서 전혀 보지 못했다는 듯이 말이다.[31]

여기서 독자는 화자가 독일인이리라고 추측할 수 있으며, 그의 조부모가 제3제국 시절에 유대인들을 비롯한 많은 사람들이 제국의 동쪽 끝에 위치한 강제수용소로 이송되는 현장을 함부르크역 근처에서 목도하게 되는 미래의 어느 시점에 대해 가정법 문장으로 서술하고 있음을 알 수 있다. 강제수용소 이송 열차와 그 기차를 타야 하는 사람들을 보고도 못 본 척해야 하는 조부모의 심경에 대한 화자의 관점은 그가 나치의 정치이념이나 홀로코스트 정책에 동조하는 사람은 아니라는 점을 독자에게 전한다.

제3제국의 도래에 대해서는 4장에서 엥겔하르트가 독일 여행을 하던 중 들른 뮌헨의 오데온 광장의 용장기념관을 보는 장면에서도 언급된다.

펠트헤른할레, 저 피렌체의 건축을 본딴 용장기념관은, 눈길을 줄 가치조차 없는 것인데 경고하듯 서 있다. 그래 뮌헨의 화려한 여름 햇빛 아래서 마치 기회를 노리고 있는 듯하다. 단지 몇 년만 기다리면, 그러면 드디어 거대한 어둠의 극장에서 주역을 맡아서 연기할 그들의 때가 오리라. 그때에는 인도의 태양십자가가 그려진 깃발이 인상적으로 나부끼는 가운데 키 작은 채식주의자가 코 밑에 우스꽝스러운 칫솔수염을 달고 서너 개의 계단을 밟고 무대로 오르는 것이다. […] 아, 그들이 에올리아 단조로 암울하게 독일인들의 죽음 심포니를 시작할 때까지, 우리는 그냥 기다리기로 하자. 해골과 배설물, 연기와 같은 예상 가능한 잔혹이 뒤따르지 않는다면, 그 극을 보는 일은 희극적이리라.[32]

소설의 1장에서 화자는 이미 엥겔하르트의 이야기가 앞으로 다가올 히틀러 시대의 이야기와 유사한 병행서술Paralellerzählung이 될 것이라고 알렸는데 4장에서 엥겔하르트의 행보가 곧 다가올 히틀러시대에 대한 하나의 사전이야기임을 더욱 확실하게 지시한다. 화자는 이같이 일견 19세기적 화법과 서사의 언어를 취하고 있으며 시대관점이 20세기 초나 제3제국 시대의 경계 내에 머물러 있는 듯하면서도 다른 한편으로는 중의적이거나 다관점적인 서사를 진행하고 있다. 그의 언어는 일차적으로 가볍고 경쾌하지만 때때로 위 인용문에서 보듯이 "어둠의 극장"이나 "죽음심포니"와 같이 독일 역사의 어둡고 잔혹한 면들을 들춰낸다. 이렇게 희비극적인 방식으로 크라흐트의 서사는 다관점적이고 다층적인 구조를 갖는 포스트모던 메타내러티브로서의 특징을 보여준다. 화자 스스로도 서술관점의 그러한 다양성을 의식적으로 언급한다.

우리의 친구가 카바콘섬을 소유하게 된 것은, 어떤 입장에서 그 시나리오를 보느냐, 보는 사람이 실제 누구인가에 따라서 완전히 다르게 보일 수 있는 문제였다. 그런데 현실을 이렇게 다양한 조각으로 부수는 것은 엥겔하르트의 이야기가 발생한 저 시대의 주요 특징 중 하나였다. 즉, 현대가 시작되었고, 작가들은 갑자기 파편화된 문장들을 썼다.[33]

화자는 현대적 문학언어의 파편화를 언급하면서, 엥겔하르트의 이야기가 제국시대의 식민지 이야기로서 19세기라는 근대의 시간에 묶여 있지는 않다는 점을 말한다. 소설의 메타픽션적 메타내러티브를 보여주는 또 하나의 대목이다.

상호텍스트적 내러티브

포스트모던 내러티브와 연관하여『제국』에서 빈번하게 발견되는 특징으로 문학사적 상호텍스트성을 들 수 있다. 독일 문학을 즐겨 읽는 독자라면 이 소설에서 아주 많은 문학사적 인물이나 작가들에 대한 암시를 발견할 수 있다. 그러나 그렇지 못한 독자라 하더라도 소설의 이해에는 별 어려움을 느끼지 못할 것이다. 희귀한 소재에다가 경쾌하고 다소 수다스러우며 아름답기도 한 많은 표현들 자체로 독자들은 소설을 읽는 즐거움을 느끼게 될 것이다. 물론 작가가 의도적으로 기호화해서 사용하거나 유희적으로 암시하는 의미를 제대로 파악한다면 텍스트의 이해지평을 더욱 넓히고 심화시킬 수 있는 것은 사실이다.

『제국』의 출간 직후에 작가의 저술의도를 옹호했던 에르하르트 쉬츠Erhard Schütz는, 디에츠의 주장을 전면 거부하면서『제국』에 대한 자신의 높은 평가를 서술기법과 상호텍스트성에 근거하여 설명하였다. 그는 특히『제국』의 화자가 토마스 만의『마의 산Der Zauberberg』의 화자를 모델로 하여 일어나는 사건들에 대해 전지적 관점에서 서술하고 있고, 이외에도 이 작품이 카프카나 헤세, 특히 토마스 만을 작품 안에서 유희적으로 간접 인용한다는 점에 주목하였다. 쉬츠는 또한 소설 속의 등장인물인 슬뤼터와 판도라Pandora, 아피라나Apirana, 노벰버November는 프랑스의 만화가 프랑크 르 갈Frank Le Gall의 "테오도르 푸셀 시리즈Theodor Pussel" 중『슈틴 선장의 비밀Das Geheimnis des Kapitän Stien』에서 차용

했다고 보았다. 요컨대,『제국』은 역사적으로 실재했거나 상호텍스트적으로 연관되는 인물이나 사건들의 시간과 장소를 자유자재로 교체하면서 더 폭넓고 다양한, 그 자체로 완결된 하나의 세계를 창조했다는 것이 쉬츠의 견해이다. 크라흐트가 20세기 초 독일의 식민지시대를 소설의 무대로 설정한 것은 독일의 죄 문제를 다루기 위해서라기보다는 오히려 역사적 사실들을 사용하면서도 해방적이고 유희적인 자신의 사유와 미학을 형상화하기 위해서라고 쉬츠는 역설한다.[34]

화자의 서술방법뿐 아니라, 작가나 음악가, 문학 속 인물들이 명시적으로나 암시적으로 소설에 등장한다. 4장에서 동프로이센의 메멜로 여행을 간 엥겔하르트가 해변에서 만난《짐플리치시무스Simplicissimus》잡지의 젊은 편집자이며, 어느 수학자의 딸을 약혼녀로 대동한 "콧수염 아래 입가에 가벼운 조소를 띠고"[35] 있는 그 남자는 토마스 만을 암시한다는 것을 쉽게 추측할 수 있다. 동성애를 다룬 7장에서 아우에켄스가 지난해 8월, 독일의 헬골란트에 있는 어느 찻집에서 만나 욕정을 느꼈던 "귀가 쫑긋하고 눈동자가 검고 어두우며 특이할 정도로 얼굴이 창백해서 도저히 그 지역에 어울려 보이지 않는"[36] 젊은이는 카프카로 해석될 수 있다. 13장에는 독일의 화가 놀데와 페히슈타인이 라바울로 온다. 놀데는 카바콘섬으로 와서 엥겔하르트를 만나고 그의 초상화를 그린다. 여기서 놀데는 반유대주의자이고 페히슈타인이나 바를라흐, 키르히너, 베버와 같은 화가들을 비방해서 출세의 길을 열어가는 파렴치한 화가로 묘사된다.[37] 이와 같이 문학사 및 예술사의 많은 인물들과 그들에 관한 정보들이 때로는 실제의 사정에 맞게, 때로는 전이된 이미지와 기호로서 차용되어 있다. 이러한 서술기법은 포스트모던 내러티브의 패스티시적 특징이다.

『제국』에서 엥겔하르트의 몰락을 '야만으로의 역행'으로 보는 하우엔슈타인은 조지프 콘래드Joseph Conrad의 식민지소설『어둠의 속Heart of Darkness』과의 상호텍스트 관계를 분석하였다.[38] 엥겔하르트는 엠마 포르사이트로부터, 카바콘섬 농장의 이전 주인이 광기에 빠져서 자신과 가족, 흑인 노동자들에게 역청을 퍼붓고 모두 불살라 죽였다는 이야기를 듣게 되는데,[39] 이같이 식민지에서 일종의 열대성 정신병에 걸려서 모두를 죽이는 일이 콘래드의 소설에서 쿠르츠Kurtz의 보고를 통해 나온다. 이로써 열대지역을 떠도는 풍토병과도 같은 신경증에 걸려 결국 스스로 해체되고 마는 엥겔하르트의 운명이 상호텍스트적인 의미망 속에서 암시되는 것이다. 그것은 식민지를 정복한 문명인들이 야만 상태로 떨어져서 몰락함을 예고하는 것이기도 하다. 그래서 카바콘섬에 입성하는 엥겔하르트의 감격적인 순간을 "엥겔하르트는 앞에 놓인 해변을 향해 결정적인 한 걸음을 내디뎠다—실제로 그것은 가장 잘 선별된 야만 속으로 한걸음 역행하는 것이다"[40]라고 역설적으로 묘사한다.

6 시대와 현실의 경계를 넘는 문학 여행

크라흐트의 소설미학과 현실인식

메타역사서술과 메타픽션, 상호텍스트적 메타내러티브의 관점에서 살펴본 소설『제국』에서 '제국'이 의미하는 대상이나 내용을 한 가지로 구체화하기는 힘들다. '제국'은 독일 빌헬름제국의 식민지일 수도 있고, 엥겔하르트가 꿈꾸었던 태양과 코코야자열매를 숭배하는 이상적인 낙원일 수도 있으며, 히틀러의 잔혹한 제국이거나, 소설의 마지막 장에서 보여주는 바대로, 2차 대전이 끝나고 미군에 의해 남태평양섬의 어느 땅굴에서 발견된 엥겔하르트가 바깥세상으로 나와서 만나게 되는 현대 자본주의 물질문명의 제국일 수도 있다. 그러나 그 어떤 제국이라도 영원불멸하거나 완전할 수 없음을 소설은 말하고 있다. 카바콘에서 완전무결한 이상적인 유토피아의 건설을 꿈꾸었던 엥겔하르트 자신이 그 사실을 잘 알게 된다. 13장에서 총독 할의 교사로 그를 죽이려고 왔으나 그 사실을 직접 털어놓으며 살해를 포기하는 슬뤼터를 보면서 그는 자신이 세우려는 제국에의 꿈과 자기 자신의 몰락을 인식한다. 그가 건설하고자 한 "신비의 제국은 결코 카바콘이 아니라 무한대로 펼쳐지며 회전하고 있는 그의 꿈의 양탄자라는 사실을."[41] 인간의 꿈은 욕망의 크기에 따라 무한할 수 있지만 꿈의 완전한 실현은 불가능하다는 인식이『제국』의 기저에 깔려 있다. 삶은 완성될 수 없다는 인식은 죽음의 필연성과 직결된다. 인간은 무가치하고 무의미하며 결국 우주 속에서 작고 작은 티끌 같은 존재이고, "그의 운명은 나타났다가 다시 사라지는 것"[42]이라

는 엥겔하르트의 인식은 소설의 등장인물들 중에서 남태평양의
섬들을 떠도는 초라한 선장 슬뤼터가 느끼는 삶과 죽음에 대한
직관과도 일맥상통한다.

> 그는 자신이 한 인간으로서는 하나의 완전체이지만, 전체 속에
> 서는 세계인지의 가장 바깥 가장자리에서 수백만 년의 세월을 거
> 치면서 덧없는 모래알로 마모되는 한 조각의 작은 산호보다도 더
> 허망한 존재라는 것을 깨닫는다.[43]

슬뤼터는 죽음에 대한 인식만큼, 삶에 대해서도 분명한 인식
에 이른다. 즉, 누구나 죽어야 할 운명을 타고났지만, 인간이 죽음
에 이를 때까지 계속되는 현재는 음험하고 불가해하며, "통제불
가능한 가스처럼 현존재의 모든 방향으로"[44] 흘러 다닌다는 것
을 그는 알고 경험한다. 삶과 현재라는 시간에 대한 슬뤼터의 이
러한 인식은 작가 크라흐트의 현실인식을 대변한다. 데뷔작인
『파저란트Faserland』(1995) 이후 거의 모든 작품들에는 삶에 대한
짙은 허무가 드리워져 있고, 주인공이나 주요인물들이 몰락해가
는 과정이 그려진다. 자신의 '제국'에서 인류 구원의 가능성을 찾
고자 했던 엥겔하르트의 경우도 마찬가지이다. 현재의 시간이 불
가해하고 통제불가능한 것일수록 인간은 현재 속에서 몰락하고
죽음도 그에게 구원이 되지 못한다. 슈테판 헤르메스Stefan Hermes
가 말했듯이 문학을 통한 문화의 재활에 그다지 관심을 두지 않
는 크라흐트는 "섬세한 아이러니로써, 그러나 또한 당황스러운

방법으로"[45] 세계의 피할 수 없는 몰락을 이야기한다. 이 같은 허무주의 세계관이 도덕적으로 불쾌할 수 있다 하더라도 식민주의적 세계관과는 무관한 것임은 분명하다는 점을 소설『제국』에서 다시 확인하게 된다. 제목부터 오해를 불러일으킬 소지가 있지만 소설을 제대로 읽어보면 식민주의적 세계관과는 아주 거리가 먼 작품이라는 것을 알게 되기 때문이다. 몰락을 향해 가는 유한한 인간의 삶이 현재로 지속되는 시간 속에서 이상을 향해 노력하는 모습과 그러한 개인의 노력이 자신 안에서 또는 공동체나 국가와 같은 조직 사회 안에서 부침하면서 상호 모순을 일으키다가 무의미하게 사라져가는 과정을 작가 특유의 유머러스한 문체와 포스트모던한 내러티브로 그려낸 것이다.

크라흐트는 과거 독일제국 시대로의 시간여행을 통해 제국주의적 영토팽창 의지와 이에 부응한 개인들의 욕망이 명멸하는 모습을 다양하게 보여주면서 삶에 대한 그의 통찰적 인식으로 독자를 이끈다. 그와 더불어 우리는 현재의 삶과 그 심연을 더 깊이, 진지하게 들여다보지 않을 수 없다.

미주 및 참고문헌

이 책에 수록된 글들은 저자의 아래 논문들을 수정·보완한 것이다.

「여행문학의 텍스트 전략—괴테의 이탈리아 여행의 이중 문학화」, 《인문과학연구》,
    34(2016), 93~117쪽.

「작가의 여행과 글쓰기—루 안드레아스-살로메와 라이너 마리아 릴케의 러시아
    여행(1900)」, 《브레히트와 현대연극》, 34(2016), 205~230쪽.

「여행문학텍스트로서 카프카의 여행일기—시각적 지각방식과 문학적 의미화를
    중심으로」, 《브레히트와 현대연극》, 46(2022), 151~172쪽.

「상호문화적 관점에서 본 헤르만 헤세의 인도 여행」, 《코기토》, 67(2010), 169~192쪽.

「독일 68세대 삶의 양식으로서 여행—베른바르트 페스퍼와 롤프 디터 브링크만의
    여행문학 연구」, 《브레히트와 현대연극》, 36(2017), 199~218쪽.

「20세기 초반 독일과 프랑스 간의 문화교류—여행자 교류와 여행산문을 중심으로」,
    《헤세연구》, 30(2013), 225~242쪽.

「1990년대 독일 신세대 문학과 베를린—유디트 헤르만의 소설문학을 중심으로」,
    《브레히트와 현대연극》, 40(2019), 213~234쪽.

「귀환으로서의 여행: 바바라 호니히만의 여행기『천상의 빛. 뉴욕으로의 귀환』」,
    《브레히트와 현대연극》, 44(2021), 173~195쪽.

「율리아 쇼흐의『불도마뱀의 몸』에 나타난 경계들과 경계 넘기」, 《브레히트와 현대연극》,
    42(2020), 111~135쪽.

「독일 식민지 역사에 대한 포스트모던 내러티브—크리스티안 크라흐트의 소설『제국』의
    서사기법」, 《브레히트와 현대연극》, 37(2017), 141~165쪽.

1 독일어권 여행문학

1 신혜양, 「여행문학의 텍스트 전략—괴테의 이탈리아 여행의 이중 문학화」, 《인문과학연구》, 34(2016), 93~94쪽 참조.

2 Robert Prutz, "Über Reisen und Reisebeschreibungen", in B. Hüppauf(Hg.): *Schriften zur Literatur und Poetik*(Tübingen, 1973), 34~36쪽 참조.

3 Peter J. Brenner, *Der Reisebericht in der deutschen Literatur. Ein Forschungsüberblick als Vorstudie zu einer Gattungsgeschichte*(Tübingen, 1990), 276쪽 참조.

4 신혜양, 「여행문학 텍스트로서 카프카의 여행일기」, 《브레히트와 현대연극》, 46(2022), 152~153쪽 참조.

5 Christophe Bourquin, *Schreiben über Reisen. Zur ars itineraria von Urs Widmer im Kontext der europäischen Reiseliteratur*(Würzburg, 2006), 17쪽 참조.

6 신혜양, 「여행문학 텍스트로서 카프카의 여행일기」, 153쪽 참조.

7 신혜양, 「여행문학의 텍스트 전략—괴테의 이탈리아 여행의 이중 문학화」, 104~106쪽 참조.

8 Peter J. Brenner, "Die Erfahrung der Fremde", in Ders.(Hg.): *Der Reisebericht. Die Entwicklung einer Gattung in der deutschen Literatur*(Frankfurt am Main, 1989), 9쪽 참조.

9 Peter J. Brenner, *Der Reisebericht in der deutschen Literatur*, a.a.O., 275쪽 참조.

10 Christophe Bourquin, a.a.O., 23쪽 참조.

11 Manfred Link, *Der Reisebericht als literarische Kunstform von Goethe bis Heine*(Köln, 1963), 7쪽 참조.

12 신혜양, 「여행문학 텍스트로서 카프카의 여행일기」, 155쪽 참조.

13 Urs Widmer, *Das Normale und die Sehnsucht. Essays und Geschichten*(Zürich, 1972), 11쪽.

14 신혜양, 「여행문학 텍스트로서 카프카의 여행일기」, 156쪽 참조.

15 Ansgar Nünning, "Zur mehrfachen Präfiguration/Prämediation der Wirklichkeitsdarstellung im Reisebericht: Grundzüge einer narratologischen Theorie, Typologie und Poetik der Reiseliteratur", in Marion Gymnich u. a.(Hg.): *Points of Arrival: Travels in Time, Space, and Self*(Tübingen, 2008), 12쪽.

16 이 세 단계론에서 뉘닝은 프랑스의 폴 리쾨르(Paul Ricœur)의 세 단계 모방모델을 수용하고 있다: Paul Ricœur, *Time and Narrative*, Bd. 1(Chicago/London, 1988[french orig.: *Temps et récit*, Paris: Seuil 1983]) 참조.

17 Ansgar Nünning, a.a.O., 14~15쪽 참조.

18 Manfred Pfister, "Intertextuelles Reisen, oder: Der Reisebericht als Intertext",
    in Herbert Foltinek u. a.(Hg.): *Tales and 'their telling difference'. Zur Theorie und
    Geschichte der Narrativik*(Heidelberg, 1993), 112~126쪽 참조.

19 Ansgar Nünning, a.a.O., 17쪽 참조.

20 같은 책, 18~19쪽 참조.

21 Karlheinz Stierle, "Geschehen, Geschichte, Text der Geschichte", in *Text als
    Handlung*(München, 1975).

22 Wolf Schmid, *Elemente der Narratologie*(Berlin/New York, 2005) 참조.

23 Ansgar Nünning, a.a.O., 20쪽 참조.

24 같은 책, 21쪽 참조.

25 같은 책, 25쪽 참조.

26 같은 곳 참조.

27 같은 책, 27쪽 참조.

28 같은 책, 28쪽 참조.

29 Hanns-Josef Ortheil, "Schreiben und Reisen, Wie Schriftsteller vom
    Unterwegs-Sein erzählen", in Burkhard Moenninghoff u. a.(Hg.): *Literatur und
    Reisen*(Hildesheim, 2013), 7쪽 참조.

30 신혜양, 「작가의 여행과 글쓰기—루 안드레아스-살로메와 라이너 마리아 릴케의
    러시아 여행 (1900)」,《브레히트와 현대연극》, 34(2016), 208~213쪽 참조.

31 Hanns-Josef Ortheil, a.a.O., 10쪽.

32 같은 책, 19쪽 참조.

33 같은 책, 21쪽 참조.

34 같은 책, 12쪽.

35 같은 곳 참조.

36 Ernest Hemingway, *Gefährlicher Sommer*(Deutsch von Werner Schmitz)(Reinbek
    bei Hamburg, 2010), 38~39쪽 참조.

37 Hanns-Josef Ortheil, a.a.O., 17쪽 참조.

38 같은 곳.

39 Joseph von Eichendorff, *Aus dem Leben eines Taugenichts*, hrsg. v. Hartwig
    Schulz(Stuttgart, 2011), 28쪽.

40 Wolfgang Asholt, "Reiseliteratur und Fiktion", in Wolfgang Asholt/Claude
    Lorey(Hg.): *Die Blicke der Anderen. Paris-Berlin-Moskau*(Bielefeld, 2006),
    79~80쪽 참조.

41 같은 책, 81쪽 참조.

42　같은 책, 82쪽 참조.

43　Ottmar Ette, *Literatur in Bewegung. Raum und Dynamik grenzüberschreitenden Schreibens in Europa und Amerika*(Weilerswist, 2001), 45쪽 참조.

44　같은 책, 46~48쪽 참조.

45　Wolfgang Iser, *Das Fiktive und das Imaginäre. Perspektiven literarischer Anthropologie*(Frankfurt am Main, 1991), 47쪽 참조.

참고문헌

신혜양,「여행문학 텍스트로서 카프카의 여행일기」,《브레히트와 현대연극》, 46(2022), 151~172쪽.

———,「여행문학의 텍스트 전략―괴테의 이탈리아 여행의 이중 문학화」,《인문과학연구》, 34(2016), 93~117쪽.

———,「작가의 여행과 글쓰기―루 안드레아스-살로메와 라이너 마리아 릴케의 러시아 여행 (1900)」,《브레히트와 현대연극》, 34(2016), 205~230쪽.

Asholt, Wolfgang, "Reiseliteratur und Fiktion", in Asholt, Wolfgang/Lorey, Claude (Hg.): *Die Blicke der Anderen. Paris-Berlin-Moskau*, Bielefeld, 2006, 79~99쪽.

Bourquin, Christophe, *Schreiben über Reisen. Zur ars itineraria von Urs Widmer im Kontext der europäischen Reiseliteratur*, Würzburg, 2006.

Brenner, Peter J., *Der Reisebericht in der deutschen Literatur. Ein Forschungsüberblick als Vorstudie zu einer Gattungsgeschichte*, Tübingen, 1990.

———, "Die Erfahrung der Fremde", in Ders.(Hg.): *Der Reisebericht. Die Entwicklung einer Gattung in der deutschen Literatur*, Frankfurt am Main, 1989, 14~49쪽.

Eichendorff, Joseph von, *Aus dem Leben eines Taugenichts*, hrsg. v. Schulz, Hartwig, Stuttgart, 2011.

Ette, Ottmar, *Literatur in Bewegung. Raum und Dynamik grenzüberschreitenden Schreibens in Europa und Amerika*, Weilerswist, 2001.

Hemingway, Ernest, *Gefährlicher Sommer*(Deutsch von Schmitz, Werner), Reinbek bei Hamburg, 2010.

Genette, Gérard, *Fiction et Diction*, Paris, 1991.

Iser, Wolfgang, *Das Fiktive und das Imaginäre. Perspektiven literarischer Anthropologie*, Frankfurt am Main, 1991.

Link, Manfred, *Der Reisebericht als literarische Kunstform von Goethe bis Heine*, Köln, 1963.

Nünning, Ansga, "Zur mehrfachen Präfiguration/Prämediation der Wirklichkeitsdarstellung im Reisebericht: Grundzüge einer narratologischen Theorie, Typologie und Poetik der Reiseliteratur", in Gymnich, Marion u. a.(Hg.): *Points of Arrival: Travels in Time, Space, and Self*, Tübingen, 2008, 11~32쪽.

Ricœur, Paul, *Time and Narrative*, Bd. 1, Chicago/London, 1988,[french orig.: *Temps et récit*, Paris: Seuil 1983].

Pfister, Manfred, "Intertextuelles Reisen, oder: Der Reisebericht als Intertext", in Foltinek, Herbert u. a.(Hg.): *Tales and 'their telling difference'. Zur Theorie und Geschichte der Narrativik*, Heidelberg, 1993, 109~132쪽.

Ortheil, Hanns-Josef, "Schreiben und Reisen, Wie Schriftsteller vom Unterwegs-Sein erzählen", in Moenninghoff, Burkhard u. a.(Hg.): *Literatur und Reisen*, Hildesheim, 2013, 7~31쪽.

Prutz, Robert, "Über Reisen und Reisebeschreibungen", in B. Hüppauf(Hg.): *Schriften zur Literatur und Poetik*, Tübingen, 1973, 34~46쪽.

Schmid, Wolf, *Elemente der Narratologie*, Berlin/New York, 2005.

Stierle, Karlheinz, "Geschehen, Geschichte, Text der Geschichte", in *Text als Handlung*, München, 1975.

Widmer, Urs, *Das Normale und die Sehnsucht. Essays und Geschichten*, Zürich, 1972.

2 자아형성과 창작 여행

요한 볼프강 폰 괴테의 이탈리아 여행

1 Johann Wolfgang von Goethe, "Italienische Reise", "Zweiter Römischer Aufenthalt", in Goethes Werke, Hamburger Ausgabe in 14 Bänden, *Autobiographische Schriften*, Bd. Ⅲ(Hamburg, 1967), 9쪽 참조.

2 정서웅, 「『이탈리아 기행』에 나타난 괴테의 세계관」, 『독일 문학의 깊이와 아름다움』(민음사, 2003), 300쪽.

3 조우호, 「괴테와 이탈리아 여행―괴테의 이탈리아 여행을 둘러싼 담론 연구」, 《괴테연구》, 24(2015), 129~151쪽.

4 같은 논문, 130~136쪽 참조.

5 같은 논문, 136~143쪽 참조.

6 같은 논문, 142쪽.

7 같은 곳.

8   김선형, 「괴테의 미학적 체험 연구: 『이탈리아 기행』을 중심으로」, 《괴테연구》, 20(2007), 24쪽 참조.

9   Ulrich Krellner, "Ästhetik der Mittelbarkeit: Goethes Reise nach Italien und ihre doppelte Literarisierung", in Marion Gymnich u. a.(Hg.): *Points of Arrival: Travels in Time, Space, and Self*(Tübingen, 2008), 96쪽 참조.

10 Michael Maurer, "Italienreisen. Kunst und Konfession.", in Hermann Bausinger (Hg.): *Reisekultur*(München, 1991), 228~229쪽.

11 같은 곳.

12 같은 곳.

13 Johann Wolfgang von Goethe, *Autobiographische Schriften*, a.a.O., 53쪽.

14 Johann Wolfgang von Goethe, *Sämtliche Werke, Briefe, Tagebücher und Gespräche* Bd. 15.1, hrsg. v. Friedmar Apel u.a.(Frankfurt am Main, 1985ff.), 660쪽.

15 Ulrich Krellner, a.a.O., 101쪽 참조.

16 Johann Wolfgang von Goethe, *Autobiographische Schriften*, a.a.O., 125쪽.

17 같은 책, 126쪽.

18 Johann Wolfgang von Goethe, *Sämtliche Werke, Briefe, Tagebücher und Gespräche* Bd. 3.2, hrsg. v. Friedmar Apel u.a.(Frankfurt am Main, 1985ff.), 227쪽.

19 Johann Wolfgang von Goethe, *Sämtliche Werke, Briefe, Tagebücher und Gespräche* Bd. 15.1, a.a.O., 158쪽.

20 Johann Wolfgang von Goethe, *Autobiographische Schriften*, a.a.O., 555쪽.

21 Hanns-Josef Ortheil, "Schreiben und Reisen, Wie Schriftsteller vom Unterwegs-Sein erzählen", in Burkhard Moenninghoff u. a.(Hg.): *Literatur und Reise*(Hildesheim, 2013), 25쪽 참조.

22 Ulrich Krellner, a.a.O., 100쪽 참조.

23 조우호, 앞의 논문, 147쪽.

1차 문헌

Goethe, Johann Wolfgang von, "Italienische Reise", "Zweiter Römischer Aufenthal", in: Goethes Werke, Hamburger Ausgabe in 14 Bänden, *Autobiographische Schriften*, Bd. Ⅲ, Hamburg, 1967, 7~556쪽.

———, *Sämtliche Werke, Briefe, Tagebücher und Gespräche*, Bd. 15.1, hrsg. v. Friedmar Apel u. a., Frankfurt am Main, 1985ff.

———, *Sämtliche Werke, Briefe, Tagebücher und Gespräche*, Bd. 3.2, hrsg. v. Friedmar Apel u. a., Frankfurt am Main, 1985ff.

2차 문헌

김선형, 「괴테의 미학적 체험 연구: 『이탈리아 기행』을 중심으로」, 《괴테연구》,
  20(2007), 5~28쪽.

정서웅, 「『이탈리아 기행』에 나타난 괴테의 세계관」, 『독일 문학의 깊이와 아름다움』,
  민음사, 2003, 297~313쪽.

조우호, 「괴테와 이탈리아 여행―괴테의 이탈리아 여행을 둘러싼 담론 연구」,
  《괴테연구》, 28(2015), 129~151쪽.

한국괴테학회(편), 『괴테 사전 I』, 한국외국어대학교 지식출판원, 2016.

한국괴테학회(편), 『괴테 사전 II』, 한국외국어대학교 지식출판콘텐츠원, 2021.

Krellner, Ulrich, "Ästhetik der Mittelbarkeit: Goethes Reise nach Italien und ihre
  doppelte Literarisierung", in Gymnich, Marion u. a.(Hg.): *Points of Arrival: Travels
  in Time, Space, and Self*, Tübingen, 2008, 95~105쪽.

Maurer, Michael, "Italienreisen. Kunst und Konfession.", in Bausinger, Hermann(Hg.):
  Reisekultur, München, 1991, 221~229쪽.

Ortheil, Hanns-Josef, "Schreiben und Reisen, Wie Schriftsteller vom Unterwegs-Sein
  erzählen", in Moenninghoff, Burkhard u a.(Hg.): *Literatur und Reise*, Hildesheim,
  2013, 7~31쪽.

루 살로메와 라이너 마리아 릴케의 러시아 여행

1 Heidi Gidion, "Lou Andreas-Salomé und Rainer Maria Rilke — ihre Reise nach
   Russland im Jahr 1900", in Burkhard Moennighoff/Wiebke von Bernstorff/Toni
   Tholen(Hg.): *Literatur und Reise*(Hildesheim, 2013), 240쪽 참조.

2 김주연, 『독일시인론』(열화당, 1983), 212쪽.

3 Heidi Gidion, a.a.O., 246쪽 참조.

4 같은 곳 참조.

5 인터넷 두산백과, '러시아정교회' 참조.

6 Lou Andreas-Salomé, "Russland mit Rainer", in Stéphane Michaud(Hg.): *Tagebuch
   der Reise mit Rainer Maria Rilke im Jahre 1900*(Marbach, 2000), 44쪽.

7 Heidi Gidion, a.a.O., 243쪽 참조.

8 같은 곳.

9 Lou Andreas-Salomé, "Russland mit Rainer", a.a.O., 76쪽.

10 Heidi Gidion, a.a.O., 244쪽 참조.

11 Lou Andreas-Salomé, "Russland mit Rainer", a.a.O., 89쪽.

12 Heidi Gidion, a.a.O., 248쪽 참조.

13 Lou Andreas-Salomé, "Russland mit Rainer", a.a.O., 92쪽.

14 같은 책, 142쪽 참조.

15 Heidi Gidion, a.a.O., 250쪽 참조.

16 Lou Andreas-Salomé, "Russland mit Rainer", a.a.O., 54쪽 참조.

17 Lou Andreas-Salomé, *Lebensrückblick*(Frankfurt am Main, 1979), 55~56쪽.

18 같은 책, 143쪽.

19 같은 책, 120쪽.

20 Heidi Gidion, a.a.O., 254~255쪽 참조.

21 Lou Andreas-Salomé, *Ródinka, Russische Erinnerung*(Frankfurt am Main, 1985), 63쪽.

22 Heidi Gidion, a.a.O., 256쪽.

1차 문헌

Andreas-Salomé, Lou, "Russland mit Rainer", in Michaud, Stéphane(Hg.): *Tagebuch der Reise mit Rainer Maria Rilke im Jahre 1900*, Marbach, 2000.

―――, *Ma*, Frankfurt am Main, 1996.

―――, *Ródinka. Russische Erinnerung*, Frankfurt am Main, 1985.

―――, *Lebensrückblick*, Frankfurt am Main, 1979.

―――, *Rainer Maria Rilke*, Leipzig, 1929.

Rilke, Rainer Maria, *Werke in drei Bänden*. Frankfurt am Main, 1955.

2차 문헌

김주연, 『독일시인론』, 열화당, 1983.

Berg, Anna de, *"Nach Galizien". Entwicklung der Reiseliteratur am Beispiel der deutschsprachigen Reiseberichte vom 18. bis zum 21. Jahrhundert*, Frankfurt am Main, 2010.

Gidion, Heidi, "Lou Andreas-Salomé und Rainer Maria Rilke ― ihre Reise nach Russland im Jahr 1900", in Moennighoff, Burkhard/Bernstorff, Wiebke von/Tholen, Toni(Hg.): *Literatur und Reise*. Hildesheim, 2013, 240~260쪽.

Pfeiffer, Ernst(Hg.), *Rainer Maria Rilke. Lou Andreas-Salomé. Briefwechsel*, Frankfurt am Main, 1979.

인터넷 두산백과: 러시아정교회. http://terms.naver.com/entry.nhn?docId=1087476&ci

3 관점의 틀을 깨는 작가의 여행

프란츠 카프카의 유럽 여행

1   이유선, 「카프카의 현실적 시공간으로서 여행일기」, 《카프카연구》, 26(2011), 15쪽.

2   Franz Kafka, "Reisetagebücher", in Hans-Gerd Koch/Michael Müller/Malcolm Pasley(Hg.): *Franz Kafka: Tagebücher*(Frankfurt am Main, 1990), 1000쪽.

3   프란츠 카프카, 이유선/장혜순/오순희/목승숙 옮김, 「여행일기」, 실린 곳: 『카프카의 일기』, 카프카 전집 6(솔출판사, 2017), 939~942쪽 참조.

4   카프카의 일기에 대한 초기 연구서로서 다음 저서를 참조할 만하다: Georg Guntermann, *Vom Fremdwerden der Dinge beim Schreiben. Kafkas Tagebücher als literarische Physiognomie des Autors*(Tübingen, 1991).

5   이유선, 앞의 논문, 17쪽 참조.

6   Anna Castelli, "Maxens topographischer Instinkt, mein Verlorensein. Kafka zwischen Reisen und Schreiben", 《Zeitschrift für Germanistik》, 24:1(2014), 104쪽 참조.

7   Franz Kafka, "Reisetagebücher", a.a.O., 993, 1000, 1001~1002, 1022~1023쪽 참조.

8   같은 책, 1042쪽.

9   이유선, 앞의 논문, 19쪽.

10   Franz Kafka, *Tagebücher*, 42~43쪽.

11   Franz Kafka, "Reisetagebücher", a.a.O., 1007쪽.

12   같은 책, 1007~1008쪽.

13   Beate Sommerfeld, "Ins Sichtbare hineinleiten—Kafkas Kunstbetrachtungen in den Tagebuchaufzeichnungen der Reisetagebücher und Quarthefte", 《Convivium. Germanistisches Jahrbuch》(Polen/Bonn, 2013), 174~175쪽 참조.

14   같은 책, 173쪽 참조.

15   같은 책, 176~177쪽 참조.

16   Franz Kafka, "Reisetagebücher", a.a.O., 258~259쪽.

17   Beate Sommerfeld, a.a.O., 179~181쪽 참조.

18   같은 책, 185쪽.

19   Franz Kafka, *Tagebücher*, 329~330쪽 참조.

20 Urs Widmer, *Das Normale und die Sehnsucht. Essays und Geschichten* (Zürich, 1972), 11쪽 참조.

1차 문헌

Kafka, Franz, Reisetagebücher, in *Franz Kafka. Tagebücher*, hrsg. v. Koch, Hans-Gerd/ Müller, Michael/Pasley, Malcolm, Frankfurt am Main, 1990, 927~1064쪽.

카프카, 프란츠, 이유선/장혜순/오순희/목승숙 옮김, 「여행 일기」, 『카프카의 일기』, 카프카 전집 6, 솔출판사, 2017, 753~942쪽.

2차 문헌

랭어, 모니카 M., 서우석, 임양혁 옮김, 『메를로-퐁티의 지각의 현상학』, 청하, 1992.

메를로-퐁티, 모리스, 류의근 옮김, 『지각의 현상학』, 문학과지성사, 2002.

이유선, 「카프카의 현실적 시공간으로서 여행일기」, 《카프카연구》, 26(2011), 5~26쪽.

───, 『여행하는 카프카』, 파란꽃, 2020.

Castelli, Anna, "Maxens topographischer Instinkt, mein Verlorensein. Kafka zwischen Reisen und Schreiben", 《Zeitschrift für Germanistik》, 24:1(2014), 97~108쪽.

Guntermann, Georg, *Vom Fremdwerden der Dinge beim Schreiben. Kafkas Tagebücher als literarische Physiognomie des Autors*, Tübingen, 1991.

Merleau-Ponty, Maurice, *Phänomenologie der Wahrnehmung*, Berlin, 1966.

Sommerfeld, Beate, "Ins Sichtbare hineingleiten—Kafkas Kunstbetrachtungen in den Tagebuchaufzeichnungen der Reisetagebücher und Quarthefte", 《Convivium. Germanistisches Jahrbuch》, Polen/Bonn, 2013, 167~195쪽.

Widmer, Urs, *Das Normale und die Sehnsucht. Essays und Geschichten*, Zürich, 1972.

인터넷 검색 자료

Franz-Kafka-Webseite: Reisetagebücher. http://www.kafka.uni-bonn.de/cgi-bin/kafka d4da.html?Rubrik=reisetagebuecher

헤르만 헤세의 인도 여행

1 본고는 헤세의 인도 여행에 관해 특히 다음의 연구서들을 참고하였다: Volker Michels, *Hermann Hesse. Sein Leben in Bildern und Texten* (Frankfurt am Main, 2000); Günter Baumann, "Hermann Hesse und Indien", 《Hesse Page Journal》,

3:15(2002) - http://www.gss.ucsb.edu/projects/hesse/papers/baumann-indien.pdf (7.11.2002.); 이인웅,『헤르만 헤세와 동양의 지혜』(두레, 2000); 정경량,『헤세와 신비주의』(한국문화사, 1997).

2 헤르만 헤세, 폴커 미헬스(편), 이인웅/백인옥 옮김,『헤르만 헤세의 인도 여행』(푸른숲, 1999), 속지에 수록된 헤세의 인도 여행 경로를 참고해서 다시 그림.

3 이인웅,『헤르만 헤세와 동양의 지혜』, 52쪽 참조.

4 Günter Baumann, "Hermann Hesse und Indien", a.a.O., 1~7쪽 참조.

5 같은 논문, 2쪽 참조.

6 같은 곳 참조.

7 이인웅,『헤르만 헤세와 동양의 지혜』, 63~64쪽 참조.

8 Günter Baumann, a.a.O., 2쪽 참조.

9 Hermann Hesse, "Besuch aus Indien", in Volker Michels(Hg.): *Hermann Hesse: Aus Indien*(Frankfurt am Main, 1981), 241쪽.

10 이인웅,『헤르만 헤세와 동양의 지혜』, 65쪽.

11 같은 책, 66쪽에서 재인용.

12 Hermann Hesse, *Märchen, Wanderung, Bilderbuch, Traumfährte*. Gesammelte Werke 6 (Frankfurt am Main, 1976), 253쪽.

13 같은 책, 254쪽 참조.

14 Hermann Hesse, "Erinnerung an Asien", in *Hermann Hesse: Aus Indien*, 203~204쪽.

15 Hermann Hesse, "Erinnerung an Indien", in *Hermann Hesse: Aus Indien*, 219쪽.

16 정경량,『헤세와 신비주의』, 136~148쪽 참조.

17 Hermann Hesse, "Besuch aus Indien", a.a.O., 242~243쪽.

18 Oliver Immel/Andreas Hütig, "Symbol, Existenz, Lebenswelt. Kulturphilosophische Konzepte und ihre Relevanz für den Interkulturalitätsdiskurs", in Hans-Martin Gerlach/Oliver Immel(Hg.): *Symbol, Existenz, Lebenswelt. Kulturphilosophische Zugänge zur Interkulturalität*(Frankfurt am Main, 2004), 12~13쪽 참조.

19 같은 책, 16쪽.

20 Claus Altmayer, "'Kulturelle Deutungsmuster' als Lerngegenstand. Zur kulturwissenschaftlichen Transformation der 'Landeskunde'", in Gnutzmann, Claus/Königs, Frank G./Zöfgen, Ekkehard(Hg.), 《Fremdsprachen Lehren und Lernen》(35. Jahrgang)(Tübingen, 2006), 51쪽 참조.

21 신혜양,「문화 정체성의 이해와 수용」,《브레히트와 현대연극》, 18(2008),

263~264쪽 참조.

22 Georg Simmel, *Soziologie. Untersuchungen über die Formen der Vergesellschaftung* (Berlin, 1968), 509쪽.

23 정경량, 『헤세와 신비주의』, 15쪽 참조.

24 헤르만 헤세, 『헤르만 헤세의 인도 여행』, 30쪽.

25 같은 책, 610쪽.

26 같은 곳.

27 같은 책, 611쪽.

28 같은 책, 612쪽.

29 같은 곳 참조.

30 우미성, 「근대, 동양 여성이 가지 않은 길」, 『근대, 여성이 가지 않은 길』, 김영옥(편)(또 하나의 문화, 2001), 155~161쪽 참조.

31 Alon Confino, "Tourismusgeschichte Ost- und Westdeutschlands. Ein Forschungsbericht" in Tobias Gohlis(Hg.), 《Voyage. Jahrbuch für Reise- und Tourismusforschung》, Bd. 2. *Das Bild der Fremde. Reisen und Imagination*(Köln, 1998), 145쪽.

1차 문헌

Hesse, Hermann, *Hermann Hesse: Aus Indien*, hrsg. v. Michels, Volker, Frankfurt am Main, 1981.

────, Sämtliche Werke 11, *Autobiographische Schriften 1*, Frankfurt am Main, 2003.

────, Gesammelte Werke 6, *Märchen, Wanderung, Bilderbuch, Traumfährte*, Frankfurt am Main, 1976.

헤세, 헤르만/미헬스, 폴커(편), 이인웅/백인옥 옮김, 『헤르만 헤세의 인도 여행』, 푸른숲, 1999.

2차 문헌

신혜양, 「문화 정체성의 이해와 수용」, 《브레히트와 현대연극》, 18(2008), 259~276쪽.

우미성, 「근대 동양여성이 가지 않은 길」, 『근대 여성이 가지 않은 길』, 김영옥(편), 또 하나의 문화, 2001, 143~175쪽.

이인웅, 『헤르만 헤세와 동양의 지혜』, 두레, 2000.

정경량, 『헤세와 신비주의』, 한국문화사, 1997.

Altmayer, Claus, "'Kulturelle Deutungsmuster' als Lerngegenstand. Zur kulturwissenschaftlichen Transformation der 'Landeskunde'", in Gnutzmann,

Claus/Königs, Frank G./Zöfgen, Ekkehard(Hg.), 《Fremdsprachen Lehren und Lernen》(35.Jahrgang), Tübingen, 2006.

Baumann, Günter, "Hermann Hesse und Indien", 《Hesse Page Journal》, 3:15(2002). http://www.gss.ucsb.edu/projects/hesse/papers/baumann-indien.pdf

Biernat, Ulla, "Ich bin nicht der erste Fremde hier", in *Zur deutschsprachigen Reiseliteratur nach 1945*, Würzburg, 2004.

Chang, Joung-Ja, "Schwellenüberwindung im Problemfeld 'Das Fremde und das Eigene'—Die Hesse-Rezeption in Korea", 《Hesse-Forschung》, 22(2009).

Confino, Alon, "Tourismusgeschichte Ost- und Westdeutschlands, Ein Forschungsbericht", in Gohlis, Tobias (Hg.), 《Voyage. Jahrbuch für Reise- und Tourismusforschung》, Bd.2. *Das Bild der Fremde. Reisen und Imagination*, Köln, 1998.

Fludernik, Monika/Gehrke, Hans-Joachim(Hg.), *Normen, Ausgrenzungen, Hybridsierungen und 'Acts of Identity'*, Würzburg, 2004.

Immel, Oliver/Hütig, Andreas, "Symbol, Existenz, Lebenswelt. Kulturphilosophische Konzepte und ihre Relevanz für den Interkulturalitätsdiskurs", in Gerlach, Hans-Martin/Hütig, Andreas/Immel, Oliver(Hg.): *Symbol, Existenz, Lebenswelt. Kulturphilosophische Zugänge zur Interkulturalität*, Frankfurt am Main, 2004.

Michels, Volker, *Hermann Hesse. Sein Leben in Bildern und Texten*, Frankfurt am Main, 2000.

Schlesier, Renate/Zellmann, Ulike(Hg.), *Reisen über Grenzen. Kontakt und Konfrontation, Maskerade und Mimikry*, Münster, 2003.

Simmel, Georg, *Soziologie. Untersuchungen über die Formen der Vergesellschaftung*, Berlin, 1968.

Singer, Mona, *Fremd. Bestimmung. Zur kulturellen Verordnung von Identität*, Tübingen, 1997.

Unseld, Siegfried, *Hermann Hesse. Werk und Wirkungsgeschichte*, Frankfurt am Main, 1985.

http://www.hesse-kolloquium.de/index.php?idcat=19&sid=64516eb4d03cf2c3f0bca03 6d2c89a8c

4 독일 68혁명 세대의 여행*

* 4부의 참고문헌은 세 번째 장의 미주 뒤에 한꺼번에 수록했다.

독일 68세대와 여행

1 Christina von Hodenberg/Detlef Siegfried(Hg.), *Wo "1968" liegt. Reform und Revolte in der Geschichte der Bundesrepublik*(Göttingen, 2006), 7쪽 참조.
2 Jennifer Clare, "Amazing Journeys. Reisen, Trips und Bewegung in der Literatur der '68er'", in Burkhard Moennighoff/Wiebke von Bernstorff/Toni Tholen(Hg.): *Literatur und Reisen*(Hildesheim, 2013), 153쪽 참조.
3 같은 책, 154~155쪽 참조.

베른바르트 페스퍼의 유럽 여행

1 Bernward Vesper, *Die Reise*. Ausgabe letzter Hand(Reinbek bei Hamburg, 1989), 39쪽.
2 Martin Tauss, *Rausch, Kultur, Geschichte: Drogen in literarischen Texten nach 1945*(Innsbruck, 2005), 120쪽 참조.
3 같은 책, 121쪽 참조.
4 Bernward Vesper, a.a.O., 616쪽.
5 같은 책, 595~596쪽 참조.
6 같은 책, 63~64쪽.
7 Jennifer Clare, "Amazing Journeys. Reisen, Trips und Bewegung in der Literatur der '68er'", in: Burkhard Moennighoff/Wiebke von Bernstorff/Toni Tholen(Hg.): *Literatur und Reisen*(Hildesheim, 2013), 165~166쪽 참조.
8 같은 책, 164쪽 참조.
9 Bernward Vesper, a.a.O., 64쪽.
10 Jennifer Clare, a.a.O., 166쪽 참조.
11 Bernward Vesper, a.a.O., 510쪽.
12 같은 책, 504쪽.
13 Frankfurter Rundschau, "die versteinerte Gesellschaft der westlichen

Industriestaaten zu verändern", in Gerd Koenen(Hg.): *Vesper - Ensslin - Baader: Urszenen des deutschen Terrorismus*(Köln, 2003), 10쪽에서 재인용.

14 Bernward Vesper, a.a.O., 172쪽.

롤프 디터 브링크만의 로마 여행

1 Rolf Brinkmann, *Rom. Blicke*, hrsg. v. Jürgen Manthey(Reinbek bei Hamburg, 1997), 6쪽.

2 같은 책, 9쪽 참조.

3 같은 책, 16쪽.

4 Jennifer Clare, "Amazing Journeys. Reisen, Trips und Bewegung in der Literatur der '68er'", in Burkhard Moennighoff/Wiebke von Bernstorff/Toni Tholen(Hg.): *Literatur und Reisen*(Hildesheim, 2013), 171쪽 참조.

5 Rolf Brinkmann, a.a.O., 284쪽.

6 Hermann Rasche, "'Wohin jetzt? dachte ich. Und wie weiter?' Zu Rolf Dieter Brinkmanns Rom/Blicke", in Anne Fuchs(Hg.): *Reisen im Diskurs. Modelle der literarischen Fremderfahrung von den Pilgerberichten bis zur Postmoderne*(Heidelberg, 1995), 628~629쪽 참조.

7 Jennifer Clare, a.a.O., 172쪽 참조.

8 Rolf Brinkmann, a.a.O., 234쪽.

9 같은 곳.

10 같은 책, 69쪽.

11 같은 책, 47쪽.

12 Sybille Späth, *Rolf Dieter Brinkmann*(Stuttgart, 1989), 103쪽 참조.

13 Rolf Brinkmann, a.a.O., 435쪽.

14 같은 책, 16쪽.

15 Sybille Späth, a.a.O., 104쪽 참조.

16 Rolf Brinkmann, a.a.O., 240쪽.

17 같은 책, 57쪽.

18 같은 책, 125쪽.

19 같은 책, 379쪽.

20 같은 책, 445쪽 참조.

21 Sybille Späth, a.a.O., 105쪽 참조.

22 Rolf Brinkmann, a.a.O., 164쪽.

23 Hermann Rasche, a.a.O., 635쪽 참조.

24 Rolf Brinkmann, a.a.O., 91쪽.

25 Hermann Rasche, a.a.O., 636쪽 참조.

26 Rolf Brinkmann, a.a.O., 87쪽.

1차 문헌

Brinkmann, Rolf Dieter, *Rom, Blicke*, hrsg. v. Manthey, Jürgen, Reinbek bei Hambur,
1997.

Vesper, Bernward, *Die Reise*. Ausgabe letzter Hand, Reinbek bei Hamburg, 1989.

2차 문헌

Clare, Jennifer, "Amazing Journeys. Reisen, Trips und Bewegung in der Literatur der
'68er'", in Moennighoff, Burkhard/Bernstorff, Wiebke von/Tholen, Toni(Hg.):
Literatur und Reisen, Hildesheim, 2013, 151~176쪽.

Etzemüller, Thomas, *1968, ein Riss in der Geschichte?*, Konstanz, 2005.

Fauser, Markus, *Medialität der Kunst. Rolf Dieter Brinkmann in der Moderne*, Bielefeld,
2011.

Hodenberg, Christina von/Siegfried, Detlef(Hg.), *Wo '1968' liegt. Reform und Revolte in
der Geschichte der Bundesrepublik*, Göttingen, 2006.

Koenen, Gerd, *Vesper - Ensslin - Baader: Urszenen des deutschen Terrorismus*, Köln, 2003.

Luckscheiter, Roman, *Der postmoderne Impuls. Die Krise der Literatur um 1968 und ihre
Überwindung*, Berlin, 2001.

Rasche, Hermann, "'Wohin jetzt? dachte ich. Und wie weiter?' Zu Rolf Dieter
Brinkmanns Rom/Blicke", in Fuchs, Anne(Hg.): *Reisen im Diskurs. Modelle
der literarischen Fremderfahrung von den Pilgerberichten bis zur Postmoderne*,
Heidelberg, 1995, 625~639쪽.

Schalk, Axel, "Nach dem Aufstand ist vor dem Aufstand. Autobiographische Prosa
im Kontext der Achtundsechziger: Urs Jaeggi, Uwe Timm, Bernward Vesper",
《Literatur für Leser》, 32:4(2009), 211~220쪽.

Siegfried, Detlef, *Sound der Revolte. Studien zur Kulturrevolution um 1968*, Weinheim,
2008.

Späth, Sybille, *Rolf Dieter Brinkmann*, Stuttgart, 1989.

Tauss, Martin, *Rausch, Kultur, Geschichte: Drogen in literarischen Texten nach 1945*,

Innsbruck, 2005.

5 문화교류 여행과 창작

독일과 프랑스 간 여행자 교류와 여행산문

1 Wolfgang Asholt, "Einleitung: Die Blicke der Anderen", in Wolfgang Asholt/
   Claude Leroy(Hg.): *Die Blicke der Anderen. Paris-Berlin-Moskau*(Bielefeld, 2006),
   12쪽 참조.
2 같은 책, 15쪽 참조.
3 Hélène Barbey-Say, *Le voyage de France en allemagne de 1871 à 1914*; Hans
   Manfred Bock, "Reisen zwischen Berlin und Paris in der Zwischenkriegszeit.
   Ein historisch-soziologischer Überblick", in *Die Blicke der Anderen. Paris-Berlin-
   Moskau*, a.a.O., 26쪽 참조.
4 Hans Manfred Bock, a.a.O., 28쪽 참조.
5 같은 책, 29쪽 참조.
6 같은 곳 참조.
7 같은 책, 31쪽 참조.
8 같은 책, 33쪽 참조.
9 같은 책, 36쪽 참조.
10 같은 책, 38쪽 참조.
11 같은 책, 39쪽 참조.
12 같은 책, 41쪽 참조.
13 같은 책, 42쪽 참조.
14 Oliver Lubrich, "Über die Grenzen der Bedeutung. Albert Camus in Nazi-
   Deutschland", in Bernd Blaschke u.a.(Hg.): *Umwege. Ästhetik und Poetik
   exzentrischer Reisen*(Bielefeld, 2008), 227쪽 참조.
15 특히 1936년 7월 26일과 8월 22일 자 편지에서 카뮈는 여행의 이런 측면을
   직접적으로 표현했다. 같은 책, 228쪽 참조.
16 같은 책, 229쪽 참조.
17 같은 책, 230쪽에서 재인용:
   Dresde - Peinture.
   Bautzen - Cimetière gothique. Géraniums et soleils dans les arceaux de brique.

Breslau - Bruine. Églises et cheminées d'usine. Tragique qui lui est particulier.
Plaines de Silésie: impitoyables et ingrates - dunes - Vols d'oiseaux dans le matin
gras sur al terre gluante.

18 같은 책, 231쪽 참조.
19 같은 책, 239쪽 참조.
20 같은 책, 247쪽 참조.
21 알베르 카뮈/장 그르니에, 김화영 옮김, 『카뮈-그르니에 서한집: 1932-1960』
    (책세상, 2012), 39~50쪽 참조.
22 알베르 카뮈, 김화영 옮김, 『단두대에 대한 성찰·독일 친구에게 보내는 편지』
    (책세상, 2004), 116~117쪽.
23 같은 책, 90쪽 참조.
24 같은 책, 117쪽.
25 같은 책, 117~118쪽.
26 유럽통합과 문화적 차이에 대한 이론적 고찰은 다음의 논문 참조; Kim Kyunghee,
    「Europäische Integration und theoretische Überlegungen zu kulturellen
    Unterschieden」,《헤세연구》, 26(2011), 293~307쪽.
27 같은 논문, 306쪽 참조.
28 신혜양, 「상호문화적 관점에서 본 헤르만 헤세의 인도 여행」,《코기토》, 67(2010),
    169~192쪽 참조.
29 최윤영, 「민족지로서의 자서전—강용흘의『초당』과 이미륵의『압록강은 흐른다』
    비교연구」,《독일문학》, 90(2004), 419~436쪽 참조.

참고문헌

구연정, 「상상과 실재 사이: 헤테로피아로서 베를린—발터 벤야민의 『1900년경
    베를린의 유년시절』에 나타난 도시 공간을 중심으로」,《카프카연구》, 29(2013),
    123~142쪽.
김동조, 「문예란의 베를린 도시 상—문예란과 편지의 관계를 중심으로」,《독일언어문학》,
    60(2013), 1~27쪽.
신혜양, 「상호문화적 관점에서 본 헤르만 헤세의 인도 여행」,《코기토》, 67(2010),
    169~192쪽.
최윤영, 「민족지로서의 자서전—강용흘의『초당』과 이미륵의『압록강은 흐른다』
    비교연구」,《독일문학》, 90(2004), 419~436쪽.
카뮈, 알베르/그르니에, 장, 김화영 옮김, 『카뮈-그르니에 서한집: 1932-1960』, 책세상,
    2012.

카뮈, 알베르, 김붕구/김현 옮김, 『행복한 죽음』, 과학사, 1971.

─────, 김화영 옮김, 『단두대에 대한 성찰·독일 친구에게 보내는 편지』, 책세상, 2004.

─────, 김화영 옮김, 『여행일기』, 책세상, 2005.

Asholt, Wolfgang/Leroy, Claudey(Hg.), *Die Blicke der Anderen. Paris-Berlin-Moskau*, Bielefeld, 2006.

Blaschke, Bernd/Falk, Rainer/Linck, Dirck/Lubrich, Oliver/Wißmann, Friederike/ Woltersdorff, Volker(Hg.), *Umwege. Ästhetik und Poetik exzentrischer Reisen*, Bielefeld, 2008.

Kim, Kyunghee, 「Europäische Integration und theoretische Überlegungen zu kulturellen Unterschieden」,《헤세연구》, 26(2011), 293~307쪽.

'문학수도 베를린'의 신세대 장소성

1 1990년대 독일의 새로운 팝문학에 관해서는 정인모, 「현대 독일 팝문학 연구. 유디트 헤르만의 작품을 중심으로」,《독일언어문학》, 46(2009), 361~384쪽 참조.

2 이러한 유행어는 저널리즘에서 유래하였다. 저널리스트이자 문학평론가인 외르크 마게나우는 "베를린은 이론의 여지가 없이 독일 신세대 문학의 메트로폴리스이다"라고 썼다. Jörg Magenau, "Die neue Lust am Erzählen", 《Deutschland. Zeitschrift für Politik, Kultur, Wirtschaft und Wissenschaft》, 5(Oktober/November 2000), 27~30쪽, Susanne Ledanff, *Hauptstadtphantasien. Berliner Stadtlektüren in der Gegenwartsliteratur 1989-2008*(Bielefeld, 2009), 381쪽에서 재인용.

3 Susanne Ledanff, a.a.O., 378~379쪽 참조.

4 같은 책, 389쪽 참조.

5 Ricarda Dreier, *Literatur der 90er-Jahre in der Sekundarstufe II. Judith Hermann, Benjamin von Stuckrad-Barre und Peter Stamm*(Baltmannsweiler, 2005), 25~27쪽 참조.

6 Nikolaus Förster, *Die Wiederkehr des Erzählens. Deutschsprachige Prosa der 80er und 90er Jahre*(Darmstadt, 1999), 5쪽 참조.

7 Moritz Baßler, *Der deutsche Pop-Roman. Die neuen Archivisten*(München, 2002), 100쪽 참조.

8 Irmgard Scheitler, *Deutschsprachige Gegenwartsprosa seit 1970*(Tübingen/Basel, 2001), 78쪽 참조.

9   Ricarda Dreier, a.a.O., 31쪽 참조.

10 Christiane Caemmerer/Walter Delabar/Helga Meise(Hg.), *Fräuleinwunder literarisch. Literatur von Frauen zu Beginn des 21. Jahrhunderts*(Frankfurt am Main, 2005), 126쪽 참조.

11 Susanne Ledanff, a.a.O., 413쪽 참조.

12 Judith Hermann, *Sommerhaus, später*(Frankfurt am Main, 2014), 153쪽.

13 Susanne Ledanff, a.a.O., 416쪽 참조.

14 같은 책, 419쪽 참조.

15 같은 책, 420쪽 참조.

16 Judith Hermann, *Nichts als Gespenster*(Frankfurt am Main, 2003), 221쪽.

17 같은 책, 220쪽 참조.

18 같은 책, 214쪽 참조.

19 같은 책, 225쪽.

20 같은 책, 228쪽.

21 같은 책, 43쪽.

22 같은 책, 30쪽.

23 같은 책, 58쪽.

24 유현주의 논문(2018)은 헤르만 문학에서 나타나는 '집의 비정주성'에 대해 상론한다.

25 Christiane Caemmerer/Walter Delabar/Helga Meise(Hg.), a.a.O., 138쪽 참조.

26 정헌목, 「전통적인 장소의 변화와 '비장소(non-place)'의 등장—마르크 오제의 논의와 적용사례들을 중심으로」, 《비교문학연구》, 19:1(2013), 107~141쪽 참조.

27 마르크 오제, 이상길·이윤영 옮김, 『비장소—초근대성의 인류학 입문』(아카넷, 2017), 97쪽.

28 같은 책, 129쪽.

29 정헌목, 앞의 논문, 125~126쪽 참조.

30 같은 논문, 129쪽.

31 Judith Hermann, *Sommerhaus, später*, a. a. O., 141~142쪽 참조.

32 Volker Wehdeking, *Generationswechsel: Intermedialität in der deutschen Gegenwartsliteratur*(Berlin, 2007), 141쪽 참조.

33 Susanne Ledanff, a.a.O., 380쪽 참조.

34 류지석 엮음, 『공간의 사유와 공간이론의 사회적 전유』(서울, 2013), 174쪽.

35 Necia Chronister, "The Poetics of the Surface as a Critical Aesthetic: Judith Hermann's Alice and Aller Liebe Anfang", in: *Zeitkritische Autorinnen/*

Engaged Literature of Female Authors, hrsg. von Lützeler/McGlothlin/
Kapczynski(Tübingen, 2015), 265쪽 참조.

1차 문헌

Hermann, Judith, *Sommerhaus, später*, Frankfurt am Main, 1998/2014.
──, *Nichts als Gespenster*, Frankfurt am Main, 2003.
──, *Alice*, Frankfurt am Main, 2009.
──, *Aller Liebe Anfang*, Frankfurt am Main, 2014.
──, *Lettipark*. Frankfurt am Main, 2016.

2차 문헌

김윤희, 「유디트 헤르만의 『여름별장, 나중에』에 나타난 회화적 특성」, 《독일언어문학》,
　　59(2013), 199~220쪽.
류지석 엮음, 『공간의 사유와 공간이론의 사회적 전유』, 서울, 2013.
서유정, 「유디트 헤르만의 「어떤 것의 끝」과 「헌터-톰슨-음악」에 나나나는 노년 세대와
　　신세대간 소통의 문제」, 《세계문학비교연구》, 50(2015), 179~206쪽.
신혜양, 「포스트모던 시대의 새로운 고독―유디트 헤르만의 『여름별장, 나중에』를
　　중심으로」, 《헤세연구》, 38(2017), 203~227쪽.
오제, 마르크, 이상길/이윤영 옮김, 『비장소―초근대성의 인류학 입문』, 아카넷, 2017.
유현주, 「머물 수 없는 '집'에 대한 은유―유디트 헤르만의 작품에 나타난 비정주성에
　　대한 연구」, 《카프카연구》, 40(2018), 89~109쪽.
──, "어른이 된 '새로운 세대의 목소리'. 유디트 헤르만의 『여름별장, 그 후』에서
　　『알리스』까지", 《세계문학비교연구》, 49(2014a), 119~142쪽.
──, "사이공간의 미학. 유디트 헤르만의 『단지 유령일 뿐』을 중심으로",
　　《카프카연구》, 32(2014b), 143~166쪽.
이영기, 「현실과 몽환의 세계. 유디트 헤르만의 『여름별장, 그 후』」, 《뷔히너와 현대문학》,
　　31(2008), 129~149쪽.
정인모, 「현대 독일 팝문학 연구. 유디트 헤르만의 작품을 중심으로」, 《독일언어문학》,
　　46(2009), 361~384쪽.
정헌목, 「전통적인 장소의 변화와 "비장소(non-place)"의 등장―마르크 오제의 논의와
　　적용사례들을 중심으로」, 《비교문학연구》, 19:1(2013), 107~141쪽.
탁선미, 「'친밀성'의 이상향인가? '친밀성'의 위기인가? 유디트 헤르만 문학의 또 다른
　　독법」, 《독일문학》, 127(2013), 329~362쪽.
Baßler, Moritz, *Der deutsche Pop-Roman. Die neuen Archivisten*, München, 2002.

Benthien, Claudia/Stephan, Inge(Hg.), *Meisterwerke. Deutschsprachige Autorinnen im 20. Jahrhundert*, Köln, 2005.

Caemmerer, Christiane/Delabar, Walter/Meise, Helga(Hg.), *Fräuleinwunder literarisch. Literatur von Frauen zu Beginn des 21. Jahrhunderts*, Frankfurt am Main, 2005.

Chronister, Necia, *The Poetics of the Surface as a Critical Aesthetic: Judith Hermann's Alice and Aller Liebe Anfang*, in Lützeler/McGlothlin/Kapczynski(Hg.): *Zeitkritische Autorinnen/Engaged Literature of Female Authors*, Tübingen, 2015, 265~289쪽.

Dreier, Ricarda, *Literatur der 90er-Jahre in der Sekundarstufe II. Judith Hermann, Benjamin von Stuckrad-Barre und Peter Stamm*, Baltmannsweiler, 2005.

Förster, Nikolaus, *Die Wiederkehr des Erzählens. Deutschsprachige Prosa der 80er und 90er Jahre*, Darmstadt, 1999.

Ledanff, Susanne, *Hauptstadtphantasien. Berliner Stadtlektüren in der Gegenwartsliteratur 1989-2008*, Bielefeld, 2009.

Radisch, Iris, "Berliner Jugendstil", 《Die Zeit》(10.6.2003.).

Scheitler, Irmgard, *Deutschsprachige Gegenwartsprosa seit 1970*, Tübingen/Basel, 2001.

Sloterdijk, Peter, *Weltfremdheit*, Frankfurt am Main, 1993.

Wehdeking, Volker, *Generationswechsel: Intermedialität in der deutschen Gegenwartsliteratur*, Berlin, 2007.

Welsch, Wolfgang, *Unsere postmoderne Moderne*, Berlin, 2002.

Welsch, Wolfgang, *Wege aus der Moderne. Schlüsseltexte der Postmoderne–Diskussion*, Berlin, 1994.

Witzke, Juliane, *Paratext-Literaturkritik-Markt. Inszenierungspraktiken der Gegenwart am Beispiel Judith Hermanns*, Würzburg, 2017.

디아스포라의 과거, 바바라 호니히만의 뉴욕 여행

1   ARD Radiofestival Gespräch(29.8.2020) 참조.

2   Peter Mohr, "Einsam, ruhelos und getrieben", 《Titel-Kulturmagazin, Menschen/ Porträt & Interview. Zum 70. Geburtstag von Barbara Honigmann》(12.2.2019.) 참조. https://titel-kulturmagazin.net/2019/02/12/menschen-georg-zum-70-geburtstag-von-barbara-honigmann/

3   Andreas Kilcher(Hg.), *Deutsch-jüdische Literatur*(Stuttgart/Weimar, 2006), XI쪽

참조.

4   Ruth Klüger, "Jüdin sein, deutsch schreiben", 《Die Welt》(23. 12. 2006.) 참조.
    https://www.welt.de/print-welt/article704314/Juedin-sein-deutsch-schreiben.html

5   Barbara Honigmann, "Das Schiefe, das Ungraziöse, das Unmögliche, das
    Unstimmige. Rede zur Verleihung des Kleist-Preises", 《Kleist-Jahrbuch
    2001》(Stuttgart/Weimar, 2001), 18쪽.

6   Yannick Müllender, "'Denn es war schwer...'. Identitätskonstruktion und
    Krisenerfahrung in Barbara Honigmanns autobiografisches Schreiben", in Lothar
    Bluhm/Heinz Rölleke(Hg.), 《Wirkendes Wort》(Trier, 2009/1), 98쪽 참조.

7   Barbara Honigmann, "Selbstporträt als Jüdin", in: *Damals, dann und
    danach*(München, 2005), 15쪽.

8   Yannick Müllender, "Reise als Rückkehr: Barbara Honigmanns Reisebericht Das
    überirdische Licht im Werkkontext", in Paul Michael Lutzeler/Erin McGlothlin/
    Jennifer Kapczynski(Hg.), 《Zeitkritische Autorinnen. Ein germanistisches
    Jahrbuch 14》(Tübingen, 2015), 291쪽 참조.

9   Verena Luecken, "Groß sind die buildings von New York und herb der tea",
    《Frankfurter Allgemeine Zeitung》, Nr. 241(15.10.2008.), L 32면. https://
    www.faz.net/aktuell/feuilleton/buecher/rezensionen/sachbuch/gross-sind-die-
    buildings-von-new-york-und-herb-der-tea-1716218.html

10 Yannick Müllender, "Reise als Rückkehr: Barbara Honigmanns Reisebericht Das
    überirdische Licht im Werkkontext", a.a.O., 291쪽 참조.

11 같은 책, 291~292쪽 참조. 이러한 다차원적 성찰 여행문학의 예는 호니히만이 이미
    1996년에 발표했던 여행소설 『소하라의 여행(Soharas Reise)』에서도 발견하게 된다.

12 Matthias Kußmann, "Eine fast fiktive Stadterinnerung", 《Deutschlandfunk》
    (2.10.2008.). https://www.deutschlandfunk.de/eine-fast-fiktive-stadterinnerung.7
    00.de.html?dram:article_id=83794

13 같은 곳.

14 Barbara Honigmann, *Das Gesicht wiederfinden. Über Schreiben, Schriftsteller und
    Judentum*(München, 2006), 39~40쪽.

15 Matthias Kußmann, a.a.O.

16 ÜL, Mein magisches Dreieck.

17 ÜL, "Mutti" am Morningside Drive.

18 같은 곳 참조.

19 ÜL, Far Rockaway.

20 같은 곳.

21 같은 곳.

22 ÜL, Das überirdische Licht 참조.

23 ÜL, 101 Fahrenheit.

24 Yannick Müllender, "Reise als Rückkehr: Barbara Honigmanns Reisebericht Das überirdische Licht im Werkkontext", a.a.O., 301쪽 참조.

25 ÜL, Dorfleben.

26 ÜL, Mein magisches Dreieck.

27 ÜL, Far Rockaway.

28 ÜL, Weihnachten und Chanukka.

29 Yannick Müllender, "Reise als Rückkehr: Barbara Honigmanns Reisebericht Das überirdische Licht im Werkkontext", a.a.O., 296쪽 참조.

30 ÜL, Das Rondo im Central Park 참조.

31 Barbara Honigmann, Selbstporträt als Jüdin, a.a.O., 18쪽.

32 같은 곳.

33 Barbara Korte, *Der Englische Reisebericht. Von der Pilgerfahrt bis zur Postmodere*(Darmstadt, 1996), 9~10쪽 참조.

34 Yannick Müllender, "Reise als Rückkehr: Barbara Honigmanns Reisebericht Das überirdische Licht im Werkkontext", a.a.O., 299쪽 참조.

1차 문헌

Honigmann, Barbara, *Georg*, München, 2019.

————, *Chronik meiner Straße*, München, 2015.

————, *Das überirdische Licht. Rückkehr nach New York*, München: Carl Hanser Verlag, Hanser E-Book, 2008.

————, *Das Gesicht wiederfinden. Über Schreiben, Schriftsteller und Judentum*, München, 2006.

————, "Selbstporträt als Jüdin", in *Damals, dann und danach*, München, 2005, 11~18쪽.

————, Ein Kapitel aus meinem Leben, München, 2004.

————, "Das Schiefe, das Ungraziöse, das Unmögliche, das Unstimmige. Rede zur Verleihung des Kleist-Preises", 《Kleist-Jahrbuch 2001》, Stuttgart/Weimar, 13~21쪽.

————, *Alles, alles Liebe!*, München, 2000.

————, *Soharas Reise*, Berlin, 1996.

————, *Eine Liebe aus nichts*, Berlin, 1991.

————, *Roman von einem Kinde*, Darmstadt, 1986.

2차 문헌

엘보겐, 이스마, 서정일 옮김, 『로마제국에서 20세기 홀로코스트까지 독일유대인의 역사』, 새물결, 2007.

Hermann, Leonhard/ Horstkotte, Silke(Hg.), *Gegenwartsliteratur. Eine Einführung*, Stuttgart, 2016.

Kempinski, Avi, "Roman von einer Reise: Multi-dimensional Travel in Barbara Honigmann's Soharas Reise", in Berkemeier, Christian/Callsen, Katrin/Probst, Ingmar(Hg.): *Begegnung und Verhandlung. Möglichkeiten eines Kulturwandels durch Reise*, Münster, 2004, 149~156쪽.

Kilcher, Andreas(Hg.), *Deutsch-jüdische Literatur*, Stuttgart/Weimar, 2006.

Korte, Barbara, *Der Englische Reisebericht. Von der Pilgerfahrt bis zur Postmodere*, Darmstadt, 1996.

Müllender, Yannick, "Reise als Rückkehr: Barbara Honigmanns Reisebericht Das überirdische Licht im Werkkontext", in Lützeler, Paul Michael/McGlothlin, Erin/Kapczynski, Jennifer(Hg.), 《Zeitkritische Autorinnen. Ein germanistisches Jahrbuch 14》, Tübingen, 2015, 291~314쪽.

————, "'Denn es war schwer...'. Identitätskonstruktion und Krisenerfahrung in Barbara Honigmanns autobiografisches Schreiben", in Bluhm, Lothar/Rölleke, Heinz(Hg.), 《Wirkendes Wort》, 2009/1, Trier, 93~109쪽.

인터넷 검색 자료

ARD 방송 팟캐스트(29.8.2020.): "ARD Radiofestival Gespräch". https://www.swr.de/swr2/ard-radiofestival/ard-radiofestival-gespraech-podcast-104.html

BR Fernsehen(10.1.2016.): Frankreich. Leben in unsicheren Zeiten. https://www.br.de/br-fernsehen/sendungen/euroblick/frankreich-juden-strassburg-100.html

'Chanukka/Hanukkah': https://ko.wikipedia.org/wiki/하누카

Klüger, Ruth, "Jüdin sein, deutsch schreiben", 《Die Welt》(23.12.2006.). https://www.welt.de/print-welt/article704314/Juedin-sein-deutsch-schreiben.html

Kußmann, Matthias, "Eine fast fiktive Stadterinnerung",

《Deutschlandfunk》(2008.10.2.). https://www.deutschlandfunk.de/eine-fast-fiktive-stadterinnerung.700.de.html?dram:article_id=83794

Luecken, Verena, "Groß sind die buildings von New York und herb der tea", 《Frankfurter Allgemeine Zeitung》(15.10.2008.), Nr. 241, L32면. https://www.faz.net/aktuell/feuilleton/buecher/rezensionen/sachbuch/gross-sind-die-buildings-von-new-york-und-herb-der-tea-1716218.html

Mohr, Peter, "Einsam, ruhelos und getrieben", 《Titel-Kulturmagazin, Menschen/Portrat & Interview. Zum 70. Geburtstag von Barbara Honigmann》(12.2.2019.). https://titel-kulturmagazin.net/2019/02/12/menschen-georg-zum-70-geburtstag-von-barbara-honigmann/

6 시대와 현실의 경계를 넘는 문학 여행

상상으로 분단의 경계를 넘는 율리아 쇼흐

1 Julia Schoch, *Orte von denen ich schreibe*, geschrieben für das Literaturhaus(Köln, 2002). https://www.juliaschoch.de/texte/aufsaetze.html#c3

2 같은 곳.

3 Anne Fleig, "Osten als Himmelsrichtung. Grenzübergänge in Julia Schochs Erzählung Der Körper des Salamanders", in Christiane Caemmerer/Walter Delabar/Helga Meise(Hg.): *Fräuleinwunder literarisch. Literatur von Frauen zu Beginn des 21. Jahrhunderts*(Frankfurt am Main, 2005), 176쪽.

4 Julia Schoch, *Orte von denen ich schreibe*, a.a.O.

5 Anne Fleig, a.a.O., 176쪽 참조.

6 Julia Schoch, *Der Körper des Salamanders*(München, 2002), 7쪽.

7 같은 책, 11쪽.

8 같은 곳.

9 같은 책, 14쪽.

10 같은 책, 17쪽.

11 같은 책, 14~15쪽 참조.

12 같은 책, 13쪽.

13 같은 책, 10쪽.

14 같은 책, 18쪽.

15 같은 책, 14쪽 참조.

16 같은 책, 12쪽 참조.

17 같은 책, 14쪽 참조.

18 같은 책, 17쪽 참조.

19 같은 곳.

20 같은 책, 19쪽.

21 같은 책, 15쪽.

22 같은 책, 20~21쪽.

23 같은 책, 23쪽.

24 같은 곳.

25 같은 곳.

26 같은 책, 26쪽.

27 같은 책, 28쪽.

28 같은 곳.

29 같은 곳.

30 같은 책, 25쪽.

31 같은 책, 23~24쪽 참조.

32 같은 책, 7쪽.

33 Anne Fleig, a.a.O., 185쪽.

34 같은 책, 186쪽 참조.

35 Julia Schoch, *Der Körper des Salamanders*, 28쪽.

36 같은 책, 15쪽.

37 같은 책, 21쪽.

38 같은 책, 16쪽.

39 불도마뱀의 신화적, 상상적 의미에 대해서는 보르헤스의 다음 저서를 참조할
     만하다: Jorge Luis Borges, *Einhorn, Sphinx und Salamander. Buch der imaginären
     Wesen*(München/Wien, 1982).

40 Anne Fleig, a.a.O., 189쪽 참조.

41 Julia Schoch, *Der Körper des Salamanders*, 23쪽.

42 같은 곳.

43 같은 책, 25쪽.

44 박희경, 「트라반트 세대의 멜랑콜리」,《독어교육》, 47(2010), 397쪽.

1차 문헌

Schoch, Julia, *Der Körper des Salamanders*, München, 2002.

———, *Orte von denen ich schreibe, geschrieben für das Literaturhaus*, Köln, 2002.
https://www.juliaschoch.de/texte/aufsaetze.html#c3

2차 문헌

김누리(편저), 『머릿속의 장벽: 통일 이후 동·서독의 사회문화 갈등』, 한울, 2006.

김용민, 『독일통일과 문학』, 창비, 2008.

노영돈/류신, 『독일 신세대 문학』, 민음사, 2013.

박희경, 「트라반트 세대의 멜랑콜리」, 《독어교육》, 47(2010), 381~406쪽.

Benthien, Claudia/Stephan, Inge(Hg.), *Meisterwerke. Deutschsprachige Autorinnen im 20. Jahrhundert*, Köln, 2005.

Borges, Jorge Luis, *Einhorn, Sphinx und Salamander. Buch der imaginären Wesen*, München/Wien, 1982.

Fleig, Anne, "Osten als Himmelsrichtung. Grenzübergänge in Julia Schochs Erzählung Der Körper des Salamanders", in Caemmerer, Christiane/Delabar, Walter/Meise, Helga(Hg.): *Fräuleinwunder literarisch. Literatur von Frauen zu Beginn des 21. Jahrhunderts*, Frankfurt am Main, 2005, 171~190쪽.

Kluge, Volker, "'Wir waren die Besten' — der Auftrag des DDR-Sports", in Diekmann, Irene/Teichler, Joachim H.(Hg.): *Körper, Kultur und Ideologie. Sport und Zeitgeist im 19. und 20. Jahrhundert*, Bodenheim bei Mainz, 1997, 167~216쪽.

크리스티안 크라흐트의 포스트모던 메타역사서술

1   Georg Diez, "Die Methode Kracht", 《Der Spiegel》(7/2012), 100~103쪽 참조.

2   Jan Küveler, "Kritiker schreibt Nazi-Mordio gegen Christian Kracht", 《Die Welt》, 24(13.02.2012.) 참조. https://www.welt.de/105980829

3   크리스티안 크라흐트, 배수아 옮김, 『제국』(문학과지성사, 2013).

4   Horst Gründer, *Geschichte der deutschen Kolonien*(Paderborn, 2012), 195쪽 참조.

5   Catherine Repussard, "Ein bisschen Südsee und ein gutes Maß Lebensreform: Das Rezept für das beginnende 21. Jahrhundert? Marc Buhls Paradies des August Engelhart(2011) und Christian Krachts Imperium(2012)", 《Recherches germaniques》, 42(2012), 85~87쪽 참조.

6 Christian Kracht, *Imperium* (Frankfurt am Main, 2015), 129~130쪽.

7 Robin Hauenstein, "Ein Schritt zurück in die exquisiteste Barbarei — Mit Deutschland in der Südsee: Christian Krachts metahistoriographischer Abenteuerroman Imperium", 《Germanica》, 55(2014), 31쪽 참조.

8 Christian Kracht, *Imperium*, 245쪽.

9 같은 책, 243쪽.

10 같은 책, 18~19쪽.

11 Robin Hauenstein, a.a.O., 34쪽 참조.

12 Christian Kracht, *Imperium*, 229쪽.

13 같은 책, 234~235쪽.

14 Robin Hauenstein, a.a.O., 37쪽 참조.

15 Christian Kracht, *Imperium*, 225쪽.

16 Robin Hauenstein, a.a.O., 38쪽 참조.

17 Christian Kracht, *Imperium*, 120~121쪽.

18 같은 책, 242쪽.

19 같은 책, 221쪽.

20 Robin Hauenstein, a.a.O., 30쪽 참조.

21 Christian Kracht, *Imperium*, 43쪽.

22 Robin Hauenstein, a.a.O., 31쪽 참조.

23 Christian Kracht, *Imperium*, 11쪽.

24 같은 책, 245쪽.

25 Horst Gründer, a.a.O., 237쪽 참조.

26 Christian Kracht, *Imperium*, 13쪽.

27 같은 책, 57쪽.

28 같은 책, 188쪽.

29 같은 책, 131쪽.

30 Robin Hauenstein, a.a.O., 33쪽 참조.

31 Christian Kracht, *Imperium*, 234쪽.

32 같은 책, 79쪽.

33 같은 책, 66쪽.

34 Erhard Schütz, "Kunst, kein Nazikram", in Hubert Winkels (Hg.): *Christian Kracht trifft Wilhelm Raabe. Die Diskussion um Imperium und der Wilhelm Raabe-Literaturpreis* (Berlin, 2012), 42~45쪽 참조.

35 Christian Kracht, *Imperium*, 84쪽.

36 같은 책, 124쪽.

37 같은 책, 229~232쪽.

38 Robin Hauenstein, *Historiographische Matafiktionen. Ransmayr, Sebald, Kracht, Beyer*(Würzburg, 2014), 139쪽 참조.

39 Christian Kracht, *Imperium*, 59쪽.

40 같은 책, 67쪽.

41 같은 책, 224쪽.

42 같은 책, 180쪽.

43 같은 책, 200~201쪽.

44 같은 책, 203쪽.

45 Stefan Hermes, "Tristesse globale. Intra- und interkulturelle Fremdheit in den Romanen Christian Krachts", in Grabienski/Huber/Thon(Hg.): *Poetik der Oberfläche. Die deutschsprachige Popliteratur der 1990er Jahre*(Berlin, 2011), 202쪽 참조.

1차 문헌

Kracht, Christian, *Imperium*, Frankfurt am Main, 2015.

2차 문헌

임석원, 「크라흐트의 소설과 미메시스적 정체성」, 《독일어권문화연구》, 24(2015), 37~57쪽.

Birgfeld, Johannes/Conter, Claude D., *Christian Kracht. Zu Leben und Werk*, Köln, 2009.

Brittnacher, Hans Richard/Klaue, Magnus(Hg.), *Unterwegs. Zur Poetik des Vagabundentums im 20. Jahrhundert*, Köln/Weimar/Wien, 2008.

Diez, Georg, "Die Methode Kracht", 《Der Spiegel》(7/2012), 100~103쪽.

Gründer, Horst, *Geschichte der deutschen Kolonien*, Paderborn, 2012.

Hauenstein, Robin, "Ein Schritt zurück in die exquisiteste Barbarei" - Mit Deutschland in die Südsee: Christian Krachts metahistoriographischer Abenteuerroman Imperium, 《Germanica》, 55(2014), 29~45쪽.

―――, *Historiographische Metafiktionen. Ransmayr, Sebald, Kracht, Beyer*, Würzburg, 2014.

Hermes, Stefan, "Tristesse globale. Intra- und interkulturelle Fremdheit in den Romanen Christian Krachts", in Grabienski/Huber/Thon(Hg.): *Poetik der*

Oberfläche. Die deutschsprachige Popliteratur der 1990er Jahre, Berlin, 2011, 187~205쪽.

Küveler, Jan, "Kritiker schreibt Nazi-Mordio gegen Christian Kracht", 《Die Welt》, 24 (13.02.2012.). https://www.welt.de/105980829

Lorenz, Matthias N.(Hg.), *Christian Kracht. Werkverzeichnis und kommentierte Bibliografie der Forschung*, Bielefeld, 2014.

Malchow, Helge u.a., "Erklärung des Verlags Kiepenheuer & Witsch zum Spiegel-Artikel über Christian Kracht", in Winkels, Hubert(Hg.): *Christian Kracht trifft Wilhelm Raabe. Die Diskussion um Imperium und der Wilhelm Raabe-Literaturpreis 2012*. Berlin, 2015, 39쪽.

Malchow, Helge, "Blaue Blume der Romantik", in Winkels, Hubert(Hg.): *Christian Kracht trifft Wilhelm Raabe. Die Diskussion um Imperium und der Wilhelm Raabe-Literaturpreis 2012*, Berlin, 2015, 57~62쪽.

McMullan, Rebecca, "Island in the Sun: Pre-modern Nostalgia and Hyperreality in Christian Kracht's Imperium", 《Germanistik in Ireland》, 9(2014), 75~87쪽.

Repussard, Catherine, "Ein bisschen Südsee und ein gutes Maß Lebensreform: Das Rezept für das beginnende 21. Jahrhundert? Marc Buhls Paradies des August Engelhardt (2011) und Christian Krachts Imperium", 《Recherches germaniques》, 42(2012), 77~98쪽.

Schmidt, Christopher, "Der Ritter der Kokosnuss", in Winkels, Hubert(Hg.): *Christian Kracht trifft Wilhelm Raabe. Die Diskussion um Imperium und der Wilhelm Raabe-Literaturpreis 2012*, Berlin, 2015, 47~52쪽.

Schmidt, Thomas E., "Zwei Nerds spielen bürgerliches Schreiben", in Winkels, Hubert(Hg.): *Christian Kracht trifft Wilhelm Raabe. Die Diskussion um Imperium und der Wilhelm Raabe-Literaturpreis 2012*, Berlin, 2015, 77~80쪽.

Schütz, Erhard, "Kunst, kein Nazikram", in Winkels, Hubert(Hg.): *Christian Kracht trifft Wilhelm Raabe. Die Diskussion um Imperium und der Wilhelm Raabe-Literaturpreis 2012*, Berlin, 2015, 40~45쪽.

Weidermann, Volker, "Notizen zu Kracht. Was er will", in Winkels, Hubert(Hg.): *Christian Kracht trifft Wilhelm Raabe. Die Diskussion um Imperium und der Wilhelm Raabe-Literaturpreis 2012*, Berlin, 2015, 121~128쪽.